民國文化與文學研究文叢

十四編

李 怡 主編

第7冊

1912～1949年民國詞社研究（下）

吳嘉慧 著

國家圖書館出版品預行編目資料

1912～1949 年民國詞社研究（下）／吳嘉慧 著 -- 初版 -- 新北市：花木蘭文化事業有限公司，2021〔民 110〕

目 8+198 面；19×26 公分

（民國文化與文學研究文叢　十四編；第 7 冊）

ISBN 978-986-518-518-3（精裝）

1. 中國文學史 2. 詞史 3. 詞論

820.9　　110011209

民國文化與文學研究文叢

十四編　第 七 冊　　ISBN：978-986-518-518-3

1912～1949 年民國詞社研究（下）

作　者　吳嘉慧
主　編　李　怡
企　劃　四川大學中國詩歌研究院
總 編 輯　杜潔祥
副總編輯　楊嘉樂
編　輯　許郁翎、張雅淋、潘玟靜　美術編輯　陳逸婷
出　版　花木蘭文化事業有限公司
發 行 人　高小娟
聯絡地址　235 新北市中和區中安街七二號十三樓
電話：02-2923-1455／傳真：02-2923-1452
網　址　http://www.huamulan.tw 信箱 service@huamulans.com
印　刷　普羅文化出版廣告事業
初　版　2021 年 9 月
全書字數　347464 字
定　價　十四編 26 冊（精裝）台幣 70,000 元

1912～1949 年民國詞社研究（下）

吳嘉慧 著

目次

上冊

下　冊

表目次

圖目次

第四章　江蘇地區的詞社：江蘇文化與家國情懷

民國時期江蘇地區的詞社（不計算南京在內），合共三個：白雪詞社（1920～1923）、琴社（1926～1927）和六一社（1929～1931）。最先興起的白雪詞社，與明末清初陽羨（宜興）的姻親家族、鄉邦文化的傳承有重要關係。他們借助世代聯姻的形式，強化家族在政治和文化思想的影響，是民國唯一一個由大家族組成的詞社。他們主要以江蘇文化地景和古蹟文物為題材，藉此保存和宣揚地域文化，同時反映世變。至於琴社和六一社，他們是由蘇州文人發起和組成，並與南京詞壇領袖吳梅有密切的關係。前者是由吳梅發起，後者又因吳梅的舅舅潘昌煦（1873～1958）由北歸南而成立。吳梅和他的叔叔吳曾源（1870～1934）也是社員之一。琴社的成立主要和時局有關，社員們以戰亂對國家的破壞為題，感嘆歷史的盛衰，然唱和時間短暫，僅一個月左右。至於六一社則以消夏和消寒為目的，與文人們遊覽蘇州名勝山水，展現江蘇的文化，為詞社最主要特色之一。

第一節　白雪詞社（1920～1923）：宜興家族詞人群體的唱和

民國時期的白雪詞社，是一個具有地域特色的家族詞人群體。它成立於民國九年（1920），發起人是徐致章（1848～1923），其餘社員均出生和成長於江蘇宜興，相互之間更有姻親關係，且幾乎都是出自當地望族。社集活動持續兩年多的時間，最終因徐致章辭世而終結。他們遠祧宋末遺民的心迹，近承陽羨鄉賢，並將作品結集為《樂府補題後集甲編》、《乙編》傳世。兩種均為刻本，《甲編》刊刻於民國十一年（1922）五月，有徐致章、程適（1867～1937）序言各一篇及蔣兆蘭（1855～1932）撰的後序；《乙編》則刊於民國十七年（1928）二月，有程適的序言及蔣兆蘭的跋文。〔註 1〕

一、詞社緣起

（一）家族姻親，淵源有自

宜興之詞學，最早可溯源自宋末蔣捷（1245～1305 後），極盛於清初陽羨詞派。陽羨詞派是一個以姻親為主的龐大詞學網絡，世代都與鄉邦文化家族聯姻。他們借助聯姻形式強化自己的家族組織，以實現社會、政治和文化目的。這種以血緣和親緣為紐帶的家族聯盟，歷經世代越多，維持時間越久，就越有利於家族的繁衍、家風與家學的培育，家族文化的積澱越淳厚。〔註 2〕陽羨詞派就是基於這種關係而興起，且造就了其在清代詞壇的輝煌。學人邢蕊杰在探討這一問題時，嘗說：

> 清代陽羨文化家族之間的詞人們，通過家族聯姻關係而得以再聚合，分散式的「一門風雅」由此轉變為親族相繫的「數門聯吟」，形成家族集群式的連袂創作的狀態。家族文人本來就是地域文學的重要創造者，而一旦形成聯姻關係，以之為基礎的新詞人集群，無疑成為引領清代陽羨詞學發展的更為強勁的力量。〔註 3〕

邢氏以陳維崧為例子，指出他與弟弟陳維嵋、陳維岳，從侄陳枋、子陳履端等，又聯合表姐夫史惟圓、表弟曹亮武，以及陳氏的姻親吳本嵩、吳梅鼎、蔣景祁、董儒龍、任繩隗、徐喈鳳、萬樹、萬錦雯、萬大士、儲貞慶、儲福宗等，加上任氏、萬氏的姻親史鑒宗等，共同唱酬填詞，晨夕往還，促使陽羨詞派的誕生。〔註 4〕

〔註 1〕拙盧等撰：《樂府補題後集甲編》，載南江濤選編：《清末民國舊體詩詞結社文獻彙編》（北京：國家圖書館出版社，2013 年），第二十二冊，頁 185。下文引用，只明甲編、乙編和頁碼，不復出註。

〔註 2〕關於清代陽羨文化家族聯姻，詳參邢蕊杰撰：〈清代陽羨文化家族聯姻與詞文學集群生成〉，《蘇州大學學報》，2012 年，第 3 期，頁 102～107。

〔註 3〕邢蕊杰撰：〈清代陽羨文化家族聯姻與詞文學集群生成〉，頁 105。

〔註 4〕邢蕊杰撰：〈清代陽羨文化家族聯姻與詞文學集群生成〉，頁 105。

在這樣的地域文風和家族姻親傳統的影響下，白雪詞社繼之興起。詞社共八位社員：徐致章、蔣兆蘭、程適、儲鳳瀛（1870～1927）、儲蘊華（1870～？）、儲南強、徐德輝和任援道。除程氏外，徐、蔣、儲、任四姓，均是以詞聞名的文化家族。〔註 5〕另外，八位社員裡，除儲南強外，其餘七位存在著姻親關係。首先，徐德輝是徐致章的叔祖，是眾人中輩分最高者。徐致章和程適是表兄弟，儲鳳瀛又是徐致章的姻弟。然後，複雜的姻親關係就圍繞徐氏家族展開：徐致章和蔣兆蘭家族結為姻親，徐氏其中一個妹妹嫁予蔣兆蘭，故蔣兆蘭是徐致章的妹夫。此外，徐致章還有兩個姐妹，一個嫁與任氏，一個適予儲氏。故任援道、儲蘊華均份屬後輩，同稱徐致章為舅氏。儲蘊華又隨徐致章習詞，故亦是師徒。任援道則娶蔣兆蘭女兒，稱蔣氏為岳父。程適又與蔣氏有姻親關係，遂成任援道姻丈。至於儲南強則未考得。據學人查紫陽〈民初白雪詞社考論〉說，蔣兆蘭母親儲慧出自儲氏家族，故認為儲鳳瀛與儲南強可能和蔣兆蘭存在姻親關係，惜資料匱乏，暫時存疑。〔註 6〕由此可見，白雪詞社可說是沿襲了宜興的地域文化風氣，成為民國時期一個由姻婭脈絡組成的家族詞人群體。

（二）繼承先賢，互為師友

白雪詞社作為一個由血緣家族延伸至姻婭脈絡之詞人群體，社員之間的相處，無異於家人。他們經常聚集一起，透過交流各自的觀點，令彼此逐漸形成相近的嗜好、思想和生活態度，加強了家族的緊密性。尤其是成員之間不僅是親族，更互為師友，這使他們的群體特徵，相對於其他由不同籍貫和非家族成員組成之詞社，更為明顯。在詞社尚未成立以前，最初學詞者是蔣兆蘭。蔣兆蘭出生於宜興縣城南門大人巷之大族，其父親蔣萼（1835～1915），少年敏而好學，文行日茂，深得老師儲炳煥所重；母親儲慧（1835～1892），亦撰有《哦月樓詩存》和《哦月樓詩餘》。由於父母在詩詞上均有造詣，所以蔣兆蘭自少就受到薰陶。加上先祖乃南宋末年的詞家蔣捷，他在開始習詞時，以蔣捷的作品為學習對象，成為一代詞家。詞社發起人徐致章，亦是師從蔣兆蘭學詞。蔣兆蘭〈樂府補題後集甲編．後序〉嘗云：

> 光緒戊子（1888 年），余偕徐煥琪內兄試白下。榜發，煥琪雋，余

〔註 5〕朱征驊撰：〈宜興清代詞學簡說〉，《蘇州大學學報》，1995 年，第 1 期，頁 51。
〔註 6〕查紫陽撰：〈民初白雪詞社考論〉，《文學評論叢刊》（南京：南京大學出版社，2008 年），第 10 卷，第 1 期，頁 318。

> 至是被擯。凡五抑塞，無所於寄，遂刻意為詞。用功十五、六年，讀者僉謂其能焉。……迨丁國變，煥琪適先解官，歸自越中，余亦齒衰。輟遊相見道故，且各出所業相證，蓋距偕試同遊之日，忽忽廿年矣。煥琪故工詩，讀余詞，則忻慕甚，遂改而習焉。積三載，學大成，集亦訂定。（甲編，頁 185）

得知蔣兆蘭最初集中在舉業，並未用心學詞。至科舉落榜，乃將抑塞不平之氣，一發於詞，並累積了十五、六年的功力。鼎革以還，徐致章解官歸隱宜興，道中遇蔣兆蘭，二人相互切磋。徐致章原本工於作詩，因仰慕蔣兆蘭的詞，由是改為習詞。經過短短三年之努力，就得詞學竅門，並訂定詞集。蔣氏亦在徐致章〈拙廬詞草序〉說：

> 因示以茗柯（張惠言）、宛鄰（張琦）之奧窔，與夫止庵（周濟）、復堂（譚獻）、亦峰（陳廷焯）之所論述，《詞律》、《詞綜》之矜嚴美富。時煥琪年已七十，顧不鄙吾言，攻之甚力。每一篇出，輒使不佞嚴擿而刻繩之。越三載，學大成。〔註 7〕

蔣兆蘭既向徐致章示予填詞門徑，更嚴格地評改其詞，終使徐氏學詞有成。

除了徐致章外，任援道亦從蔣兆蘭學詞。任氏〈青萍詞自序〉曾曰：「己未（1919 年）歸國，以所業就質於外舅香谷先生，詔以用力之途。如入建章宮，千門萬戶，引喤有資，始稍稍得以循其奧窔焉。」〔註 8〕可見徐致章、任援道均隨蔣兆蘭學詞，而儲蘊華又是徐致章弟子。四人之間既為親屬，亦自相師友，這樣就構成了群體的家脈，促使詞社的出現。由於蔣兆蘭是繼承先祖蔣捷和姜夔的填詞風格，其他社員通過不斷的交流和互相師法下，風格也呈現出統一的模樣。因此，姜夔之清空騷雅、蔣捷的雄快清俊，成為了白雪詞社群體的創作特色。這可證諸程適總結詞社的藝術趣向說：

> 同社諸子及君老友青蕤（蔣兆蘭）亦皆淒斷碧山、眷言白石，自以為瞠乎後矣！〔註 9〕

（三）時局混亂，發而為詞

辛亥革命（1911 年）爆發前一個月，白雪詞社發起人徐致章，得知革命

〔註 7〕徐致章撰：〈拙廬詞草序〉，轉引自查紫陽撰：〈民初白雪詞社考論〉，頁 315。

〔註 8〕任援道撰：〈青萍詞自序〉，載任援道撰，高秋鳳、王清平、廖于閩等注析：《青萍詞注析》（臺北：上鎰數位科技印刷有限公司，2013 年），頁 24。

〔註 9〕任援道撰：〈青萍詞自序〉，頁 24。

的消息後，率先響應，並引領全家剪掉辮子。據徐培澤所寫之〈宜興人物志〉，徐致章更迅速被公眾推舉為宜興、荊溪兩縣保安會會長。農曆八月初六（9月16日），保安會召開民眾大會，他慷慨陳詞，決議撤銷兩縣知事，宣布宜興光復，並推選儲南強（1876～1959）為民政長，周祖園為軍政長。後來又與當地士紳組成「范正社」，研究五族共和政體。〔註10〕從這一段資料來看，徐致章並沒有忠於清朝的意識，甚至熱衷推翻帝制。然而，民國政府成立後，時局沒有穩定，國家依舊積弱，先是孫中山在南京出任中華民國臨時大總統，再則袁世凱（1859～1916）乘勢攻陷北京。袁世凱成為中華民國大總統後，國家經歷了恢復帝制和二十一條的危機，更出現直系、皖系、奉系軍閥輪流掌權等局面，混亂情況不下於清朝末年。徐致章撰寫的序言，指出時局艱難乃詞社成立的原因：

> 嗚呼！神洲陸沉，環瀛蕩潏，是何等世界也；獰鬼沙蜮，封豕長鯨，是何等景象也；鐵血涴地，銅臭薰天，是何等觀念也；集澤鴻嗷，泣塗虎猛，是何等慘痛也。處漏舟之中，立巖牆之下，方沉溺覆壓，是懼而猶綺語卮言，競相酬唱，為此芰芰之詞。……心有所感，不能無所宣；目有所觸，不能無所動。自然之流露，即風雲、月露、花草、蟲魚，皆足寄其興焉。心聲，亦天籟也。如候蟲之鳴，不可遏抑也。（甲編，頁83）

描寫了當時政局動盪，軍閥混戰，山河破碎，屍骸遍野的慘痛和暴力場面。徐致章和友人們因目有所觸，心有所感，不能不發而為言，托物吟詠，以寄家國興亡、社會變異之事，於是組織了白雪詞社。

二、詞社發起時間、發起人、社名及社員

（一）發起時間和發起人

關於白雪詞社的發起時間和發起人，蔣兆蘭〈後序〉說：

> 去年庚申（1920）歲暮，煥琪讌集程子蟄蓀、儲子映波、徐子倩仲及不佞，共五人，結詞社，名曰白雪。（甲編，頁185）

其又有〈跋〉曰：

> 白雪詞社，創於徐子煥琪，肇自庚申（1920）歲暮，越壬戌（1922），

〔註10〕江蘇省政協文史資料委員會編：《宜興人物志》（南京：江蘇文史資料編輯部，1997年），中冊，頁177～178。

同人曾集辛酉（1921）以前作，刻《樂府補題後集甲編》問世。（乙編，頁 287）

兩段文字均清晰記載了詞社在民國九年（1920）農曆十二月成立，而發起人為徐致章（煥琪）。

（二）社名

詞社社名之由來，蔣兆蘭在〈甲編後序〉說：

詞社名曰白雪，紀時也，亦著潔也。（甲編，頁 185）

所謂「紀時」，寓有反映時世之意。這正與徐致章〈序〉所說，借填詞來反映軍閥割據、政局混亂相合。而「著潔」，則指社員的心迹純白，在時勢艱難的困局下，仍然堅守高潔的品行。他們對品格的追慕，亦見於以《樂府補題後集》作為社集名稱。《樂府補題》是由南宋遺民詞人王沂孫、周密、張炎、唐珏等十四人，因元僧楊璉真伽發掘宋帝六陵，斷殘肢體，劫掠珍寶而作。他們都有深刻的愛國情懷，分別以龍涎香、白蓮、蟬、蓴和蟹為題，寄託家國淪亡的悲痛。白雪詞社就是想繼承遺民們清明的心迹和高尚的節操。蔣兆蘭嘗云：

而裝之名曰《樂府補題後集》，蓋欲上繼碧山、草窗、玉田、玉潛諸賢遺軌，為風雅綿一線之傳。雖才或弗逮，不敢與宋賢抗；而志操純白，心迹湛然，抑未必與宋賢異；即以詞論，儗諸鄉先輩《荊溪》、《瑤華》等集，正亦毋庸多讓。（甲編，頁 185）

又程適〈序〉說：

其必繼聲《樂府補題》者，則以宋賢玉潛、碧山、蘋洲、篔房諸子，生丁末造，自署遺民，散髮陽阿，傷心川逝。……滄桑鬱其懷抱，筆墨化為雲煙。一往情深，寓之詠物；體繪工、寄託苦矣。以今視昔，雖時變不同，而情感則一。（甲編，頁 85～86）

表明想仿效《樂府補題》諸子的心迹，在朝代更迭之際自署遺民，隱居避世，絕意出仕，並以詠物之法，寄託故國的思念和身世的滄桑。蔣氏又提到宜興先賢陳維崧、曹亮武、潘眉所輯的《荊溪詞初集》、蔣景祁編選之《瑤華集》，證明鄉邦詞學繁盛，白雪詞社足以延續這一統緒，並將社集命名為《樂府補題後集》。

（三）社員

白雪詞社的社員，上述蔣兆蘭的〈後序〉載：

> 去年庚申（1920）歲暮，煥琪讌集程子蟄莽、儲子映波、徐子倩仲及不佞，共五人，結詞社，名曰白雪。（甲編，頁 185）

可見詞社最初只有五人，分別是徐致章、蔣兆蘭、程適、儲鳳瀛和徐德輝。他又說：

> 其後入社者，有任援道亮才、儲南強定齋、蘊華樸誠，詞或作或否，不能如五子之恆度，惟亮才追逐其間，無甚曠廢云。（甲編，頁 186～187）

乃知任援道、儲南強和儲蘊華為後來加入者，且不常參與詞社活動。〔註 11〕除此之外，尚有四位社外詞侶。茲據《樂府補題後集・詞人姓氏錄》（頁 91～93），並參考《宜興人物志》〔註 12〕、朱德慈《近代詞人考錄》〔註 13〕和《江蘇藝文志・無錫卷》〔註 14〕，將詞社社員及社外詞侶的生平資料，以及他們相互之間的關係表列如下：

表十九：白雪詞社社員名錄表

姓名	生卒年	字	號	與各社員關係	備　註
徐致章	1848～1923	煥琪	拙廬	徐德輝從孫；蔣兆蘭大舅和弟子；程適表哥；任援道、儲蘊華舅父；儲鳳瀛姻親儲蘊華老師	光緒十四年（1888）舉人，為浙江候補知縣，歷任浙江湯溪、富陽、瑞安等縣代理、知事。宣統元年（1909）告老還鄉，響應辛亥革命（1911 年），為宜興、荊溪兩縣保安會會長。與宜興士紳組成范正社，研究五族共和政體。著有《拙廬詞草》四卷。
蔣兆蘭	1855～1932	香谷	青蕤	徐致章妹夫和老師，任援道岳父和老師	增貢生，嘗參與寒碧詞社，著有《青蕤庵詩文詞集》、《詞說》。琴社社員。
程適	1867～1937	肖琴	蟄莽	徐致章表弟，任援道姻丈	光緒二十三年（1897）拔貢，安徽知縣，民國曾赴南京韓國鈞幕府工作，後主持宜興女子師範學校。著有《蟄莽類稿》。

〔註 11〕任援道、儲蘊華和儲南強三人詞作首見於《補題後集》者，依次分別為第七集、第十六集和第二十三集。

〔註 12〕江蘇省政協文史資料委員會編：《宜興人物志》，頁 177～178。

〔註 13〕朱德慈著：《近代詞人考錄》（北京：中國社會科學出版社，2004 年）。

〔註 14〕南京師範大學古文獻整理研究所編：《江蘇藝文志・無錫卷》（上海：上海古籍出版社，2005 年），頁 266。

儲鳳瀛	1870～1927	映波	蘿月	徐致章姻親	光緒二十九年（1903）舉人，兩浙鹽運副使。著有《蘿月軒詩詞》。
儲蘊華	1870～？	樸誠	餐菊	徐致章外甥和弟子	光緒二十九年（1903）舉人，民國後任宜興縣視學。著有《餐菊詩詞》。
徐德輝	1873～？	倩仲	寄廬	徐致章叔祖，任援道表叔	光緒二十八年（1902）舉人，法部主事。著有《寄廬詩詞》。
儲南強	1876～1959	鑄儂	定齋		光緒二十四年（1898）貢生，三十一年（1905）任宜興、荊溪兩縣勸學所總董。辛亥革命（1911年）被推許宜興縣民政長，歷任南通縣知縣、江蘇省議會議員。
任援道	1891～1980	亮才	豁盦	徐致章外甥，蔣兆蘭女婿和弟子	早年畢業於保定陸軍軍官學校，後赴日本留學。曾參加辛亥革命，後擔任宜興履善高等小學、銳進小學校長。經其叔父任鳳苞推薦，出任天津造幣廠總務科科長，歷任江西銀號督辦、駐天津辦事處處長、京漢路警備司令、平津警備司令等職。抗日時期參加汪精衛、梁鴻志的上海會談，支持組建偽政府。抗戰勝利後逃往加拿大。著有《青萍詞》、《海疆痛史》。

表二十：白雪詞社社外詞侶表

姓名	生卒年	字	號	籍貫	備註
李丙榮	1862～1938	樹人	繡春	江蘇丹徒	清附貢生，以五品銜官安徽候補知縣，後任安徽按察司照磨兼任司獄，繼其父參修《丹徒縣誌摭餘》，又編《大觀亭志》，著有《繡春館詞鈔》。
陳思	1873～？	慈首	華藏	奉天遼陽	光緒二十八年（1902）舉人，曾任廣西容縣、藤容知縣，江蘇江陰縣知事。民國四年（1915）任江蘇巡按使齊耀琳公署委員、實業科科員。次年（1916）任江蘇江陰縣知事。此後，任教職於北京女子大學、奉天師範學校、東北大學等，並任遼寧通志館

					纂修、文瀾閣保管委員等職。存世詞學著作主要有《清真居士年譜》、《稼軒先生年譜》、《白石道人歌曲疏證》、《白石道人年譜》，收入《遼海叢書》。
王朝陽	1882～1932	飲鶴	野鶴	江蘇常熟	晚清賞賜舉人，民國時期著名教育活動家。嘗任常熟縣教育會會長，江蘇省教育會執行幹事，各縣評議員；出任江蘇省立第一師範學校校長十年，創辦吳江鄉村師範和公立常熟縣沈浜小學。創辦《開文印刷所》，首開常熟鉛字印刷業，著有《柯亭殘笛譜》。琴社社員。
趙永年	生卒年不詳	明湖	祝三	江蘇儀徵	著有《天海詞稿》。

從上述各社員的簡介來看，除蔣兆蘭、儲鳳瀛和徐德輝外，其餘都在民國政府統治下擔任官職。蔣兆蘭隱居不仕，主要受到父親蔣萼的影響。蔣萼為光緒二年（1976）舉人，曾出任前朝江蘇高郵州學正、丹徒縣教諭和鎮江府教授。鼎革後絕意出仕，亦無參與任何革命團體，僅往蘇州授徒。〔註 15〕儲鳳瀛，出自宜興儲氏家族，儲氏家族是宋明以來科名長盛不衰、蟬聯進士的東南望族。先祖儲秘書是乾隆二十六年（1761）恩科進士，選翰林院庶吉士，散館改主事。歷任北新倉大通橋監督、湖北鄖陽府知府。三十六年（1771）覃恩授朝議大夫，後進蘇州平江書院。〔註 16〕由於蔣、儲兩家蒙受前朝恩德深厚，因此他們的遺民情懷、忠清意識還是較為強烈。後來徐致章隨蔣兆蘭學詞，加上歷經民國政治的混亂，對新政府徹底失望，有新不如舊之感，亦興起對前朝的追憶。這種先提倡推翻君主政體、支持改革，後來又對新政府以至新文化思潮抱持保守的態度，在當時的文人身上實不足為奇，社員儲南強亦是一例。儲南強和徐致章原本一同響應辛亥革命，徐氏更推選儲氏出任宜興民政長。然而，徐氏無心於政事，與蔣兆蘭重遇後潛心填詞。儲氏雖然兩任南通知縣，頗有政聲，卻無意仕途，五十歲那年更登報歸隱，積極從事於家鄉規劃建設風景區，對宜興古跡善卷洞和張公洞之保護，開發尤有貢獻。

〔註 15〕蔣兆蘭、蔣兆燮編：《醉園府君年譜》（北京：北京圖書館出版社，1999 年），頁 349～361。

〔註 16〕關於宜興儲氏家族，詳參吳仁安著：《明清江南著姓望族史》（上海：上海人民出版社，2009 年），頁 519～522。

而在眾社員中，最積極投入民國政府服務的就是任援道。任援道原名任鉞，因加入同盟會（1906 年）而化名援道。民國政府成立後，以推翻前清有功，與、黎元洪等人關係密切，被總統馮國璋命令往宜興辦學，那時正是與白雪詞社社員們結社酬唱之際。在社事結束以後，他才正式展開政治生涯。由此可見，在白雪詞社成立之時，社友們大多隱居宜興，或從事文化教學活動，或籌畫古跡的保護。

至於李丙榮、陳思、王朝陽和趙永年四位社外詞侶，前二者之詞已見於甲編，後二家僅載於乙編，合共二十首。相對於《補題後集》的三百零四首而言，佔的數量很少。在詞集目錄裡，蔣兆蘭明確將他們與社友區別，只稱「同聲」，原因主要有二。一是因為他們均為外邦人士，不同於徐致章等同屬宜興籍之八人。其次，就如學人林立引用愛德華．凱西（Edward Casey）的說法，社集是儀式的一種，要求紀念者直接參與，使所有人拴定於現場氛圍中，個人的身體行為能夠與各參與者進行即時及有效的互動。〔註 17〕但這四人不在宜興，沒法親身參與社集活動，只能遙遠唱和，並寄送作品，所以蔣氏只把他們視為同聲，而未稱作詞友。

三、社集活動

白雪詞社的發起時間是民國九年（1920）農曆十二月，終於民國十二年（1923）秋，歷時二年有多，共四十八集。社集作品裒輯成《樂府補題後集甲編》、《乙編》行世，詞凡三百零四首。前者合共二十五集，刊於民國十一年（1922）。後者合共二十三集，刊於民國十七年（1928）。據徐致章第一集〈齊天樂〉題下注：

> 庚申祀竈前一日讌集青蕤、蟄莽、蘿月、寄廬諸子於拙廬，時有饋瓜者，問何名。曰：凍瓜也。同人指是為題，不拘調韻。（頁 95）

「祀竈前一日」，即農曆十二月二十三日，是第一次雅集活動，出席者有徐致章、蔣兆蘭、程適、儲鳳瀛和徐德輝，地點在徐致章的寓所——拙廬。

至於社集的地方，他們大多以社友的居所為主，包括徐致章的拙廬、徐德輝的雙溪草堂，蔣兆蘭之青蕤盦，儲鳳瀛之經畬堂和程適的雪堂。雪堂乃社員們最愛之處，程適〈序〉曰：

〔註 17〕林立撰：〈群體身份與記憶的建構：清遺民詞社須社的酬唱〉，《中國文化研究所學報》，2011 年，第 52 期，頁 213～214。

同人尤愛雪堂，近築以為西南一角，風景幽絕。每過其地，徜徉不忍去。（乙編，頁 191～192）

據蔣雲龍先生所說，雪堂是程適之弟子們為了紀念他，仿「程門立雪」之典建造的，位於宜城虹橋南邊的西氿灘，是當時宜興名流聚集論文作詩之處。〔註 18〕另外，社員亦多結伴外遊里中古蹟和蘇州文化地景，即程適所謂「餘興所至，相將出遊。藥圃、梅亭間，斜陽流水，人影三五，鴻爪歷歷可溯。」（乙編，頁 191）除了興之所發，同人出遊，亦因「山川文藻之勝，若不知世間有理亂者」（乙編，頁 191）。陽羨山水之美，地處偏僻，彷彿與外界隔絕，令社友能暫時忘記民國混亂的政治局面。

詞社亦有明確的社約和社規，蔣兆蘭和程適〈序〉分別說：

越歲（1921 年）人日，復講賡續。自是，月再舉為定率。題視所遇，調或限或否；否者，或分韻或分調，皆拈決之。（甲編，頁 185～186）

白雪詞社昉於庚申（1920）漢臘，奉拙廬為之主，月必再集。集凡八人，各出家肴相餉，禁用市脯，禁談時事。……比歸，拙廬以為樂不可極，定為月集一次，觴詠如前例。（乙編，頁 191～192）

在四十八次的集會中，大多以限調為主，共三十集。至於不限調者，則有分調、分題、分韻，甚至不限韻的情況。社集起初可能一月兩次，後來定為月集一次。聚會期間規定各自準備家肴招待，不得用買來的食品。他們又說「禁談時事」，但這顯然僅屬表面約定，並非真正不談時事。因為社員們對時局是非常關注的，據蔣兆蘭說詞社名為白雪，就寓有反映時世之意。而徐致章〈序〉文亦指出詞社的組成，是有感時局動盪，意欲托物寄懷，以見國家的興亡。再而在詞集觀之，儲鳳瀛就曾在〈齊天樂〉一闋有「趁佳節良辰，漫談時事」之說。（乙編，頁 245）其〈摸魚兒・鰣魚〉又抒寫政府不懂任用賢能，只好選擇歸隱，不復出仕，說：「天下事，恨只恨，忠言骨鯁如喉刺。江湖滿地。正容得漁翁，滄洲嘯傲，不受世間餌。」（乙編，頁 276～277）程適亦於〈瀟瀟雨・喜雨〉表達對民國軍閥的不滿，希望戰爭平息：「我更非非入想，想洗兵洗甲，大地無埃」。（乙編，頁 228）

關於詞社酬唱的時間、地點、詞調、內容和作品數目，林立所撰〈鄉邦傳統與遺民情結：民初白雪詞社及其唱和〉一文已用表列方式詳細列出，茲

〔註 18〕江蘇省政協文史資料委員會編：《宜興人物志》，頁 125。

將四十八次社集簡列如下：〔註 19〕

表二十一：白雪詞社唱和活動表（甲編）

社　集	時　間	地　點	詞　調	內　容	作品數目
1	庚申臘月二十四日	拙廬（徐致章寓廬）	不限調	凍瓜	4
2	辛酉人日	雙溪草堂（徐德輝寓廬）	一萼紅	詠雙溪草堂	3
3		青蕤盦（蔣兆蘭寓廬）	國香慢	詠蘭	6
4		宜興徐喈鳳願息齋故址	八聲甘州	訪願息齋故址	6
5	三月三日	雙溪草堂	永遇樂	雙溪草堂禊飲	4
6		宜興儲氏經畬堂	天香	經畬堂賦牡丹	6
7		拙廬	不限調	拙廬餞春，以春盡雨聲中為韻	6
8		宜興亦園藥圃	倦尋芳	藥圃即事	5
9			不限調（拈前人韻）	補題陳迦陵先生填詞圖	6
10	農曆五月十三日？		憶舊遊	竹醉日	5
11			瑞鶴仙	美人蕉	5
12		青蕤盦	不限調	青蕤盦逭暑，詠歐種秋海棠及六月菊	4
13	立秋前三日	拙廬	玉京秋	拙廬延秋	6
14			惜紅衣	秋海棠	7
15			水龍吟	以秋蟲為題分拈	11
16	重九	雙溪草堂	龍山會	重九	7
17			念奴嬌	題盧忠肅雙玉印	4

〔註 19〕林立的文章附有「《樂府補題後集》內容一覽表」，詳參林立：〈鄉邦傳統與遺民情結：民初白雪詞社及其唱和〉，《中國文化研究所學報》，2015 年，第 60 期，頁 278～280。

18			霜葉飛	黃葉	5
18		亦園	霜花腴	亦園訪菊	4
20		宜興見山樓	山亭宴	見山樓望南山	6
21			翠樓吟	閨思	6
22			不限調	題朱母儲太君紡績課子圖	3
23			渡江雲	分拈里中古蹟為題	14
24	東坡生日（農曆十二月十九日）	宜興浮紅石舫	千秋歲	浮紅石舫作東坡生日	7
25	除夕		不限調	除夕祭詞	9

表二十二：白雪詞社唱和活動表（乙編）

社　集	時　間	地　點	詞　調	內　容	作品數目
1			念奴嬌	補題諾瞿僧一蒲團外萬梅花圖冊	10
2		無錫榮氏（榮德生）梅園	疏影	同人遊無錫榮氏梅園攝影名曰橫山訪梅圖	8
3		無錫管社山萬頃堂	不限調	萬頃堂題壁等	6
4			山亭柳	春柳	6
5			不限調	弔五人墓、題延陵季子墓、謁玄墓、范墳、真孃墓、鴛鴦塚	6
6			不限調	蟄庵新獲井字硯屬題	6
7		蘇州司徒廟	風入松	司徒廟古柏	6
8			露華	金絲桃	7
9			瀟瀟雨	喜雨	5
10			壺中天	壽寄廬主人五十	7
11		宜興陳孝潔祠	滿庭芳	謁陳孝潔先生祠	6

12			換巢鸞鳳	詠各種昆蟲	7
13	壬戌九月十七日	雙溪草堂	齊天樂	展重陽兼補壽觴罷赴亦園賞菊	6
14			無悶	雪意	7
15		蟄莽雪堂（程適寓廬）	疏簾淡月	蟄莽雪堂落成	7
16			不限調	補題青蕤盦主人垂虹詞夢圖	6
17			訴衷情	無題	7
18	人日	雪堂	不限調	雪堂作人日	11
19	元夕	雪堂	不限調	再讌雪堂	
20			湘春夜月	春魂得魚字	8
21	癸亥展上巳日	宜興陳孝潔祠	蘇幕遮	癸亥展上巳日飲孝潔祠	6
22			摸魚兒	鰣魚	7
23			不限調	王文貞豐臺藥圃詩冊為王芍莊明府題	6
24			不限調	悼拙廬	6

從上述的表格觀之，他們唱酬的內容是以詠物、遊覽古蹟、題圖和節日活動為主。正如查紫陽所說，詞社內容雖以詠物最多，共詠三十二種物，與《樂府補題》純粹詠物迥異，甚至選調也不同。然而，白雪詞社之成立，因距國變不遠，含有深沉的感喟與寄託，可以說繼承了《樂府補題》的精神傳統。〔註 20〕

白雪詞社解散原因，首先與徐致章感憤時事辭世相關。程適〈序〉和蔣兆蘭〈跋〉均說：

> 荏苒癸秋（1923），拙廬以憂時疾歿。先是寄廬患風痺，谿盦應某軍府之招去游贛、游燕。定齋、餐菊先後讀禮家居，社事遂中輟。洎今四稔，時局益棘。寄廬以避兵寓滬，青蕤教授吳中，家遘絳雲之阨。上年蘿月嬰微疾，遷延數月遽卒。黃壚舊侶，邈若山河，社事無賡續之望。（乙編，頁 192）

〔註 20〕查紫陽撰：〈民初白雪詞社考論〉，頁 315。

> 歲癸亥（1923）秋，煥琪感憤時事，疾作，一夕遽卒。同人盡然傷之。每相對，輒欷歔感喟不能已。而文讌遂不能不輟焉。其後或二難四美，萃集一時，而抒寫靈襟，模範山水，斐然有作。或詩或詞，不復能限以一律。蓋白雪社之散也久矣。去年丁卯春（1927），社友儲子印波得微疾，延至秋中，竟爾不起，年未六十。而兆蘭頻年，客授吳下，今年七十有四矣。慨人事之不常，感死生之靡定，儻一旦溘先朝露，友朋文字，其不化為灰燼、蕩為寒煙者幾希。於是檢點同人社稾，起壬戌（1922）春至癸亥（1923）夏，煥琪絕筆為止，得詞百五十餘闋，付鈔胥寫定，名曰乙編。（乙編，頁 287）

道出民國十二年（1923）秋，徐致章因為憂慮和憤慨時局而病發，一夜之間逝世。詞社最後一集之作，就是輓別徐致章的詞。當中有蔣兆蘭〈長亭怨慢·輓徐煥琪內兄〉、程適〈金縷曲·哭拙廬〉、儲蘊華〈金菊對芙蓉·哭煥師〉、徐德輝〈瑣窗寒·悼拙廬主人〉、任援道〈甘州·哭煥琪二舅〉和李丙榮〈百字令·弔拙廬先生〉。不久，徐德輝患風痺，任援道應政府的招覽遊江西、河北等地，儲南強、儲蘊華先後在家守喪，社集一度暫停。後來雖然再續前集，卻難以同聚一時。俟徐德輝赴上海避亂，蔣兆蘭出任蘇州教職，儲鳳瀛得病辭世，成員已然各散東西，社集正式終結。蔣兆蘭感慨人生無常，死期不定，不願見朋友唱和的文字化為灰燼，於是將民國十一年（1922）至十二年（1923）的社作，共一百五十七首詞，匯刊為《乙編》行世。

四、詞作主題

白雪詞社社員，全都經歷過清皇朝的滅亡。面對民國政府之成立，原本抱有一絲希望的徐致章，卻隨著袁世凱稱帝、軍閥割據等一連串混亂局面的出現，對新政權極為失望，最終因憤於時事而離世。由於民國政府未能扭轉國家積弱的劣勢，詞人們開始懷念前朝的生活，並且淡出政壇，全部聚集在宜興，過著閒適清簡的日子。餘興所至，他們紛紛相約遊覽江蘇或鄉邑的文化地景。他們選擇出遊的原因主要有二：一是因為「山川文藻之勝，若不知世間有理亂者」（乙編，頁 191），能夠擺脫經驗世界的干擾。二是由於地方在空間上是固定的，它能保有歷來的神話、傳說、事蹟和無數文人的題詠、流連和居住的痕跡；當詞人們到訪，就能喚起他們對往昔的追憶和感受。正如漢學家宇文所安（Stephen Owen）嘗提出場景和典籍對人們回憶歷史的重要作用：

> 自然場景同典籍書本一樣，對於回憶來說是必不可少的：時間是不會倒流的，只有依靠它們，才有可能重溫故事、重遊舊地、重睹故人。場景和典籍是回憶得以藏身和施展身手的地方，它們是有一定疆界的空間，人的歷史充仞其間，人性在其中錯綜交織，構成一個複雜的混合體，人的閱歷由此而得到集中體現。〔註 21〕

除了文化地景外，實物——前朝遺物或自然景物，亦同樣易於觸發文人的思考和感受。白雪詞社同人正是以古蹟、遺物和自然景物為媒介，將對前賢和舊事的記憶，與當前實景或社會政治狀況結合，貫穿今昔，抒發歷史情懷和遺民心聲。他們時而慨嘆鄉邦遺址荒落、文獻凋零；時而憂愁民國政局、軍閥戰爭；時而感念前賢已逝，歷史興亡；時而眷戀前朝，忠貞愛國；時而抒寫隱逸，不願出仕；這些皆是經歷國家破亡後，又對前境感到困惑的詞人之心聲。下文筆者擬從文化地景的書寫和托物吟詠的寓寄兩方面，看出這些古蹟、遺物和景物如何觸動社友們的歷史記憶和遺民情懷。

（一）文化地景的書寫

關於文化地景如何引發詞人對於歷史的記憶，並由此而與個人情感結合，Edwin T. Morris 就曾經以中國的園林為例，提出由於中國之園林是經過高度的獨特建設，當人們親身走過裡面的小徑和迴廊，就會觸發起人們對往事的回憶及與此相關之所有傳統文化形象。其以一座凸出的石山為例，認為這能激起對山石名畫之記憶；又指出雕刻在小石塊上的紋理，亦能令一個隱士想到百年前世紀，而感到安慰。〔註 22〕白雪詞社在這兩年多的時間，嘗造訪徐喈鳳故居、謁蘇州五人墓、拜訪陳一經之祠和遊覽宜興之蠡墅、胥井、善卷洞、西施洞等古蹟，所踏足的地方和看到的景物，都足以引起他們歷史記憶和遺民情懷，而且感受特別深刻。正如文化地理學家 Tim Cresswell 提出親身

〔註 21〕宇文所安著，鄭學勤譯：《追憶：中國古典文學中的往事重現》（臺北：聯經出版社，2006 年），頁 39～40。

〔註 22〕原文為“[The Chinese Garden] was designed by highly cultivated individuals in such a way that a walk through the paths and arcades of its many sections would trigger reminiscences and images evoked from all aspects of the cultural tradition. Here a rock outcropping would kindle recollections of a famous mountain painting； there a few lines of calligraphy carved in stone would allude to a famous hermit who found solace in nature centuries before.” Edwin T. Morris, The Gardens of China: History, Art and Meanings (New York: Scriber's, 1983), p.xi.

參與遊覽的重要性，說：「在書上讀到或在畫裡見到的過往呈現，是一回事，但是進入『地方中的歷史』（history－in－place）領域，完全是另一回事。」〔註 23〕下面的詞作都是社友們的親身體驗。

1. 名人故居

白雪詞社第一次組織出遊的地點是清初詞人徐喈鳳（1622～1689？）故居。這次所選的詞調是〈八聲甘州〉，題為「第四集：訪徐竹逸先生願息齋故址」。參與社集的人有徐致章、蔣兆蘭、程適、儲鳳瀛和徐德輝，同聲李丙榮亦有和作：

> 緬熙雍、才彥盛君陽。高風振南州。攬平泉花月，軒開綠蔭，舫借紅浮。轉首滇游萬里，塵夢落滄洲。觴詠流連處，鴻雪痕留。　太息滄桑幾度，把銅仙移去，清淚難收。莽秦宮漢殿，禾黍也油油。再休提、故家喬木，只一天，衰草委荒邱。還徯倖、有題楹在，萬楚風流。（蔣兆蘭，甲編，頁 104）

> 想當年、水木擅清華。安排小唫巢。集名流觴詠，迦陵抗席，蓀友揮毫。正好齋顏願息，宦蹟逐煙消。回首滇池路，風急天高。　二百年來遺址，歎蔭軒已杳，紅舫重描。數吾鄉文獻，落落順康朝。到而今、星移物換，更故家、喬木盡蕭條。凝思久、最悽人處，月墮林梢。（程適，甲編，頁 105）

徐喈鳳，字鳴岐，號竹逸，又號荊南山人。順治十五年（1658）進士，授雲南永昌軍民府推官。十八年（1661）因奏銷案降調，辭官歸隱，居於宜興城隍廟對面，〔註 24〕書齋取名為「願息齋」，意謂自願休息奉侍高堂，不再應博學鴻詞科。上述兩闋詞開首之「緬熙雍」、「想當年」，提示我們社友們已經進入回憶的狀態。他們各自都想起昔日在詩詞集裡讀過徐喈鳳隱居時，願息齋風景清幽怡人的片段。齋中的綠蔭軒、浮紅石舫，至今還保留當年宜興知縣萬肖園之題筆。〔註 25〕這些的匾額、字跡，觸發起詞人的想像。徐喈鳳與陳維崧（迦陵）、嚴繩孫（蓀友）一同聚集此地飲酒賦詩的景象，彷彿呈現眼前。還有徐喈鳳在雲南任官時，為民請命，開倉振災，加強教育等政績，以及後來

〔註 23〕Tim Cresswell 著；徐苔玲、王志弘譯：《地方：記憶、想像與認同》（臺北：群學出版有限公司，2006 年），頁 138～139。

〔註 24〕阮升基等編：《宜興縣志》（臺北：成文出版社，1970 年），頁 60。

〔註 25〕拙廬等撰：《樂府補題後集甲編》，頁 104～105。

辭官隱退之事，都因為記載或傳聞，重現在他們心中。〔註 26〕所以兩詞中上片「高風振南州」、「轉首滇游萬里，塵夢落滄洲」和「宦蹟逐煙消」等句，都從追憶徐喈鳳的出仕和歸隱，聯想到個人身世。其身歷明清易代，就如詞人們從清朝走向民國一樣。同樣，兩詞下片都抒發對前朝的懷念。

兩詞下片開首「太息滄桑幾度，把銅仙移去，清淚難收」和「二百年來遺址，歎蔭軒已杳，紅舫重描」數句，時間回到現在。願息齋經過了二百多年的歷史，早已長滿禾黍雜草，荒落凋零。詞人面對這一景象，不禁興起國家破亡、朝代更迭的悲慨。蔣兆蘭詞中「把銅仙移去」一句，用了李賀〈金銅仙人辭漢歌序〉中，魏明帝詔取漢武帝之捧露盤仙人，仙人臨載而潸然下淚，來暗指前朝滅亡，表達內心的哀傷。〔註 27〕而徐致章和詞下片之「歎劫灰餘夢，空自弔耆英。最傷神、漸漸麥秀，問故宮、何處是周京。銷凝久、聽疏林裏，杜宇聲聲」（頁 104），亦是借弔念徐喈鳳，看到其故居之蕭瑟，抒發亡國之悲。當中「歎劫灰餘夢」兩句，是指晚清以降，國家經歷了無數的戰爭，願息齋成了一片荒蕪，只剩下自己憑弔古人。此情此景，如同商朝時代的箕子，在易代之後，路過前朝都城所看到城牆宮室崩壞、長滿青青禾黍的景象一樣。為了表達對故國的懷念，徐致章再借用古蜀國帝王杜宇，死後化為子規鳥，在山中哀啼之事。至蔣兆蘭和程適詞裡末段提到「故家喬木」和「數吾鄉文獻，落落順康朝」，則想藉著緬懷順治、康熙時期宜興文化宏盛、才人輩出，來作今昔對照，慨嘆今日鄉邑文風凋零。這組詞全都以追憶鄉賢徐喈鳳往日的風流事跡，貫穿今昔，抒發神州陸沉，以及鄉邦遺址殘破、文獻荒落的悲慨。

2. 謁墓和拜祠

謁墓和拜祠，乃中國傳統的禮儀文化，主要是表達對先賢的尊敬和仰慕。白雪詞社在出遊江蘇的行程裡，到訪了蘇州著名之五人墓、玄墓、范墳、真孃墓、鴛鴦塚和江陰市的延陵季子墓。這次社集採用分調分題的方式，參與者有徐致章、蔣兆蘭、程適、儲鳳瀛、儲蘊華和徐德輝。在六首詞裡，最能體現遺民的愛國心聲者，是徐致章的〈滿江紅・弔五人墓〉。詞云：

> 義憤填膺熸逆燄，奮拳一擊。休輕覷，販繒屠狗，幾多英傑。就死不貽桑梓禍，糜軀甘灑頭顱血。比三良，誰贖百身來，羞偷活。　東

〔註 26〕胡萍撰：《徐喈鳳及其詞研究》，西南大學碩士論文，頁 5。
〔註 27〕李賀著，曾益等注：《李賀詩注》（臺北：世界書局，1963 年），頁 280。

林盡，綱維絕。北寺慘，英靈滅。歎盈庭、奴隸肺肝都別。天為三吳扶正氣，地留一穴埋香骨。弔荒邱、展拜向斜陽，悲風激。（徐致章，乙編，頁 214～215）

全詞主題都圍繞對國家的忠義。所謂「五人墓」，是指明代蘇州市民顏佩韋、楊念如、沈揚、馬傑和周文元五位義士之墓。他們一同在明熹宗天啟六年（1626），因反對宦官魏忠賢專權、戕害東林黨人周順昌而殉難。《明史．周順昌傳》對於事件的起源和經過，有以下的記述：

（周）順昌好為德於鄉……及聞逮者至，眾咸憤怒，號冤者塞道。至開讀日，不期而集者數萬人，咸執香為周吏部乞命。諸生文震亨、楊廷樞、王節、劉羽翰等前謁（毛）一鷺及巡按御史徐吉，請以民情上聞。旗尉厲聲罵曰：「東廠逮人，鼠輩敢爾！」……眾益憤，曰：「始吾以為天子命，乃東廠耶！」蜂擁大呼，勢如山崩。旗尉東西竄，眾縱橫毆擊，斃一人，餘負重傷，逾垣走。……東廠刺事者言吳人盡反，謀斷水道，劫漕舟，忠賢大懼。已而一鷺言縛得倡亂者顏佩韋、馬傑、沈揚、楊念如、周文元等，亂已定，忠賢乃安。〔註 28〕

從這段所載，乃知最初是蘇州百姓為周順昌請命，並圍攻東廠特務。後魏忠賢黨羽毛一鷺上書謂蘇州人民謀反，企圖截斷河流，搶劫漕運船隻。魏忠賢大驚，欲派兵鎮壓，顏佩韋等五人為了平息亂事，保衛當地群眾，挺身而出，自繫入獄。臨刑時更大義凜然，英勇就義。至崇禎即位（1627 年），五人冤案終被平反，民眾集資建立墓碑，今址位於閶門外山塘街青山橋東。〔註 29〕詞社同人拜謁五人墓，主要是為了表彰明末忠臣義士們愛國愛民的精神。他們來到墓前，回憶起當年宦官擅權、戕害忠良，已激起了慷慨的情緒，此見末句云「弔荒邱、展拜向斜陽，悲風激」。而起筆二句「義憤填膺燔逆燄，奮拳一擊」，亦流露出同樣的激憤，寫出當日五人殉難，滅去了魏忠賢之燄氣，痛擊閹黨勢力。下二句「販繒屠狗」，用漢高祖時期樊噲及灌嬰出身寒微之事，〔註 30〕喻指五人雖為市井平民，卻為人中豪傑。繼而寫他們甘願為鄉邦百姓

〔註 28〕張廷玉撰：《明史．周順昌傳》（北京：中華書局，1995 年），第 21 冊，頁 6354。
〔註 29〕蘇州市地方志編纂委員會編：《蘇州市志》（南京：江蘇人民出版社，1995 年），頁 955～956。
〔註 30〕司馬遷著，裴駰集解：《史記．樊酈滕灌列傳》（北京：中華書局，1982 年），第 8 冊，頁 2651～2673。

赴死，羞於偷活，忠義之情足比春秋秦穆公三個殉君賢臣。〔註 31〕

下片由弔念五人擴展至感懷東林黨的事蹟。顏佩韋等人可說是東林黨和閹黨鬥爭下的犧牲者。「東林黨」乃明末由江南士大夫組成之政治集團。顧憲成、高攀龍等人在江蘇無錫東林書院講學時，「講習之餘，往往諷議朝政，裁量人物」，〔註 32〕於天啟四年（1624）為魏忠賢所害，大多被捕下獄至死。詞人對忠良被殺、朝中人才盡去極為痛惜和感歎。「盡」、「絕」、「慘」、「滅」和「別」五字，完全表現出其激昂高漲的情緒。雖然詞中沒有明確提及民國現實的政治處境，但從他們對五人和東林黨的忠烈表揚，「天為三吳扶正氣，地留一穴埋香骨」句，都可見出其愛國愛民的精神。詞人或從兩黨鬥爭之史實，聯想到民國軍閥混戰，藉以表達歷史和家國情懷。

圖十三：蘇州閶門外山塘街 775 號的五人墓

另一組表揚忠義，且與東林黨有關的詞，乃〈滿庭芳‧謁陳孝潔先生祠〉。這次徐致章等六人，走到位於城西南隅大人巷，拜訪明末鄉賢陳一經之祠。〔註 33〕陳一經，字懷古，以孝著稱於鄉里。其子陳於廷，萬曆二十三年（1605）進士，為東林黨人，性格剛正不阿，曾因抗擊魏忠賢和違忤崇禎帝而被削籍。於廷之四子陳貞慧（1604～1656），乃明代遺民，曾參與抗清活動，兵敗後隱居不仕。貞慧之子陳維崧（1625～1682），為清初陽羨詞派領袖，文章世所推重。陳氏家族百年跨越了明、清兩代，仕明者忠心為國，鼎革者拒為異臣，即使陳維崧任翰林院檢討，其詞亦多家國之悲。陳氏一門四代，忠孝貞烈，且是鄉邑先賢，故社友們相約謁墓，以示尊敬。面對舊祠，他們都憶起陳一經

〔註 31〕三良即春秋時代秦國子車氏之三子奄息、仲行、針虎。

〔註 32〕張廷玉撰：《明史‧顧憲成傳》，第 20 冊，頁 6032。

〔註 33〕陳善謨等修，徐保慶等纂：《光宣宜荊續志》（臺北：成文出版社，1970 年），頁 117。

以降四代忠賢的事蹟。儲蘊華詞就云：「石綴成皴，池清見底，一堂四代鄉賢。太邱遺澤，家學溯淵源。」（乙編，頁 237～238）六位社友的作品，側重點不同，其中最具遺民精神者是程適。其曰：

> 私諡千秋，先芬四葉，梓鄉文獻堪徵。行居芳潔，泉水在山清。篤念春暉寸草，圖親貌、色笑如生。真純孝，詩賡錫類，蘭草玉森庭。繩繩。看後起，東林抗節，南國蜚聲。比太邱羔雁，慚長慚卿。肅拜清高賸像，經過了，水劫龍腥。低徊久，推窗遠矚，天上少微星。（程適，乙編，頁 236～237）

全詞分為上下兩片，上片歌頌陳孝潔的孝行，下片褒揚陳於廷之氣節。詞之開首憶起陳孝潔四代之德行文章，千載留名。「行居芳潔」句，感念孝潔的志行。據《宜興縣志》所載，陳一經「至性純孝。生不識父，詢得貌，繪而事之，每諦視輒嗚咽泣下」，又為陳氏家族「設義塾，置義田」，故他辭世後，鄉黨私諡「孝潔先生」。〔註 34〕「篤念春暉寸草」二句，寫其繪畫父親之貌，以感念養育之恩。「詩賡錫類」用《詩經．大雅．既醉》「孝子不匱，永錫爾類」，〔註 35〕指其設塾置田，施善眾人。

下片則憶述陳孝潔之子陳於廷，因他不願與魏忠賢妥協而落得被貶的下場。祠人褒揚其氣節高尚，聲振江南。〔註 36〕「比太邱羔雁，慚長慚卿」句，用東漢時陳寔及其子陳紀、陳諶之德行為世所重，然陳紀之子陳羣卻不及之的事，〔註 37〕比喻陳於廷後人的氣節，稍不能及，暗指自陳維崧以還，陳氏聲名後繼無人。下句「肅拜清高賸像」，時間回到現實，詞社同人在親仰遺像之際，勾起了歷史興亡的感慨。因為祠是前朝所建，堂中畫像更為明代鄉賢，所以這一地方對親歷鼎革的詞人來說，承載著由明至清，再由清及於民國的兩次易代戰禍之記憶，亡國感嘆尤為深刻，這從「低徊久」三字見之。最後悲慨仍然徘徊不去，他們只好遠望天際，表達國家賢才益少的哀愁。

3. 名勝古蹟

宜興地處江蘇，春秋時期屬吳國的統治範圍，故在地域上保留了很多吳

〔註 34〕阮升基等編：《宜興縣志》，頁 315～316。

〔註 35〕毛亨傳、鄭玄箋、孔穎達疏：《毛詩正義》（北京：北京大學出版社，2000 年），第 6 冊，頁 1279。

〔註 36〕張廷玉撰：《明史．陳於廷傳》，第 20 冊，卷 242，頁 6545。

〔註 37〕范曄撰，李賢等注：《後漢書．陳寔傳》（北京：中華書局，1995 年），第 7 冊，卷 62，頁 2068～2069。

國之歷史遺蹟。白雪詞社同人，嘗相約在此處的古蹟遊覽，並以之為題，一連唱和十四首〈渡江雲〉詞作，抒發對歷史感懷和遺民亡國的心聲。參與出遊者，有徐致章、蔣兆蘭、程適、儲鳳瀛、徐德輝、儲南強和任援道，分別以「蠡墅」、「計山」、「善卷洞」、「胥井」、「西施洞」、「黃石庵」、「言村」、「虞山」、「禹廟」和「甯墓」為題詠對象。下文選徐致章之詠蠡墅和儲鳳瀛詠胥井析之。

> 黃金空鑄像，鴟夷一舸，湖上寄幽居。飽經薪膽苦，霸業功成，只合混陶漁。溪山俊賞，共西施、嬌影同扶。悵觸起、藏弓烹狗，還寄故人書。　　陶朱。千金仗義，三徙成名，道當年留墅。甚只見、寒村落照，斷甃荒蕪。滄桑換盡名猶在，抵三高、祠宇渠渠。亡國恨，神明誰嗣無余。（徐致章，甲編，頁 167～168）

蠡墅位於丁山之西，據《宜興縣志》記載：「范蠡功成泛湖，嘗居此。」〔註 38〕詞人親見昔日范蠡之居所，時間上彷彿與二千四百年前吳越爭霸的歷史相接，回憶起關於范蠡的種種事跡。開首「黃金空鑄像」三句，寫范蠡助越王勾踐滅吳後，更名鴟夷子皮，與西施泛一葉扁舟於五湖；後勾踐極念范蠡，命人在會稽山鑄范蠡之像。〔註 39〕「飽經薪膽苦」以下數句，感嘆勾踐成就霸業後，不能與功臣共享樂，以致范蠡只好功成身退，與西施遊於五湖，隱遁經商。「溪山俊賞」以下六句，敘述范蠡與西施遊於五湖，並寄書信與文種，勸其功成身退，免為越王所殺。〔註 40〕下片「陶朱」三句，仍寫范蠡之事。據《史記．越王勾踐世家》所載，范蠡三徙並散盡家財，一徙離開越王，二徙離齊，三徙離楚。〔註 41〕至「道當年留墅」一句，詞人回到現實，范蠡的蹤跡已經消失，眼前蠡墅一片荒蕪，只見頹垣敗瓦。在這斜陽落照的寒村下，詞人們聯想到三高（范蠡、張翰、陸龜蒙）祠宇，認為他們能夠自得地辭官歸隱，但自己在面對易代和政治混亂的困局下，卻無能為力，常常徘徊在出仕和隱退的掙扎中，最終只能慨嘆國家滅亡之痛和遺民身世的悲哀。

〔註 38〕阮升基等編：《宜興縣志》，頁 419。

〔註 39〕左丘明撰，鮑思陶點校：《國語》（濟南：齊魯書社，2005 年），頁 321～322。

〔註 40〕《史記．越王勾踐世家第十一》說：「范蠡遂去，自齊遺大夫種書曰：『蜚鳥盡，良弓藏；狡兔死，走狗烹。越王為人長頸鳥喙，可與共患難，不可與共樂。子何不去？』種見書，稱病不朝。」載司馬遷撰，裴駰集解：《史記》（北京：中華書局，1982 年），第 5 冊，頁 1746。

〔註 41〕司馬遷撰，裴駰集解：《史記》，頁 1752～1755。

圖十四：蘇州長橋街道蠡墅

儲鳳瀛詠胥井一首，亦同樣透過哀悼愛國忠臣伍子胥，抒發歷史興亡的感受。詞曰：

> 英雄何處也，殘山賸水，憑弔問誰知？夕陽梧葉下，古井無波，隱約見靈旗。寒泉咽恨，恍當年、市上簫吹。從破楚、功成不去，魚腹葬鴟夷。　　欷歔。冬冬社鼓，寂寂墟煙，賸荒涼如是。那管他、銅瓶失水，玉虎牽絲。灑來一掬興亡淚，沼吳宮、辱甚胭脂。凝望久，雲山環繞低迷。（儲鳳瀛，甲編，頁 170～171）

胥井位於金泉三圖，相傳為伍子胥飲水處。〔註 42〕開首「英雄何處也」三句，寫出社員們到訪胥井後，看到昔日伍子胥飲水的古井，感慨英雄已逝，無處可尋，僅有一片殘山賸水。「夕陽梧葉下」數句，描摹梧葉在夕陽照射下，倒映於井水上，彷彿重現當年吳越戰爭的靈旗。他們由此追憶伍子胥其人其事，想起其逃出楚國後，無以糊口，靠吹簫乞食於吳國；〔註 43〕及其後助吳王闔閭擊敗楚國，卻功成不去，最終為吳王賜劍自殺，並以鴟夷革裹其屍，投於江中。〔註 44〕他們想到一代英雄的悲慘下場，不禁以「欷歔」來總結當時的心情。下片的敘述又返回現在，詞人從愛國忠臣的下場及眼前蕭瑟冷落之胥井，聯想到歷史的更迭。詞末所用的三個典故，正是表達易代和興亡。「銅瓶失水」，反用了杜甫〈銅瓶〉詩「銅瓶未失水，百丈有哀音」，〔註 45〕感慨興亡。「玉虎牽絲，灑來一掬興亡淚」，則出自李商隱〈無題〉「玉虎牽絲汲井回」，

〔註 42〕阮升基等編：《宜興縣志》，頁 419。

〔註 43〕司馬遷撰，裴駰集解：《史記．范睢蔡澤列傳》，第 7 冊，頁 2407。

〔註 44〕司馬遷撰，裴駰集解：《史記．伍子胥列傳》，第 7 冊，頁 2180。

〔註 45〕杜甫撰，仇兆鰲注：《杜詩詳注》（北京：中華書局，1995 年），第 2 冊，頁 624。

〔註 46〕藉寫眼前胥井的轆轤和繩索，牽動了易代之悲。末句「沼吳宮，辱甚胭脂」，又借陳後主與妃嬪在隋兵南下時投井一事，〔註 47〕抒發亡國之痛，悲傷之情久久不去。

（二）托物吟詠的寓寄

遺物和自然景物如何觸發遺民詞人的記憶，宇文所安嘗引用晚唐杜牧〈赤壁〉一詩，指詩中就是藉著赤壁（今湖北省東南部）之遊和一柄鏽戟，結合地景和文物兩方面，回憶起三國時期赤壁之戰。杜牧雖然沒有親歷赤壁之戰，但卻可以從相同的地方和眼前的遺物，將兩個不同的時代，連接起來。〔註 48〕後來林立又以清末詞人陳洵（1871～1942）〈西平樂・譚瑑卿以怡府角花牋屬書舊詞，感念盛時文物，聲為此譜調〉一詞為例，藉著刻劃嘉慶時怡親王所製花牋的命運，回憶怡王府的昔盛今衰，勾起他對前朝的追懷和個人的身世之感。〔註 49〕白雪詞社社集就有不少寫物和題圖之詞，而這些物件和景物之作用，就在於引發詞人對歷史的記憶和感懷，甚至以物自喻，使物成為了詞人精神和品格的化身，達到物我合一之效果。下面我們看看社友們如何被實物——前朝遺物或自然景物，觸發思緒和感受。

1. 玉印與詩冊

鄉邦抗清名將盧象昇（1600～1639）之雙玉印，就嘗引起了白雪詞社的注意。蔣兆蘭、程適、儲鳳瀛和儲蘊華即物起興，以〈念奴嬌〉為調，褒揚其忠烈的氣慨和為國捐軀的精神，並聯繫到民國時政，寓有軍閥誤國，人才凋零之意。茲選蔣兆蘭及儲鳳瀛詞依次析述：

> 賈莊星隕，壞長城萬里，樞臣何物。忍為和戎除穆武，黑塞都無堅壁。明祚旋移，清風不競，消盡燕山雪。金章如斗，更無一箇人傑。因念劫火焚餘，纍纍雙印，灰燼何人發。忠孝遺讒惟死耳，恨不佞臣誅滅。義凜春秋，辭嚴斧鉞，怒激衝冠髮。錦綳檀護，夜來光景

〔註 46〕李商隱撰，劉學鍇、余恕誠注：《李商隱詩歌集解》（北京：中華書局，1996 年），第 4 冊，頁 467。

〔註 47〕葛立方撰：《韻語陽秋》，載何文煥輯：《歷代詩話》（北京：中華書局，1987 年），下冊，頁 528～529。

〔註 48〕關於杜牧〈赤壁〉回憶的關係，可參考宇文所安著，鄭學勤譯：《追憶：中國古典文學中的往事重現》，頁 71～74。

〔註 49〕詳參林立著：《滄海遺音：民國時期清遺民詞研究》（香港：香港中文大學出版社，2012 年），頁 131～133。

如月。（蔣兆蘭，甲編，頁 149～150）

玉符蟲篆，賴神靈呵護，堅凝如鐵。大地滄桑經幾變，雙璧完全無缺。中散遺琴，椒山賸硯，同灑孤臣血。祠空人去，一灣溪水嗚咽。誰念重鎧身披，填膺悲憤，無計驅蛇蠍。鉅鹿城邊雲似墨，何處堪埋忠骨。色正芒寒，心長語重，百劫難磨滅。摩挲珍寶，子孫傳示來葉。（儲鳳瀛，甲編，頁 151）

盧象昇，字建斗，號九台，後追贈兵部尚書，謚忠烈，乾隆時改謚忠肅。天啟二年（1622）進士，授戶部主事，乃明末抗清名將。崇禎六年（1633）曾參與鎮壓高迎祥、李自成等農民起義軍，至九年（1636）出任總督宣大、山西軍務，練兵禦清。十一年（1639）冬，因握有兵權的禮部尚書楊嗣昌一意主和，事事掣肘；宦官高起潛擁兵在外，不予求援，最終使盧象昇於鉅鹿賈莊（今河北）與清軍激戰時陣亡。〔註 50〕這次聚集的地方，詞題雖無明確交代，然從上述儲鳳瀛詞所云「祠空人去，一灣溪水嗚咽」，應該在位於宜興宜城鎮東珠巷東端之盧忠肅公祠。

詞人們尊崇盧象昇，乃在其忠貞愛國的精神。象昇身為明室大臣，在面臨外敵入侵之際，奮勇殺敵，甚至戰鬥到炮盡矢窮，身中四箭三刀而死。這種對明朝的忠和勇，成為了社員們自勉勉人的典範。作為前朝統治過的臣民，他們都褒揚愛國忠臣，以此互相激勵，提醒保持氣節；同時藉詞寄意，抒發對國家的忠愛，凝聚群體的力量。象昇之雙玉印，包含了其一生奮勇善戰的事蹟和報國的精神，儲氏將之比作嵇康的遺琴和楊繼盛的賸硯，〔註 51〕指出它們同樣保存著異代孤臣之血。而上面所刻的語句，「孝者竢忠而成」、「迫生不若死」、「大夫無境外之交」和「取彼譖人投畀豺虎」，意味深遠，不但體現了盧象昇高潔正直的人格，亦可傳示後代子孫，以作勉勵。雙玉印雖然經過了明末至民國兩次易代，卻仍完好無缺，彷彿有「神靈呵護」，難以磨滅。

社員面對眼前的雙玉印，紛紛觸發對盧象昇殉國事蹟的回憶。儲氏詞中「誰念重鎧身披」三句，將當日盧氏在蒿水橋遇到清軍主力，仍身先士卒，突圍殺敵的場面呈現眼前。《明史・盧象昇傳》載曰：

十二月十一日，進師至鉅鹿賈莊。（高）起潛擁關、寧兵在雞澤，距

〔註 50〕張廷玉撰：《明史・盧象昇傳》，第 22 冊，卷 261，頁 6763～6765。

〔註 51〕楊繼盛的賸硯，見張廷玉撰：《明史・楊繼盛傳》，第 18 冊，卷 209，頁 5535～5543。

賈莊五十里而近，象昇遣（楊）廷麟往乞援，不應。師至蒿水橋，遇大清兵。象昇將中軍，大威帥左，國柱帥右，遂戰。夜半，觱篥聲四起。旦日，騎數萬環之三匝。象升麾兵疾戰，呼聲動天，自辰迄未，礮盡矢窮。奮身鬥，後騎皆進，手擊殺數十人，身中四矢三刃，遂仆。……僕顧顯者殉，一軍盡覆。〔註52〕

寫昔日盧象昇軍隊在鉅鹿賈莊，因不得援兵而不敵清軍。在炮盡矢窮的劣勢下，身中四箭三刀而死。詞中「鉅鹿城邊雲似墨」句，就描述了其在戰場英勇殺敵，以身殉國。而「何處堪埋忠骨」一句，與蔣兆蘭所發出「忠孝遭讒惟死耳，恨不佞臣誅滅」之憤慨同出一轍，既寫高起潛不願出兵解救，亦抨擊楊嗣昌殘酷兇狠，致使其屍骨延至八十日始得殮葬，且初不獲朝廷撫恤。此見《明史》又曰：

起潛聞敗，倉皇遁，不言象升死狀。嗣昌疑之，有詔驗視。廷麟得其屍戰場，麻衣白網巾。……順德知府于潁上狀，嗣昌故靳之，八十日而後殮。明年，象升妻王氏請恤。又明年，其弟象晉、象觀又請，不許。久之，嗣昌敗，廷臣多為言者，乃贈太子少師、兵部尚書，賜祭葬，世廕錦衣千戶。……方象升之戰歿也，嗣昌遣三邏卒察其死狀。其一人俞振龍者，歸言象升實死。嗣昌怒，鞭之三日夜，且死，張目曰：「天道神明，無枉忠臣。」於是天下聞之，莫不欷歔，益恚嗣昌矣。〔註53〕

故蔣、儲二人所憶起盧象昇之死，是和明室內部鬥爭有關。蔣兆蘭詞開首「賈莊星隕」三句，寫盧氏亡於賈莊，乃國家削弱自身的力量。「忍為和戎除穆武」以下五句，借南宋秦檜為了達成與金國議和，以「莫須有」罪名處死岳飛一事，〔註54〕暗指楊嗣昌和高起潛因主議和，不救盧象昇，明朝國運亦隨之而盡，為清室取代。「金章如斗」兩句，表面寫明朝官高位尊者多，卻沒有如盧象昇一樣能盡忠報國的人才；實際借古諷今，慨嘆民國軍閥混戰，各系統領只欲爭權奪利，並非忠心為國。程適的和詞中就更明確發出「斗大黃金成底用，軍閥纍纍誤國」的感嘆。對於盧象昇這樣的忠烈人物，雖死猶生，精神不

〔註52〕張廷玉撰：《明史．盧象昇傳》，第22冊，卷261，頁6765。

〔註53〕張廷玉撰：《明史．盧象昇傳》，第22冊，卷261，頁6765。

〔註54〕脫脫等撰：《宋史．岳飛傳》（北京：中華書局，1995年），第33冊，卷365，頁11394。

滅。蔣兆蘭就用了〈春秋穀梁傳序〉之「一字之褒，寵踰華袞之贈；一字之貶，嚴於斧鉞之威」，〔註 55〕以證盧氏其人其行其事，最終獲得歷史公允的評價及肯定其忠愛之情。

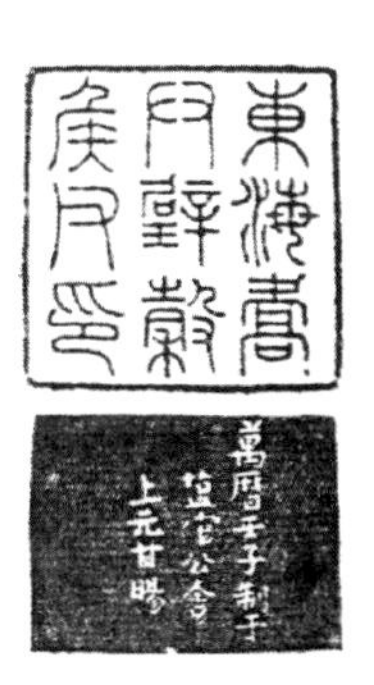

圖十五：盧象昇玉印

另一項引起詞社同人關注的遺物，是清初王崇簡（1602～1678）的豐臺藥圃詩冊。豐臺，位於北京，為王崇簡之別業。崇簡，字敬哉，順天府宛平（今北京市）人。明崇禎十六年（1643）中進士，未及授官，遇李自成陷北京。清順治三年（1646）授內翰林國史院庶吉士，歷任秘書院檢討、國子監祭酒、弘文院侍讀學士、詹事府少詹事、吏部侍郎、禮部尚書、太子太保等職，諡文貞。其《青箱堂詩集》載有一首〈豐臺芍藥園讌集〉，題為「閏三月二十八日，張左人、米紫來、孫茂叔、喬瞻、胡明智」。〔註 56〕清人戴璐（1739～1806）《藤陰雜記》則載有朱彝尊〈王尚書招同人宴集豐臺藥圃〉、王鴻緒〈宛平太傅別業看芍藥〉和唐孫華〈宛平公招同豐臺園中觀芍藥〉詩，見出當日文人讌集，賞花吟詠之盛。〔註 57〕徐致章、蔣兆蘭、程適、儲鳳瀛、儲蘊華和徐德輝六人，就以「王文貞豐臺藥圃詩冊，為王芍莊明府題」作詞題，分調唱酬。茲選徐致章〈玲瓏四犯〉和徐德輝〈揚州慢〉析述：

> 萬卉鬬妍，羣英高會，花香詞彩濃聚。餞春婪尾宴，睹韻遨頭侶。奇葩向人欲語。主盟壇、白頭皋禹。借重詩仙，品題花相，佳話足千古。　　淒涼舊時苔礎。怎翻階麗影，惟賸焦土。劫塵遺墨在，廢壘悲笳訴。揚州漫續繁華夢，弔陳迹、空箋芳譜。行邁處。徘徊

〔註 55〕范寧集解，楊士勛疏：《春秋穀梁注疏》（北京：北京大學出版社，2000 年），第 22 冊，頁 8。

〔註 56〕王崇簡撰：《青箱堂詩集》，載《四庫全書存目叢書》（臺南：莊嚴出版社，1997 年），第 203 冊，頁 621。

〔註 57〕戴璐著：《藤陰雜記》（石家莊：河北教育出版社，1996 年），卷十一，頁 465。

> 久、離離彼黍。(徐致章，乙編，頁 279)
>
> 幽徑尋三，禁城尺五，俊遊策蹇郊坰。羡簪裾雅集，盛日下才名。趁婪尾、餞春宴啟，尚書頭白，雄主騷盟。合羣賢、觴詠風流，堪嗣蘭亭。　　舊京弔古，到而今、滄海頻經。賸廢壘秋蕪，郵亭野潤，無限淒清。翰墨尚留縑素，翻階句、競唱宣城。溯清時文讌，教人遐想承平。(徐德輝，乙編，頁 282)

詞人親睹前朝詩冊，清初詩人們聚集在王崇簡別業觀賞芍藥，並題詩吟詠之事，彷彿重現眼前。豐臺群芳盛開，爭妍鬥麗，為詩會錦上添花。會中王崇簡借花為題，才華洋溢，有如詩仙李白，成為千古傳誦的佳話。徐德輝詞開首「幽徑尋三，禁城尺五，俊遊策蹇郊坰」，就聯想到自己身在京城，騎馬在郊坰漫遊，尋訪王崇簡等人宴會的蹤跡。而徐致章詞落筆即呈現出舊日豐臺群芳盛開，爭妍鬥麗，為他們的詩會錦上添花。「餞春婪尾宴」句，「婪尾」乃芍藥之別名，以其於春末始盛放，如婪尾酒為宴末之杯。這三句寫詩人設宴餞別芍藥，花朵向人欲語。「睹韻遨頭侶」、「主盟壇、白頭皋禹」，與徐德輝詞的「尚書頭白，雄主騷盟」等句，均謂王崇簡在朝中身居要職，位極人臣，乃文壇之主。會中他借花為題，才華洋溢，有如詩仙李白，成為千古傳誦的佳話。徐德輝更將眾人雅集之事，比作晉代王羲之等人的蘭亭集會，〔註 58〕曰：「合羣賢、觴詠風流，堪嗣蘭亭。」詞社各人唱和，上片皆主要追憶是次賞花宴會，如程適和詞曰：「指雲霄、順康人物劇風騷。……青衫名士俊，白髮尚書豪。快拈毫，一聲聲，齊唱鬱輪袍。」(頁 280) 儲蘊華詞的「一代風流，千秋韻事，豐臺地以人傳。雅集西園，詩成好句如仙。」(頁 281～282)

社友們雖然未能親赴豐臺藥圃，但京城自遭遇八國聯軍之役後，很多古蹟俱荒蕪凋零，所以各人詞作的下片，均陡轉聯想當地歷經國變後的景況。「淒涼舊時苔礎」以下五句，描繪人去臺空，只剩下滿布苔蘚的石階，還有戰火燒燼的痕跡。徐致章想到在這一片焦土廢壘中，以及眼前僅餘的詩冊，內心興起了淒涼的感慨。徐德輝詞中「舊京弔古，到而今、滄海頻經。賸廢壘

〔註 58〕王羲之〈蘭亭集序〉云：「永和九年，歲在癸丑，暮春之初，會於會稽山陰之蘭亭，脩稧事也。羣賢畢至，少長咸集。此地有崇山峻領，茂林脩竹；又有清流激湍，映帶左右，引以為流觴曲水，列坐其次。雖無絲竹管弦之盛，一觴一詠，亦足以暢敘幽情。」載陳貽焮選注：《魏晉南北朝文》(石家莊：河北教育出版社，2000 年)，頁 97。

秋蕪，郵亭野潤，無限淒清」，程適詞「茫茫國變，縱花相，也魂銷。豐臺路，夕陽黯澹下林皋。劫灰搜蠹簡，古淚揾鮫綃」（頁280）和儲蘊華詞「仙姿國豔今何處。但煙迷廢圃，草長頹垣」（頁281～282）數句，同樣寫出了歷史滄桑之感，刻劃出今日豐臺四野無人，驛館蕭索荒涼，變成了長滿雜草的廢圃。詞社同人一起憑弔舊京和遺墨，雖各自用了不同的表述方式，然均藉由王崇簡詩冊，回憶清初文壇的風流往事，想念太平盛世，寄寓希望國家恢復承平之意。徐德輝直述「溯清時文讌，教人遐想承平」；而徐致章則借杜牧〈遣懷〉「十年一覺揚州夢」之句，表達繁華盛世只屬前朝舊夢，實際豐臺已成為禾黍覆蓋之地，抒發對故京零落的悲痛，亦是緬懷前朝，故又久久徘徊不去。

2. 古柏和菊花

白雪詞社在一次蘇州之旅，到訪了當地著名的司徒廟。司徒廟位於蘇州西南光福鎮，是祭祀東漢初年大司徒鄧禹將軍的祠廟，亦稱鄧尉廟。鄧禹（公元2～58），字仲華，南陽新野（河南）人。據《後漢書·鄧禹傳》的記載，其曾隨漢光武帝劉秀鎮壓銅馬等農民起義軍，助其消滅敵對勢力，成為東漢開國功臣。〔註59〕詞社同人來到司徒廟，除了回憶鄧禹之事蹟，更因為看到廟裡的古柏而觸發起朝代更迭的感慨，還有遺民之貞節。參與這次唱酬的仍是徐致章、蔣兆蘭、程適、儲鳳瀛、儲蘊華和徐德輝六人，所選詞調及詞題為〈風入松·司徒廟古柏〉。茲選徐致章和徐德輝之詞：

> 攫拏作勢欲騰空。平地起蛟龍。千年神物勞珍護，舞空庭、嘯雨吟風。莫笑深山隱遁，歲寒長此蔥蘢。　羞儕泰岱五株松。曾拜大夫封。盤根錯節留真相，謝浮名、甘翳蒿蓬。扶植兩間正氣，南枝也比精忠。（徐致章，乙編，頁220～221）

> 森森老柏列成行。終古鬱青蒼。何年來把靈根植，最高枝、鸞鳳棲香。漫說將軍寵號，曾蒙漢武恩光。　眼看塵世幾滄桑。寂寞對斜陽。空山偃蹇無人問，儘孤高、不論文章。老幹力排雷雨，貞心慣耐冰霜。（徐德輝，乙編，頁221）

詞人們之所以對廟內古柏有深刻的記憶和感受，主要因為四株古柏，相傳是鄧禹隱居此地時手植的，距今已有兩千餘年歷史。故詞中「千年神物勞珍護」和「何年來把靈根植」，均點出了古柏經歷過長久的歲月。又清乾隆皇帝南巡

〔註59〕范曄撰，李賢等注：《後漢書·鄧禹傳》，第3冊，卷16，頁599～607。

時，嘗將其命名為「清」、「奇」、「古」、「怪」。清者，碧鬱蒼翠，挺拔清秀；奇者，主幹折裂，一空其腹；古者，紋理纖繞，古樸蒼勁；怪者，臥地三曲，狀如蛟龍。因此，上述兩首詞起筆所描摹「攫拏作勢欲騰空，平地起蛟龍」、「森森老柏列成行，終古鬱青蒼」，均凸顯了其「清」和「怪」。徐德輝「漫說將軍寵號」兩句，則想起鄧禹助漢光武帝立國後，先後出任大司徒，後定封為高密侯，食高密、昌安、夷安、淳于四縣。

兩首詞的下片，詞人都用擬人法，將古柏寫成忠貞孤高、歷盡滄桑又自甘寂寞的遺民形象；又用擬物法，把自己融入古柏，藉之表達自己忠於前朝，無意出仕的遺民心聲。徐德輝「眼看塵世幾滄桑」以下三句用擬人，凸顯了古柏因為已有二千年的歷史，經過了無數次朝代的更迭興亡、人事的變遷，空自面對高山斜陽的淒涼。「儘孤高」、「老幹力排雷雨，貞心慣耐冰霜」三句，是以雷雨比喻出任民國的官職，冰霜則喻貧苦之生活。此實用擬物，將自己內心之想法，托諸古柏，見出了物我合一的精神。在詞人眼中，古柏孤高又力排雷雨，就與其甘於孤寂，不願出仕新政府相似；而柏之貞心和慣耐冰霜，亦是一眾詞人之寫照，抱有對前清的懷戀，過著清寒苦悶的日子。徐致章一首亦然，詞謂「莫笑深山隱遁」、「謝浮名、甘翳蒿蓬」，既是描寫古柏的特質，亦是記述鄧禹，又是自抒胸臆。據《後漢書‧鄧禹傳》所載，鄧禹在「天下既定，常欲遠名勢」，〔註 60〕明顯有隱退之意。這亦是徐致章個人的意向，詞中運用了三個相關的典故：一是「羞儕泰岱五株松，曾拜大夫封」，以泰山五株松曾得秦始皇之封賞，表述不願與之雷同，意謂不欲出仕。二是「謝浮名、甘翳蒿蓬」，融化了陶淵明〈詠貧士〉「仲蔚愛窮居，繞宅生蒿蓬。翳然絕交遊，賦詩頗能工」，〔註 61〕以張仲蔚自比，道出甘願隱居避世，不求名位。三是末二句「扶植兩間正氣，南枝也比精忠」，用了杭州岳王廟內的名勝「正氣軒」、「南枝巢」和「精忠柏」，以岳飛遇害後，大理寺門外古柏枯死而僵立不倒，且樹枝只向南面伸展的故事，寄寓自己忠於前朝，體現了遺民心迹。而其他社員之作如儲鳳瀛「盤根錯節千秋志，發幽情、憑弔英雄」、「風波亭畔精忠」（頁 222）和儲蘊華「為問山中甲子，堪稱曠代遺民」（頁 222）之句，同樣是藉古柏所表現的品格和精神，以物喻人，物我合一，抒發忠貞和拒絕出仕異朝之意。

〔註 60〕范曄撰，李賢等注：《後漢書‧鄧禹傳》，第 3 冊，卷 16，頁 605。
〔註 61〕陶淵明撰，袁行霈箋注：《陶淵明集箋注》（北京：中華書局，2003 年），頁 460。

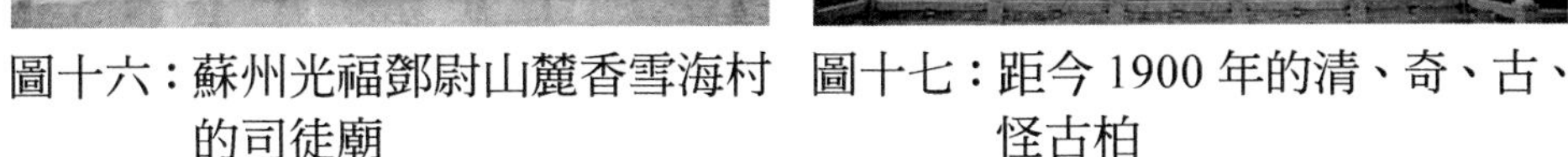

圖十六：蘇州光福鄧尉山麓香雪海村的司徒廟

圖十七：距今1900年的清、奇、古、怪古柏

晚清政府倒台後，皇朝體制迅間崩潰。徐致章、程適和儲南強等人最初並沒有忠於清朝的意識，甚至熱衷推翻帝制。然而，經歷袁世凱稱帝和軍閥割據一連串的事情後，他們發現國家的前景每況愈下，於是選擇隱居宜興，過著閒適的生活。因是，閒適和歸隱成為社員們的心聲。徐致章、蔣兆蘭、程適和任援道在一次出遊亦園，就藉賞菊，聯想到仿效陶淵明，過著悠閒自適之生活。程適和任援道〈霜華腴．亦園訪菊〉之下片云：

> 誰抱雅人深致，做餐英楚澤，漉酒陶園。三徑夷猶，批黃判白，浮生落得清閒。悄憑玉闌。把晚香、都付唫邊。願春來、更藝名蘭，素心參畫禪。（程適，甲編，頁157）

> 吟遍昔年三徑，把荒籬舊圃，都付金樽。林下豐姿，夢中清景，芬芳暗襲羅巾。向誰細論，恍陶公、千載身親。共商量、一醉混黃，小園看夕曛。（任援道，甲編，頁157～158）

兩闋詞上片均寫相約出遊賞菊和花之繁盛。他們出訪的地點，位於宜興城公園路的亦園，相傳為明代宰相周延儒（1593～1644）的相府。〔註62〕然興起詞人們歸隱之思的，卻是眼前茂盛的黃菊。菊對於文人來看，本來就寓有高潔和隱逸。如程適「倣餐英楚澤」一句，就以屈原〈離騷〉「朝飲木蘭之墜露兮，夕餐秋菊之落英」，〔註63〕寄寓志行高潔。詞人們不約而同地用陶淵明之事，意在以其自比，表達身逢易代，甘願隱居故里，拒絕出仕。程適「漉酒陶園」、「三徑夷猶」和任援道「吟遍昔年三徑」、「恍陶公、千載身親」等句，均從菊而回憶起陶淵明隱居事蹟，並藉此自喻他們在鼎革後選擇過投閑置散的

〔註62〕阮升基等編：《宜興縣志》，頁385。

〔註63〕屈原撰，洪興祖補注：《楚辭補注》（北京：中華書局，1983年），頁12。

生活。「三徑」，出自陶淵明〈歸去來兮〉中「三徑就荒，松菊猶存」；〔註 64〕「醉倒東籬」見於〈飲酒〉其五「采菊東籬下，悠然見南山」；〔註 65〕而「漉酒陶園」指陶淵明曾取頭上葛巾漉酒，有愛酒成癖之意。〔註 66〕程適詞裡「浮生落得清閒」一語，可說是詞友們在亡國後生活寫照的總結，他們或歸隱養病，或相約出遊，仿效屈原行吟澤畔，餐菊餐英；陶潛漉酒自得，醉倒東籬。此皆借物自喻，並感念前賢事迹，抒發他們自甘隱逸，不求出仕的心意。

第二節　琴社（1926～1927）：蘇州文人以史入詞的意義

琴社是民國時期蘇州常熟成立的一個詞社。民國十五年（1926）除夕，吳梅（1884～1939）發起詞社，聯同同縣的王朝陽（1882～1932）、張榮培（1872～1947）、黃鈞（1878～1934）、顧建勳（1881～1930 後）及蔣兆蘭（1855～1932）六人一同填詞，並將詞社名為「琴社」。詞社每五日舉行一集，合共六集，唱和時間僅一個月左右，彙刊為《琴社詞稿》，附有蔣兆蘭〈琴社詞存序〉一篇，藏於蘇州圖書館。〔註 67〕

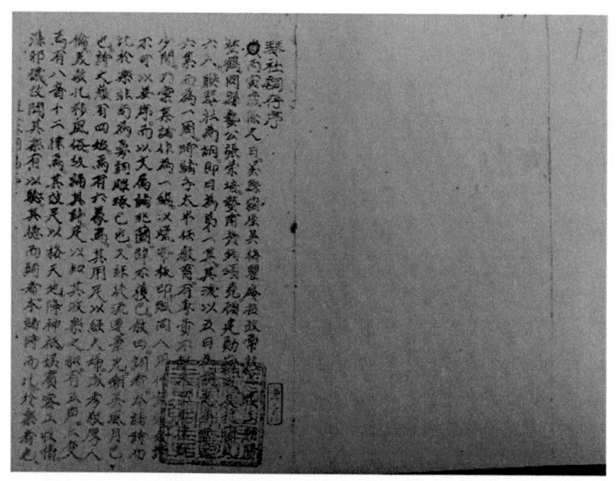
琴社詞存序

圖十八：蘇州圖書館藏《琴社詞稿》書影

〔註 64〕陶淵明撰，袁行霈箋注：《陶淵明集箋注》，頁 460。

〔註 65〕陶淵明撰，袁行霈箋注：《陶淵明集箋注》，頁 247。

〔註 66〕《南史・隱逸傳上・陶潛》：「郡將候潛，逢其酒熟，取其頭上葛巾漉酒，畢，還復著之。」載李延壽撰：《南史》（北京：中華書局，1997 年），第 6 冊，頁 1858。

〔註 67〕吳梅等撰：《琴社詞稿》，民國十六年（1927）油印本。本文引用琴社的詞作沿用此本，下文僅注頁碼，不再出注。

一、詞社緣起

（一）踵武前賢，反映時局

自從袁世凱逝世後，中國被北洋軍閥分裂成三股勢力，他們為了控制北洋政府，多次爆發混戰。直至國民政府北伐（1926～1928）前，中國的政治和軍事形勢如下：國民政府控制兩廣一帶，奉系張作霖掌控北洋政府，佔有華北、東北等地區。直系吳佩孚佔據湖南、湖北和河南三省以及河北、陝西部分地區，同時握有京漢鐵路。孫傳芳在長江中下游地區，控制蘇浙滬贛等地。民國十五年（1926），《國民革命軍北伐宣言》獲得全體通過，蔣中正擔任國民革命軍總司令，並以打倒軍閥和帝國主義，尋求中國之統一和獨立自主為目的。國民政府以兩廣為基地，將北伐軍兵分三路：主力部隊進攻湖南、湖北；中路進入江西；東路駐守廣東東部，伺機進入福建。在戰爭一觸即發的情況下，吳梅與江蘇的文人學士們發起詞社，將所見所聞的時事，以詞體形式抒發。蔣兆蘭〈琴社詞存序〉嘗云：

> 昔止庵周氏，作《詞辨》分正變二家，識者韙之。今琴社諸子，本其所學，抒其所見，同乎時以立言，倘亦變風變雅之義也歟！（頁2）

提出清代中葉的詞論家周濟以正變論詞，將「蘊藉深厚」、「歸諸中正」的詞家劃分為正體，「駿快馳驁」、「豪宕感激」者歸納為變體。〔註68〕關於正變之說，原於《詩經》之學。〈毛詩序〉云：

> 至於王道衰，禮義廢，政教失，國異政，家殊俗，而變風、變雅作矣。〔註69〕

可見變風、變雅皆為亂世的作品，有異於正風、正雅代表的治世之音。琴社唱和之際，正值國家久經動亂、即將爆發內戰之時。因此，琴社社員們仿效周濟，將所見所聞託之於詞，藉此反映時世的衰亡。

二、詞社發起時間、社名、發起人及社員

（一）詞社發起時間

琴社的發起時間是民國十五年（1926）除夕。蔣兆蘭〈琴社詞存序〉對

〔註68〕周濟撰：〈詞辨序〉，載周濟著、譚獻評：《宋四家詞選．譚評詞辨》（臺北：廣文書局，1962年），頁1～2。

〔註69〕毛亨傳、鄭玄箋、孔穎達疏：《毛詩正義》（北京：北京大學出版社，2000年），頁16。

此有清晰的記載：

> 丙寅年歲除之日，吳縣霜厓吳梅瞿庵，招致常熟忘我王朝陽野鶴、同縣蟄公張榮培蟄甫、黃鈞頌堯、顧建勳巍成及兆蘭凡六人，聯琴社為詞，即日為第一集。（頁 1）

丙寅年，即是民國十五年（1926）。歲除之日，即農曆十二月三十日。因此，琴社的發起時間是民國十五年（1926）農曆十二月三十日。

（二）社名

關於社名的由來，蔣兆蘭並沒有說明。然筆者推斷琴社之命名，與其唱酬的地點——常熟有關。常熟的別稱為「琴川」，一說是古代之時，常熟城內有自南向北平行排列的河道，像古琴的七根弦，故稱常熟為「琴川」；另一說則是因為春秋時代吳王夫差在常熟所築的「梧桐園」，又名「鳴琴川」，故常熟又別稱為「琴川」。既然詞社雅集地點在常熟，則琴社之名，或與「琴川」有關。

（三）發起人和社員

至於琴社的發起人和社員，據上述蔣兆蘭〈琴社詞存序〉，清楚說出吳梅是詞社發起人，由他招來王朝陽、張榮培、黃鈞、顧建勳及蔣兆蘭，合共六人，結成琴社。茲據上述所載，並參考朱德慈《近代詞人考錄》〔註 70〕和曹辛華〈民國詞人考錄〉〔註 71〕，將六位社員生平資料，概述如下：

表二十三：琴社社員名錄表

姓　名	生卒年	字　號	籍　貫	備　註
蔣兆蘭	1855～1932	香谷、青蕤	江蘇宜興	見表十九：「白雪詞社社員名錄表」。
張榮培	1872～1947	蟄公、蟄甫	江蘇長洲	清附貢生，以坐館授徒為業。抗戰前常往來蘇滬間，並一度寓居滬上，與吳梅、楊了公等眾文友唱和交往頗善。著有《食破硯齋詩存》、《惜餘春館讀畫集》、《惜餘春館詞鈔》、《聯語輯存》等。上海希社、常熟虞社、常州苔岑社社員。

〔註 70〕朱德慈著：《近代詞人考錄》（北京：中國社會科學出版社，2004 年）。
〔註 71〕曹辛華撰：〈民國詞人考錄〉，載曹辛華著：《民國詞史考論》（北京：人民出版社，2017 年），頁 415～585。

黃鈞	1878～1934	頌堯	江蘇長洲	近代藏書家。出生於醫學世家，祖傳吳中先哲醫學秘稿極多。民國時曾任職於蘇州美專，教授國文、詩詞、美術史，並自編《詩學講義》、《清人題畫詩選》等，著有《靜觀軒詩》等未刊行。
顧建勳	1881 ～ 1930後	巍成	江蘇吳縣	前清秀才，民國十六年（1927）至十九年（1930）任蘇州女子中學教員。六一社社員。
王朝陽	1882～1932	野鶴、旭輪	江蘇常熟	見表二十：「白雪詞社社外詞侶表」。
吳梅	1884～1939	霜厓、瞿安	江蘇吳縣	見表二：「春音詞社社員名錄表」。

上述六位社員都是原籍江蘇，除了蔣兆蘭外，其餘五人都擔任教育的職務：張榮培設館教學，黃鈞任職於蘇州美專，顧建勳為蘇州女子中學教員，王朝陽出任常熟縣教育會會長、江蘇省教育會執行幹事等職，而吳梅則在南京東南大學任教。正如蔣兆蘭〈琴社詞存序〉所說：

> 時諸子太半任教育，有專責，不能不事聲律。既少閒，乃彙集諸作為一編。以蠟紙板印，賦同人用代寫錄。僉謂不可以無序，而以文屬諸兆蘭，辭不獲已。（頁 1）

乃知社員們大多從事教育，嚴謹於詞的聲律。後來國民革命軍開始北伐，並進佔長沙、武漢、南京、上海等地，社集被逼終止。蔣兆蘭於閒時將諸子的作品彙為一編，眾人於是囑咐他撰寫序言。

三、社集活動

琴社的發起時間為民國十五年（1926）除夕，每五日一次聚會，合共舉行了六次雅集，唱和時間約一個月左右，《琴社詞稿》於民國十六年（1927）驚蟄後刊印。蔣兆蘭〈琴社詞存序〉云：

> 吳縣霜厓吳梅瞿庵，招致常熟忘我王朝陽野鶴、同縣蟄公張榮培蟄甫、黃鈞頌堯、顧建勳巍成及兆蘭凡六人，聯琴社為詞，即日為第一集。其後以五日為期，迭為賓主，六集而為一周。（頁 1）

說出社集的時間和輪流擔當東主，並以六次社集為一編。茲根據《琴社詞稿》所載，將這六次唱和的情況以表列形式整理如下：

表二十四：琴社唱和活動表

社集	時　間	題　目	詞　調	唱和詞人	作品數目
1	1926 年除夕	詠史	鷓鴣天	王朝陽（8 首）、蔣兆蘭（4 首）、張榮培（4 首）、顧建勳（4 首）、吳梅（4 首）、黃鈞（4 首）	28
2	1927 年度歲	探梅	探春慢	王朝陽（1 首）、蔣兆蘭（1 首）、張榮培（1 首）、顧建勳（1 首）、吳梅（1 首）、黃鈞（1 首）	6
3	1927 年立春	迎春	木蘭花慢	王朝陽（1 首）、蔣兆蘭（1 首）、張榮培（1 首）、顧建勳（1 首）、吳梅（1 首）、黃鈞（1 首）	6
4	1927 年元夕	丁卯元夕	解語花	王朝陽（1 首）、蔣兆蘭（1 首）、張榮培（1 首）、顧建勳（1 首）、吳梅（1 首）、黃鈞（1 首）	6
5	／	水仙	國香慢	王朝陽（1 首）、蔣兆蘭（1 首）、張榮培（1 首）、顧建勳（1 首）、吳梅（1 首）、黃鈞（1 首）	6
6	／	橫塘春泛，用草窗韻	曲遊春	王朝陽（1 首）、蔣兆蘭（1 首）、張榮培（1 首）、顧建勳（1 首）、吳梅（1 首）、黃鈞（1 首）	6

從上述表格觀之，可見全部社員都有參與這六次的唱和活動，未嘗有人缺席。唱和作品數量最多的是第一集，六位社員合共酬唱了二十八首詞作，王朝陽填了八首，其餘五人都各自填了四首。至於第二至第五集，則每人只唱和了一首作品，六次社集的作品數目合共五十八首詞。

四、詞作主題

（一）關注時局，以詞詠史

民國時期的政局變幻無常，鼎革後國家的整體社會狀況，不但沒有走出前朝的積弱，反而更趨複雜和混亂。從中國內部的形勢觀之，自袁世凱擔任大總統後，先是國務總理宋教仁被暗殺身亡，國家政權被袁世凱等北洋軍閥掌握，面臨孫中山討伐。民國二年（1913），袁世凱又解散國會，改內閣制為總統制。三年（1914），第一次世界大戰爆發，日本以英日同盟為理由，強行派兵接收德國在山東膠州灣的租界地，甚至秘密向袁世凱提出《二十一條》，逼迫北洋政府承認日本取代德國在華的一切特權，更要求擴大在中國滿洲及蒙古的權益等。此舉使中國喪權辱國，促使國民反對聲音不絕，並喚起輿論討伐日本。中國國力疲弱，無力阻止日本的侵略暴行，使社員們感慨不已。王朝陽〈鷓鴣天・詠史〉一首，就嘗將這段史實記錄於詞：

> 誰揖強胡入國門，赤眉煽虐漢江津。埋愁萬古歸高安，弔伐何來堯舜君？　夷避夏，馭征輪。長蛇封豕變風雲。唐虞至治成空想，五色旌旗撲戰塵。（王朝陽〈鷓鴣天・詠史〉，頁3）

首句「誰揖強胡入國門」，諷刺民國政府積弱，無力抵禦外敵入侵，致使日本和歐美列強有機會以武力在中國劃分勢力範圍。第二句「赤眉煽虐漢江津」，以新朝末年的赤眉起義為喻，指日本乘中國內政未穩之際，伺機佔領山東膠州灣和提出《二十一條》。接著「埋愁萬古歸高安，弔伐何來堯舜君」兩句，意謂袁世凱最終與日本簽訂《中日民四條約》，助長了日本帝國主義侵略擴張的野心，使中國東北變為日本的殖民地，國家自此陷入艱困的處境，然而袁世凱卻迅速辭世。下片「夷避夏，馭征輪」兩句，以夷夏之辨來指責日本對中國的侵略。「長蛇封豕變風雲」句，以貪婪的大豬和殘暴的大蛇來比喻日本貪暴侵略的行為，令人不齒。末二句「唐虞至治成空想，五色旌旗撲戰塵」，對當時的局勢深感憂慮，慨嘆國家復興無望，只可以退讓的方法求和，避免戰爭的爆發。

再看顧建勳的詠史詞，把袁世凱離世後北洋政府的混亂局面，如實地敘述出來：

> 劫歷紅羊易白頭，軍書旁午費紆籌。紛紜吳越三牛弩，擾攘燕雲十六州。　輕抵掌，動王侯。誤將般浩作名流。蝸爭蠻鬥知何已，眼見英雄割據秋。（顧建勳〈鷓鴣天・詠史〉，頁5）

首二句已經道出了國家正遇災劫，軍書從四面八方而來，縱橫交錯，各系軍閥都密謀控制北洋政府的策略。「紛紜吳越三牛弩，擾攘燕雲十六州」兩句，以春秋時期吳、越兩國為了爭霸中原而互相征伐為喻，又以燕雲十六州比作北洋政府，指當下分裂的直系、皖系、奉系等三大勢力的軍閥，目標都是爭奪是北洋政府的控制權。因為北洋政府是國際社會唯一承認的合法政權，得之可以獲得關稅收入和外國貸款。經歷了直皖戰爭（1920 年）和直奉戰爭（1922 年）後，北洋政府一直都被奉系所控制，直到北伐結束。下片「輕抵掌，動王侯。誤將殷浩作名流」三句，指國民政府成立的革命軍，輕易就通過北伐案，並推許蔣中正為國民革命軍總司令。詞人以東晉將領殷浩北伐失敗為鑑，比喻蔣中正這次的北伐，可能面臨失敗，原因是當時國民革命軍和眾軍閥的實力懸殊。奉系張作霖稱霸於北方，號稱兵力有三十五萬，直系吳佩孚兵力約有二十萬，孫傳芳亦擁兵二十二萬，而國民革命軍的軍隊僅十萬人，三系軍閥兵力遠遠超過國民政府，所以詞人認為北伐失敗的機會很大，最終只會為百姓徒添災難，使各地徒增血腥和混亂，甚至使外敵有機可乘。因此，最後發出了「蝸爭蠻鬥知何已，眼見英雄割據秋」的慨嘆，暗示國民革命軍和三系軍閥之間的明爭暗鬥，將遙遙無期，國家分裂的局面不知何時終結。

至於張榮培的詞作，則將國民革命軍北伐的戰亂情景，繪影繪聲地描摹，並把戰爭對全國各地造成的破壞，敘述出來：

> 覆雨翻雲等奕棋，山河破碎滿瘡痍。局爭諸葛三分小，計仿陳平六出奇。戈屢倒，甲重披。將軍大樹亦心離。番君空負知□鑑，坐使全功一旦非。（張榮培〈鷓鴣天・詠史〉，頁 6）

第一句「覆雨翻雲等奕棋，山河破碎滿瘡痍」兩句，指當時政局波譎雲詭，尤如棋局般變幻無常。原本北洋軍閥分裂為直系、皖系、奉系，三大勢力經歷兩次內戰後，得勢依次由皖系至直系到奉系。國民革命軍成立後（1926 年 7 月），迅速通過北伐建議，以打倒軍閥和帝國主義為目標，尋求中國統一和獨立自主。「局爭諸葛三分小，計仿陳平六出奇」兩句，前句以三國鼎立的局面比喻三系軍閥，後句則以陳平六出奇計，使天下平定之事，比為北伐軍採取集中兵力逐個擊破的戰略方針，兵分三路：主力部隊進攻湖南、湖北；中路進入江西；東路駐守廣東東部，伺機進入福建。下片「戈屢倒，甲重披」兩句，意謂雙方互有勝負，最先與吳佩孚交戰，湖北汀泗橋幾度易手，難以攻陷，後來北伐軍佔領兩湖，聲威大振。接著又與孫傳芳軍隊在江西發生激戰，北伐軍一度失利。然而，他們屢敗屢戰，重新整理軍隊，最終將孫軍敗退至安徽南部及浙江一帶，盡挫其銳氣。雖然革命軍在北伐過程中一直佔優，但詞人們眼見戰爭造成的山河破碎，滿目瘡痍，不禁悲從中來，認為即使有秦代番君愛護百姓的精神，也無法補救戰亂帶來的損失。

第二首詞更清楚描繪了戰爭的破壞和禍害：

千古河山戰一場，紛紛蠻觸各爭強。風雲北地黃旗捲，烽火連天赤幟張。　　驅猛虎，肆貪狼。神州無地不遭殃。避秦安有桃花洞，借取漁竿入釣鄉。（張榮培〈鷓鴣天・詠史〉，頁6）

首二句「千古河山戰一場，紛紛蠻觸各爭強」，是指國民革命軍為了統一中國，主動發動戰爭，攻陷三系軍閥的割據地，戰事一觸即發。「風雲北地黃旗捲，烽火連天赤幟張」兩句，刻劃革命軍與軍閥交戰，以致炮火連天，生靈塗炭，全國各地都被戰火荼毒，幾乎無有一地幸免於難。下片「驅猛虎，肆貪狼」，以猛虎和貪狼比喻軍閥，而革命軍驅逐殺戮敵軍的行為，足使神州大地殘破、屍骸遍野。末二句「避秦安有桃花洞，借取漁竿入釣鄉」，用陶淵明〈桃花源記〉所載百姓為了避開秦朝戰亂，而去與世隔絕的桃花源之事，表明自己在這混亂的時局下，也渴望找到一個安寧的地方隱居避世。

（二）感時詠物，昔盛今衰

筆者在探討須社時，嘗引用學人林立的研究，點出傳統節日對遺民的重要性，說：

傳統節日或時令例如農曆元日、花朝、修禊、中秋、重九等，是古代流傳下來的社會禮儀之一，對遺民來說具有相當重要的文化象徵意義和價值。再者，這些節慶亦一直伴隨他們由前朝過渡到民國，與他們一起都屬於舊時代的剩餘物，並一年一度周期性地提醒他們今昔之別，成為了他們記憶行為裏不可或缺的時間指標。〔註72〕

琴社雖然不是一個遺民詞人團體，但他們唱酬的時間適逢除夕、春節和元夕，又遇上國民革命軍北伐的戰亂，不禁勾起了他們昔盛今衰、時局變幻的感嘆。原本春節是充滿喜慶歡樂的日子，然在詞人的作品裡，熱鬧美好總是屬於過去的記憶，當下的春節卻是瀰漫著納悶的情緒，甚至有年華不再、感舊自憐之意。顧建勳和蔣兆蘭兩首詞，明顯有這種愁苦的味道：

飀寒城郭裡，動蠻鼓，換殘年。看夾道青旗，堆盤彩勝，景物都妍。回攔。正憑立處，有春魂一縷到梅邊。柳甸誰施玉勒，草堂慵譜金荃。　　堪憐。陳迹尋雲，烟疇賦，帝京篇。念鳳樓立仗，象瓶貯寶，不是漢前。淒然。感深故國，賸一襟鉛淚滴銅仙。杜老清狂未

〔註72〕林立著：《滄海遺音：民國時期清遺民詞研究》（香港：香港中文大學出版社，2012年），頁96。

已，俊游重向花間。（顧建勳〈木蘭花慢．迎春〉，頁 9）

詞的上片所刻劃的，都是昔日春節興盛繁華的景象：在寒冷蕭瑟的冬日，城市道路的兩旁，裝飾喜慶的旗幟，百姓敲打南方的蠻鼓，婦女們用有色歲絹或紙，剪成各種頭飾佩戴，又互相饋送春盤，非常熱鬧。「回攔」二字，詞人從回憶中清醒過來，心裡悶悶不樂，閉門在居室裡，困倦懶散，連賦詩填詞的心情也沒有。下片「堪憐」兩字，概括了詞人節慶時落寞和孤寂的心情。唐代詩人駱賓王的〈疇昔篇〉和〈帝京篇〉筆下所寫京城熱鬧繁華的氣象，以及楊巨源〈元日含元殿下立仗丹鳳樓門下宣赦相公稱賀二〉描繪百官於元旦早朝慶賀新年、在鼓樂歌舞中舉行酒會的場景，現在已經消逝，詞人內心不禁黯然。過去承平的日子無法重來，現在國家又遭遇長期的動盪，各地戰火不斷，更加深詞人山河破碎的哀痛。最後，詞人從悲傷納悶中振作，以杜牧狂放不羈的個性自我安慰，嘗試以快意的心情投入節日的喜慶當中。

再看蔣兆蘭〈解語花．丁卯元夕〉一首，節日已由立春過度至元夕，但作品的焦點，與上面顧建勳的內容相近，藉昔日承平時代的歡樂，凸顯今日戰亂遍地的冷清岑寂。詞曰：

> 人歸茂苑，月滿蓬壺，時近初更打。戍旗低亞。逢迎處、惟有鬧蛾爭耍。（兵士滿街，行人甚稀）楊枝絡馬。怎寂寂、閉門花下。多謝他，蟾彩星光，替作華鐙掛。　　猶記承平放夜。有紗籠如繡，爭看新畫。（承平時里人製紗鐙畫故事極精妙，名曰幫鐙觀者填溢）舊時游冶，沉吟久，暗裏燭銷香灺。寒深睡也。算除是、夢緣天假。侵蚤窗、曙色朦朧，又角聲悲咤。（蔣兆蘭〈解語花．丁卯元夕〉，頁 11）

開首「人歸茂苑，月滿蓬壺，時近初更打」三句，點出了時間、地點和人物。在這喜氣洋洋的元夕夜，到了戌時時分，月亮圓圓高掛在天空上。原本節慶的街道非常熱鬧，人山人海，現在行人已經回家，只有少數的婦女在玩樂。節日之所以如此冷清，詞人道出是兵士滿街，戰爭的旗幟在低揚，意謂國民革命軍北伐，遊人無心賞玩，趁早歸家。在一片寂寥的氣氛下，詞人在居所遙望天上的明月星星，思緒忽然連接到過去承平的時代。他回想起正月十四、十五、十六三天城中不禁夜行，處處繁盛喧鬧，故里的百姓更有製紗鐙畫故事，吸引很多遊人爭相觀看。詞人沉浸在回憶當中，不知不覺蠟燭已經燒盡，餘下點點殘灰。雖然夜深，但詞人卻徹夜未眠。直至黎明，聽到悲壯的鼓角聲又再響起。上面兩首詞都以節日為題，抒發今不如昔的慨嘆，隱含對民國政局和北伐戰爭的不滿。

除了節慶能觸發詞人的今昔之感，實物例如遺物和自然之物，同樣有勾起對往事回憶的作用。南宋詞人王沂孫和周密，就嘗將水仙花比喻為經歷家國破亡的女子，觸發起昔盛今衰的感慨。琴社在第五次社集，亦以詠水仙為題，社員蔣兆蘭的詞作就有明顯的今昔之感，並寓有時局變異，可說繼承了南宋格律詞派的筆法和風格。詞云：

> 翠琯鵝笙。是雙成伴侶，小謫瑤京。淩波韈羅微步，步步春生。記得玉環分付，待詩人、重證芳盟。溫泉試新浴，密護深憐，聘滯梅兄。　　忽經桑海變，又湘雲慘淡，楚夢淒清。漢皋人去，江上惟見峯青。苦恨蠻煙蜒雨，漲鯨波、吳市都醒。幽香怨零落，不是涪翁，誰念娉婷。（蔣兆蘭〈國香慢・水仙〉，頁 12）

上片刻劃國變前水仙花的清秀，在翠琯鵝笙吹奏的歌曲下，仿如淩波仙子一樣，在水波上盈盈走來，姿態輕盈曼妙；又如唐朝美人楊貴妃在華清池沐浴，嬌媚柔弱，旁邊還有梅樹默默守護，凸顯出盛世之時，水仙的美態。下片「忽經桑海變」一句，點出世事突變，意謂民國政府北伐，促使全國陷入戰亂的困境當中。「又湘雲慘淡，楚夢淒清」兩句，寫遭逢亂世，如湘妃仙子頓失夫君，慘淡淒傷。美好的時光總是短暫，如夢一般。水邊的人已經遠去，剩下花兒孤苦伶仃，遙看著依舊青翠的山峰。「苦恨蠻煙蜒雨，漲鯨波、吳市都醒」三句，表面上寫水仙花怨恨海上的暴雨，湧起凶險的巨浪，淹沒嬌豔的水仙，實際比喻當時北伐之戰，釀成兵燹連天。民國十六年初（1927），國民革命軍分三路進軍安徽、江蘇，主攻南京，詞人們的故鄉蘇州都為戰火影響。他們都深痛惡絕，怨恨戰爭摧殘國土、故鄉和百姓的生活。末句「幽香怨零落，不是涪翁，誰念娉婷」，借水仙在暴雨過後零落凋謝的哀怨，反複控訴對統一戰爭的不滿，批評革命軍恣意發動戰爭，沒有顧慮對社會民生的禍害。

第三節　六一社（1929～1931）：蘇州文化地景的遊覽與書寫

六一社是民國時期蘇州成立的一個藉以消夏和消寒的詞社。民國十八年（1929）六月一日，享譽當時的大總統府顧問、燕京大學法律系教授潘昌煦

（1873～1958）由北南歸，蘇州的文人們為了設宴款待他，於是相約發起詞社。詞社斷斷續續維持了三年時間，前後進行了五次消夏或消寒的唱和。詞社舉行第一階段的消夏唱和以後，於同年十一月將社員們並社外詞侶的作品，彙刊為《六一消夏詞》。封面由潘昌煦題，扉頁由鄧邦述以「羣碧」篆署，並附有鄧邦述（1868～1939）序言一篇。〔註 73〕《六一消夏詞》刊刻後，社員們還繼續酬唱，舉行了消寒集會。次年（1930），還有一段短暫的消寒唱和。民國二十年（1931），鄧邦述打算再賡續消寒雅集，並邀請吳梅（1884～1939）發起，社集唱和了兩年半左右，惜這些作品沒有結集出版。自從這次消寒酬唱結束後，社員們的興趣已經轉移至出版個人文集和互題填詞圖。

圖十九：《六一消夏詞》書影

一、詞社緣起

（一）宴請潘昌煦南歸

關於六一社的緣起，鄧邦述〈六一消夏詞敘〉曰：

> 己巳之夏，潘君芯廬自燕南歸，同人觴之，而侑以詞。因是而有填詞消夏之約。時為六月一日，故名六一社焉。（頁 1 上）

清楚說出六一社的發起時間和原因，是在己巳年（1929）夏天六月一日，因為享譽當時的大總統府顧問、燕京大學法律系教授潘昌煦（芯廬）由北京返

〔註 73〕鄧邦述等撰：《六一消夏詞》，民國十八年（1929）刻本。本文引用六一社的詞作沿用此本，下文僅注頁碼，不再出注。

回蘇州故鄉，鄧邦述和一眾蘇州文人提議設宴款待他。筵席之間，他們以詞助興，於是約定填詞消夏，發起了六一社。

二、社名

六一社存在著幾個不同的名稱，如曹辛華稱之為「六一消夏詞社」、〔註74〕查紫陽名作「（吳縣）六一消夏社」和「（吳縣）消寒詞社」。〔註75〕詞社之所以有不同的社名，筆者認為主要原因是六一社有幾個不同的階段。第一階段的唱和出版了《六一消夏詞》，因此後人順理成章地稱之為「六一消夏詞社」或「六一消夏社」。然這一階段唱和結束後，填詞活動並未停止，迅速展開消寒的雅集，後人將兩次填詞活動獨立論述，稱後者為「消寒詞社」。但是，由於詞社進行了兩次消夏活動和三次消寒活動，參與的社員幾乎一致，因此筆者認為將這五次填詞活動，視為同一詞社不同階段的唱酬，似更恰當。吳梅〈井眉軒長短句跋〉嘗云：

> 己巳、庚午間，漚夢、艮廬諸君結社為詞，兩易寒暑。叔父與余偕，一篇甫就，同人咸為俯首。茲編所錄社作，亦列入也。〔註76〕

意味著是同一詞社在己巳（1929年）、庚午（1930年）分別進行了兩次消夏和消寒社集。

至於詞社準確的名稱，鄧邦述〈六一消夏詞敘〉已說：

> 己巳之夏，潘君芯盧自燕南歸，同人觴之，而侑以詞。因是而有填詞消夏之約。時為六月一日，故名六一社焉。（頁1上）

因此，詞社發起雖有相約消夏之意，詞集也稱為《六一消夏詞》，但鄧邦述清楚道出社名是取自成立日期——六月一日，於是命名為「六一社」。

三、六一社的五個階段及社員

（一）第一階段——己巳消夏（1929年）

六一社分為五個階段，第一階段由民國十八年（1929）夏六月一日開始，至十月左右為止，社集作品於十一月彙刊為《六一消夏詞》。據鄧邦述〈六一

〔註74〕曹辛華撰：〈民國詞社考論〉，載《民國詞史考論》（北京：人民出版社，2017年），頁106。

〔註75〕查紫陽撰：〈民國詞人集團考略〉，《文藝評論》，2012年，第10期，頁143。

〔註76〕吳梅撰：〈井眉軒長短句跋〉，載吳梅著、王衛民編校：《吳梅全集．理論卷》（石家莊：河北教育出版社，2002年），中冊，頁972。

消夏詞敘〉記載，參與集會共九人，唱和歷時三個月，合共十八詞題：

及夫芯廬既去，紓隱不歸，集者九人，期以五日，歷三閱月，得十八題。（頁 1 上）

意思是雅集五日舉行一次，一個月就舉行了六次，唱和三個月，有十八次唱和。文中提到「夫芯廬既去，紓隱不歸」，意指最初社集的緣起是宴請潘昌煦南歸蘇州，然而潘氏很快就離開，前往北京擔任國立清華大學政治學教授。而原居蘇州的高德馨又遠行不歸，兩人因此沒有成為詞社的正式社員，但亦以社外詞侶的身分參與詞的唱和。

茲據《六一消夏詞集・同人姓字籍齒錄》所載，並參考朱德慈《近代詞人考錄》〔註 77〕、林葆恆《詞綜補遺》〔註 78〕和徐友春《民國人物大辭典》〔註 79〕，將九位社員和三位社外詞侶的生平概況，簡介如下：

表二十五：六一社社員名錄表

姓　名	生卒年	號	集中所用號	籍　貫	備　註
鄧邦述	1868～1939	孝先	漚夢	江蘇江寧	光緒二十四年（1898）進士，授翰林院庶吉士。二十七年（1901）入湖南巡撫端方幕。三十三年（1907）署理吉林省交涉司使。宣統元年（1909）轉任奉天交涉使，不久棄官回到北京。民國成立後，曾任東三省鹽運使。七年（1918），當選安福國會江蘇省參議員。喜藏書，築群碧樓、雙漚居和寒瘦山房，藏書近四萬卷。
吳曾源	1870～1934	伯淵	九珠	江蘇吳縣	光緒二十三年（1897）舉人，官內閣中書。民國後，退歸故里。吳梅的叔叔。
楊俊	1872～1952	詠裳	楞秋	江蘇吳縣	曾任吳縣圖書館館長，著有《夢花館詞鈔》。張茂炯弟子。

〔註 77〕朱德慈著：《近代詞人考錄》（北京：中國社會科學出版社，2004 年）。
〔註 78〕林葆恆輯，張璋整理：《詞綜補遺》（上海：上海古籍出版社，2005 年）。
〔註 79〕徐友春主編：《民國人物大辭典》（石家莊：河北人民出版社，2007 年）。

潘承謀	1874～1931	省安	瘦葉	江蘇吳縣	光緒二十三年（1897）副貢，內閣候補中書，調商部通藝司行走，官至農工部員外郎。清末民初著名詞人、收藏家。著有《瘦葉詞》。
張茂炯	1875～1936	仲清	艮廬	江蘇吳縣	見表五：「漚社社外詞侶名錄表」。
蔡晉鏞	1876～1957	雲笙	雁村	江蘇吳縣	光緒二十年（1894）舉人，官河南職縣，曾留學日本，返國後從事教育，創辦蘇州公立第一中學堂，著有《雁村詞》一卷。
顧建勳	1881～1930後	巍成	瓠齋	江蘇吳縣	見表二十三：「琴社社員名錄表」。
吳梅	1884～1939	霜厓	瞿安	江蘇吳縣	見表二：「春音詞社社員名錄表」。
王謇	1888～1969	佩諍		江蘇吳縣	民國四年（1915）畢業於東吳大學，即從事教育工作，曾任宣統《吳縣志》協纂。後任蘇州振華女校教務長，七年（1918）為副校長，兼授國語課。抗戰爆發後，移居上海，歷任震旦大學、大同大學、東吳大學法學院教授。新中國成立後，出任華東師範大學教授、上海文物保管委員會編纂。吳梅弟子。

表二十六：六一社社外詞侶名錄表

姓　名	生卒年	號	集中所用號	籍　貫	備　註
高德馨	1865～1934	遠香	鮃隱	江蘇吳縣	附貢生，曾任浙江知縣，江蘇高等學堂教師。著有《魚孚隱詞鈔》、《遠香詩詞遺稿》。須社社外詞侶。
蔡寶善	1869～1939	師愚	聽潮	浙江德清	見「表十七：如社社外詞侶名錄表」。
潘昌煦	1873～1958	由笙	芯廬	江蘇吳縣	光緒二十四年（1898）進士，留學日本中央大學，歷任翰林院編修，國史館協修、編查處協修、武英殿協修。民國成立後，出任

					法制局參事。四年（1915），任司法官懲戒委員會委員，翌月任大理院推事兼庭長，後為大總統府顧問、北京燕京大學法律教授。十八年（1929），擔任國立清華大學政治學教授。吳梅的舅父。

從上述社員名錄來看，他們的年齡相距不算太遠，而且大多在前清時考取功名或擔任官職，例如鄧邦述、吳曾源、張茂炯和蔡晉鏞出任清朝官職，吳氏更為內閣中書；潘承謀、顧建勳也考過科舉功名。然而，他們沒有強烈的忠清意識，除了吳曾源退歸故里，大部分在民國政府成立後，也積極參與教育或文化的工作，鄧邦述甚至當過安福國會江蘇省參議員，張茂炯亦出任財政部鹽務署。而在九位社員當中，除了鄧邦述外，其餘八人皆原籍江蘇吳縣，即現在的蘇州。鄧邦述在民國成立後，亦移民至蘇州，築群碧樓、雙漚居和寒瘦山房為藏書閣。因此，六一社可以說是蘇州文人的詞社。其中吳曾源、吳梅更是兩叔姪，吳梅與社外詞侶潘昌煦是甥舅關係，潘氏乃吳梅的內母舅。另外，吳梅和王謇、張茂炯和楊俊是師徒關係。

關於社集概況，雖然鄧邦述說「期以五日，歷三閱月，得十八題」，然通常這僅屬於口頭協議，因社員有事致延誤集會，實屬普遍。因此，在沒有確知詞社雅集日期的情況下，筆者不妄加推斷集會日期，只根據《六一消夏詞》提供資料，將十八次唱和內容（並社外詞侶的參與），整理如下：

表二十七：六一社唱和活動表（第一階段）

社集	詞　題	詞　調	唱和詞人	作品數目
1	喜芯廬至並懷魚孚隱	江南好	全部社員、高德馨、潘昌煦	11
2	消夏灣懷古	隔浦蓮	全部社員、潘昌煦	10
3	荷蕩小集	徵招	全部社員、高德馨、蔡寶善	11
4	西湖	西子妝	全部社員、高德馨、蔡寶善、潘昌煦	12
5	盆蘭	國香慢	全部社員、高德馨	10
6	荷花	惜紅衣	全部社員、高德馨、蔡寶善	11
7	荷葉	采綠吟	全部社員、高德馨	10
8	七夕	夜飛鵲	全部社員、高德馨、蔡寶善	11
9	螢	拜星月慢	全部社員、高德馨、蔡寶善	11

10	村居即事	鷓鴣天	鄧邦述（4首）、吳曾源（4首）、楊俊（2首）、潘承謀（4首）、張茂炯（1首）、蔡晉鏞（3首）、顧建勳（1首）、吳梅（2首）、王謇（1首）、蔡寶善（4首）	26
11	柏因社紀游	古香慢	全部社員	9
12	無題	減字木蘭花	鄧邦述（4首）、吳曾源（4首）、楊俊（2首）、潘承謀（2首）、張茂炯（4首）、蔡晉鏞（2首）、顧建勳（1首）、吳梅（4首）、王謇（1首）、蔡寶善（4首）	28
13	擬坡仙賦蜀主孟昶與花蕊夫人摩訶池納涼事	洞仙歌	全部社員、蔡寶善	10
14	滄浪亭	水調歌頭	全部社員	9
15	瑞雲峰	瑞雲濃	全部社員	9
16	殘暑將退，雅韻將闌，撫事抒懷，不能無作	霓裳中序第一	全部社員	9
17	秋柳	垂楊	全部社員	9
18	桂	露華	全部社員	9

從表格的內容看，我們得知全部社員都參與這十八次的唱和活動，未嘗有人缺席。至於社外詞侶，以高德馨和蔡寶善和作次數較多，後者在社集作品的數量又比前者多。最少者乃潘昌煦，僅唱和三次，在社集中載錄的作品也只有三首。

（二）第二階段——己巳消寒（1929年）

《六一消夏詞》刊刻以還，詞社的雅集活動並沒有停止，雖然後續的唱和沒有出版社集，然而社員潘承謀的《瘦葉詞》，附有一卷〈己巳消寒詞〉，記載了他個人參與己巳年（1929）的消寒作品。學人余意曾撰了一篇〈民國蘇州六一詞社考論〉，以潘氏〈己巳消寒詞〉提供的線索為基礎，對勘各社員和社外詞侶的詞集，將第二階段唱和參與者，以及詞調和詞題都清楚整理出來。〔註80〕筆者根據余意的文章，再查證各社員和社外詞侶詞集——鄧邦述《漚

〔註80〕余意撰：〈民國蘇州六一詞社考論〉，載《中國詞學國際學術研討會論文集》，下冊，2015年開封詞學研討會，頁446～453。

夢詞》、〔註 81〕吳曾源《并眉軒長短句》〔註 82〕、楊俊《夢花館詞》、〔註 83〕潘承謀《瘦葉詞》、〔註 84〕張茂炯《艮廬詞》、〔註 85〕蔡晉鏞《雁村詞》、〔註 86〕吳梅《霜厓詞錄》、〔註 87〕蔡寶善《聽潮音館閣詞》和〔註 88〕高德馨《魚孚隱詞鈔》〔註 89〕將整理結果表列如下。另外，因筆者未見顧建勳和王謇詞集，唯以余氏文章所載迻錄：

表二十八：六一社唱和活動表（第二階段）

社集	詞　題	詞　調	唱和詞人	作品數目
1	圍爐話舊	醉翁操	鄧邦述、吳曾源、楊俊、潘承謀、張茂炯、蔡晉鏞、吳梅	7
2	寒鴉	滿江紅	鄧邦述、吳曾源、楊俊、潘承謀、張茂炯、蔡晉鏞、吳梅、顧建勳、王謇、蔡寶善、吳湖帆、澄觀	12
3	冷香閣眺遠	雪獅兒	鄧邦述、吳曾源、楊俊、潘承謀、張茂炯、蔡晉鏞、吳梅、蔡寶善	8
4	西崦釣雪	早梅芳近	鄧邦述、吳曾源、楊俊、潘承謀、張茂炯、蔡晉鏞、吳梅、蔡寶善、高德馨	9

〔註 81〕鄧邦述著：《漚夢詞》，載朱惠國、吳平編：《民國名家詞集選刊》（北京：國家圖書館出版社，2015 年），第七冊。

〔註 82〕吳曾源著：《并眉軒長短句》，載朱惠國、吳平編：《民國名家詞集選刊》（北京：國家圖書館出版社，2015 年），第九冊。

〔註 83〕楊俊著：《夢花館詞》，載曹辛華主編：《民國詞集叢刊》（北京，國家圖書館出版社，2016 年），第二十三冊。

〔註 84〕潘承謀著：《瘦葉詞》，載朱惠國、吳平編：《民國名家詞集選刊》（北京：國家圖書館出版社，2015 年），第十二冊。

〔註 85〕張茂炯著：《艮廬詞》，載朱惠國、吳平編：《民國名家詞集選刊》（北京：國家圖書館出版社，2015 年），第十一冊。

〔註 86〕蔡晉鏞著：《雁村詞》，載曹辛華主編：《民國詞集叢刊》（北京，國家圖書館出版社，2016 年），第二十四冊。

〔註 87〕吳梅著：《霜厓詞錄》，載朱惠國、吳平編：《民國名家詞集選刊》（北京：國家圖書館出版社，2015 年），第十三冊。

〔註 88〕蔡寶善著：《聽潮音館閣詞》，載朱惠國、吳平編：《民國名家詞集選刊》（北京：國家圖書館出版社，2015 年），第七冊。

〔註 89〕高德馨著：《鮘隱詞鈔》，載曹辛華主編：《民國詞集叢刊》（北京，國家圖書館出版社，2016 年），第十四冊。

5	石湖春泛	石湖仙	鄧邦述、吳曾源、楊俊、潘承謀、張茂炯、蔡晉鏞、吳梅	7
6	橫塘載酒	夢橫塘	鄧邦述、吳曾源、楊俊、潘承謀、張茂炯、蔡晉鏞、吳梅	7
7	寒山寺	瑣窗寒	鄧邦述、吳曾源、楊俊、潘承謀、張茂炯、蔡晉鏞、吳梅	7
8	臘梅	雪梅香	鄧邦述、吳曾源、楊俊、潘承謀、蔡晉鏞、吳梅、高德馨	7
9	沈石田竹堂寺探梅圖	繞佛閣	鄧邦述、吳曾源、楊俊、潘承謀、蔡晉鏞、吳梅	6
10	趙大年江南春圖	江南春	鄧邦述、吳曾源、楊俊、潘承謀、蔡晉鏞、吳梅	6

從上述可見，第二次的雅集唱和增加了兩個人——吳湖帆（1894～1968）和澄觀。吳湖帆是民國時期的書畫家、鑑賞家，後來擔任上海中國畫院籌備委員，上海大學美術學院副教授、上海文史館館員等。至於澄觀，筆者尚未考得。

這次消寒雅集，一共唱和了十次，唱和日期和舉行社集的時間也沒有任何線索，只知第二次唱和〈滿江紅・寒鴉〉，全部社員和社外的蔡寶善都有參與，甚至加入了吳湖帆和澄觀。其餘各次社集，每次都參與的有鄧邦述、吳曾源、楊俊、潘承謀、蔡晉鏞和吳梅，張茂炯則時時出席，顧建勳和王謇只參與一次，社外詞侶蔡寶善唱和三次，高德馨唱和了兩次，而潘昌煦則沒有再參與這期活動。

（三）第三階段——庚午消夏（1930 年）

承接第二階段的活動，第三階段的唱和於下一年——庚午（1930）的夏季展開。與第二階段的情況相同，這次唱和亦沒有正式的社集出版，僅載於潘承謀《瘦葉詞》所附的一卷〈庚午消夏詞〉。余意的文章亦作了比對，〔註 90〕筆者將第三階段的參與者，並詞調和詞題，合共十三集，用表格形式整理如下：

〔註 90〕余意撰：〈民國蘇州六一詞社考論〉，頁 447～448。

表二十九：六一社唱和活動表（第三階段）

社集	詞　題	詞　調	唱和詞人	作品數目
1	蟬	曲玉管	吳曾源、楊俊、潘承謀、張茂炯、蔡晉鏞、吳梅、高德馨	7
2	竹葉青	醉蓬萊	吳曾源、楊俊、潘承謀、張茂炯、蔡晉鏞、吳梅、高德馨	7
3	藕	玲瓏玉	吳曾源、楊俊、潘承謀、蔡晉鏞、吳梅、高德馨	6
4	團扇	月華清	吳曾源、楊俊、潘承謀、蔡晉鏞、吳梅、高德馨	6
5	涼枕	玉簟涼	潘承謀、張茂炯、蔡晉鏞、吳梅、高德馨	5
6	白蓮	八六子	吳曾源、潘承謀、蔡晉鏞、吳梅	4
7	過淮張故宮遺址	六州歌頭	吳曾源、楊俊、潘承謀、張茂炯、蔡晉鏞、吳梅、高德馨	7
8	甫里保聖寺羅漢像	八寶妝	吳曾源、楊俊、吳梅	3
9	叢竹	四園竹	吳曾源、潘承謀、吳梅、高德馨	4
10	芭蕉	雨霖鈴	吳曾源、楊俊、潘承謀、張茂炯、吳梅	5
11	庚午七夕	訴衷情近	吳曾源、楊俊、潘承謀、張茂炯	4
12	本意	荷葉杯	吳曾源、楊俊、潘承謀、張茂炯	4
13	荔支	解紅	吳曾源、楊俊、潘承謀	3

這一階段的酬唱，最大的特色是參與的人數減少了，參與者主要有吳曾源、楊俊、潘承謀、張茂炯、蔡晉鏞、吳梅和社外詞侶高德馨，但沒有一人全部出席雅集，更重要的是缺了前兩次也積極參與的鄧邦述，還有社外的蔡寶善。至如顧建勳和王謇，同樣沒有參與，以致社集最多時僅有七人。而最少人數的時候，只有三、四人，尤其是最後六次社集，漸漸雅興大減，亦影響下一階段的唱酬興致。

（四）第四階段——庚午消寒（1930 年）

受到第三階段後期唱和人數寥寥的影響，接續的消寒同樣雅興消減。這一期的唱和，潘承謀沒有再參與，在沒有社集提供資料的情況下，筆者僅能單靠各人詞集的紀錄並余意的文章，將第四階段的參與者，所選用的詞調和詞題，概述如下：

表三十：六一社唱和活動表（第四階段）

社集	詞　題	詞　調	唱和詞人	作品數目
1	歲寒堂	霜花腴	吳曾源、楊俊、張茂炯、蔡晉鏞、吳梅、高德馨	6
2	紅梅閣故址	折紅梅	吳曾源、張茂炯、蔡晉鏞、高德馨	4
3	冰花	瑤華	吳曾源、張茂炯、蔡晉鏞、高德馨	4
4	詠宋宮人送汪水雲南歸事	八歸	吳曾源、張茂炯、高德馨	3
5	梅花喜神譜	暗香	鄧邦述、吳曾源、張茂炯、蔡晉鏞	4
6	雪夜圍爐	燭影搖紅	吳曾源、楊俊、吳梅、高德馨	4

從上表可見，這一階段唱和最為冷落，參與人數歷次最少。第一集作為雅集開端，參與者卻只有六人，往後的社集人數更少，平均僅有四人，最少一次為三人。而且由於唱和興致不大，這階段亦成為社集次數舉行最少者，合共六次，相較於第一階段十八集、第二階段十集、第三階段十三集，次數少了很多。其中只有吳曾源參與全部唱和，張茂炯、蔡晉鏞、高德馨也時常參與，庚午消夏缺席的鄧邦述參加了一次。

（五）第五階段——辛未消寒（1931 年）

經歷第三、第四階段的唱和消減，辛未年（1931）的夏季再沒有接續舉行詞社的消夏活動。直至是年冬季，鄧邦述提議賡續去年的消寒詞會，並邀請吳梅作為唱和的發起人。關於這次社集的發起和經過，吳梅於日記裡有詳細記載。首先，吳氏在民國二十年（1931）舊曆十一月初八日云：

> 晚張仲清（茂炯）來，共赴適社，詣其昌小飲，戌初歸寢。仲清贈我《艮廬詞》頗佳，並言鄧孝先欲賡續消寒詞集，邀我作發起，余謙讓未遑也。〔註 91〕

清楚說出張仲清探訪吳梅，並向他轉述鄧邦述想賡續消寒詞集，邀請吳梅發起。吳氏受到推崇，於是落實擔當發起人的責任，並約社員們在十一月十六日下午舉行第一次雅集，詳情如下：

〔註 91〕吳梅著、王衛民編校：《吳梅全集．日記卷》（石家莊：河北教育出版社，2002年），頁 59～60。下文簡稱《吳梅日記》。

並擬詞社題……遂赴鄧孝先（邦述）詞課之約，蓋消寒詞集，至今日復舉也。集者計十一人，孝先作主外，為蔡師愚（寶善）、家伯淵叔（曾源）、陳公孟（任）、楊楞秋（俊）、林肖蜦（轍楨）、亢宙民（惟恭）、張仲清（茂炯）、顧巍成（建勳）、王佩諍（謇）及余也。就席時以齒為序，孝先年最長，佩諍最少，亦四十四歲，余尚未居殿也。遂分拈一題，九日一集，交詞一首，尚有姚威伯（風）、萬惟一（還）則邀而未至者。所擬各題刊下：

〈洞庭春色．橘〉	鄧孝先（漚夢）
〈東風第一枝．香雪海〉	蔡寶善（師愚）
〈愁春未醒．唐花〉	吳伯淵（九珠）
〈望海潮．弔戚南塘〉	陳公孟（櫟寄）
〈絳都春．上元〉	楊詠裳（楞秋）
〈紫萸香慢．紫英〉	林肖蜦（霜杰）
〈祝英臺近．除夕立春〉	亢宙民（惟恭）
〈穆護砂．燭淚〉	張仲清（艮廬）
〈眉嫵．虢國夫人早朝圖〉	顧巍成（瓠齋）
〈惜寒梅．過春草閒房〉	吳瞿安（霜崖）
〈笛家．祝東坡生日〉	王佩諍（謇）〔註 92〕

按照吳梅所說，這一階段的社員合共十一人，相對於第一階段的參與者更多。當中新的社員有陳公孟、林肖蜦和亢宙民，蔡寶善也由社外詞侶的身分轉變為社員。陳公孟（1871～1956），原名陳昌任，江蘇吳縣人。曾任蘇州市議事會議事長、江蘇水利局總文牘，著有《滄海樓詩集》。林肖蜦，原名林轍楨（1873～？），字肖蜦，又號霜傑，福建侯官人，曾任福州船政漢文教習，光緒年間嘗榷稅吳中，後任江蘇嘉定知縣，是林則徐長房曾孫。著有《霜杰詞》一卷。亢惟恭（1874～？），字壽銘，號惕盦。民國著名畫家，工書喜填詞，有詩名。著有《惕盦詩稿》七卷和《惕盦文稿》一卷。當時吳梅尚邀請了姚威伯（風）、萬惟一（還）兩人，可惜他們均沒有參與。其餘如潘承謀和蔡晉鏞沒有參與，高德馨、潘昌煦也沒有再成為和作詞人。

根據上述之言，當時與會者按以齒排序，每人分拈一題，並定下九日舉

〔註 92〕吳梅著、王衛民編校：《吳梅日記》，頁 62～63。

行一次集會，各人交詞一首。社員合共十一人，因此舉行了十一集。雖然社集開始已經設計每集的題目和作東者，然而卻不免有所改動。吳梅在民國二十年（1931）十一月二十七日說：

> 是日為詞社第二集，由余作主，遂留午飯。社集共十四人，除前次十一人外，新加者為黃曉圃（思履）、吳湖帆（翼燕）及（趙）萬里也。諸君以〈洞庭春色．橘〉交與孝先，而蔡師愚〈東風第一枝〉亦脫稿。〔註93〕

由此可知，原本第二集是蔡寶善作東，後來改為吳梅。另外，除了十一位社員外，第二集的參與者還加入了黃曉圃、吳湖帆和趙萬里。關於黃曉圃的生平記載，筆者未見。吳湖帆則在上述第二階段的唱和已概略介紹。趙萬里（1905～1980）是著名文獻學家、敦煌學家和目錄學家，浙江海寧人，是國學大師王國維（1877～1927）的同鄉兼門生。民國十年（1921）入讀東南大學中文系，由此成為吳梅詞學弟子。後來更歷任北京大學、清華大學等教授，新中國成立後擔任中國國家圖書館研究員，兼善本特藏部主任。根據吳梅的記載，第一次社集人數有十一人，第二次有十四人，但是最終部分社員們並沒有將作品刊刻於個人詞集中，以致缺乏可供比對的資料。除此之外，自從第二次社集後，吳梅的日記沒有再提及參與六一社的事情，甚至從他的詞集中，也沒有後期所訂的唱和詞調和詞題，筆者猜測吳氏在第六集後便沒有再參與。茲將各人集中所選用的詞調、詞題及參與者，概述如下：

表三十一：六一社唱和活動表（第五階段）

社集	作東者	詞　題	詞　調	唱和詞人	作品數目
1	鄧孝先	橘	洞庭春色	吳曾源、楊俊、張茂炯、吳梅、蔡寶善	5
2	蔡寶善（後改為吳梅）	香雪海	東風第一枝	吳曾源、楊俊、張茂炯、吳梅、蔡寶善	5
3	吳曾源	唐花	愁春未醒	吳曾源、楊俊、張茂炯、吳梅、蔡寶善	5
4	陳昌任	吊戚南塘	望海潮	吳曾源、楊俊、張茂炯、吳梅、蔡寶善	5

〔註93〕吳梅著、王衛民編校：《吳梅日記》，頁67。

5	楊俊	上元	絳都春	吳曾源、楊俊、張茂炯、蔡寶善	4
6	林瀫楨	紫英	紫萸香慢	吳曾源、楊俊、張茂炯、吳梅、蔡寶善	5
7	亢惟恭	除夕立春	祝英臺近	吳曾源、楊俊、張茂炯、蔡寶善	4
8	張仲清	燭淚	穆護砂	吳曾源、楊俊、張茂炯、蔡寶善	4
9	顧建勳	虢國夫人早朝圖	眉嫵	吳曾源、楊俊、蔡寶善	3
10	吳梅	過春草閒房	惜寒梅	吳曾源、楊俊、張茂炯、蔡寶善	4
11	王謇	祝東坡生日	笛家	吳曾源、楊俊、張茂炯、蔡寶善	4

從上述表格可見，唱和詞人並沒有想像中的多。社集期間可能有較多社員出席，甚至全部出席，或許這些沒有刊載詞作的社員均有填詞，只是沒有刊於詞集，或已經散佚。自從這一階段的消寒社集過後，六一社再沒有賡續消寒或消夏社集。此見吳梅在民國二十一年（1932）八月十一日說：

> 今日為三九鐘社，在隱貧會舉行，天如放晴，擬往一遊焉。及午，雨止，即往寶林寺前，入社，見鄧孝先、張仲仁、彭子嘉、梁少筠、鄭尹起、林肖蝓等，皆問我近況，蓋半年未晤對也。〔註 94〕

其中鄧孝先和林肖蝓都是六一社社員。吳梅說半年未見，乃知最後一階段的消寒社集完結後，社員沒有再相約舉行詞社。至兩年後（1934）五月十四日，吳梅提及六一社部分社友的情況道：

> 楊詠裳為我言，江進之已逝，張仲清類中，吳伯淵有小恙。朋友間皆無好消息，聞之悶悶。……午後蔡雲笙（晉鏞）來談，知進之身後蕭條，為之嗚咽。……且《雁村詞業》已付刊，余又不禁自念也。又言仲清中風已成，舌頭不便言語，尤不便作書，方悉余前二書，未得復音，蓋以此也。〔註 95〕

當時部分社友年事已高，病隨之至，張仲清因為中風，說話和寫字不便，所以連吳梅之前所寄的書信也沒法回覆。而吳梅的叔叔又抱病在身，社事更是

〔註 94〕吳梅著、王衛民編校：《吳梅日記》，頁 205。
〔註 95〕吳梅著、王衛民編校：《吳梅日記》，頁 431。

意興闌珊。其實自從第五階段消寒社集後，社員們已經把視線轉移往出版個人詞集、校詞選詞和為各人的填詞圖題詞，直至社員們身體抱恙，社集活動終於告一段落。

四、詞作主題

（一）蘇州地景的書寫

蘇州，古稱吳，位於江蘇省東南部，在長江三角洲和太湖平原的中心地帶，東臨上海，南接浙江，西抱太湖，北依長江。蘇州自古風景秀麗，是吳文化的發源地，春秋時期已是吳國的首都，秦漢六朝時更有「江東一都會」的美稱。蘇州自然和歷史景觀極為豐富，憑藉園林藝術和江南水鄉風格成為著名的旅遊勝地。尤其是拙政園、留園、虎丘山、太湖、寒山寺、報恩寺和滄涼亭等，成為了歷代文人墨客吟詠的對象，留下不少膾炙人口的佳句。六一社社員幾乎都是原籍蘇州，難得共聚一堂，自然而然相約出遊當地山水景觀和名勝古蹟，消夏灣、滄浪亭、瑞雲峰和柏因社都是己巳消夏（1929 年）的作品，刊載於《六一消夏詞》中。首先，看看他們第二次社集出遊所酬唱的〈隔浦蓮．消夏灣懷古〉。社員蔡晉鏞和吳梅的詞作如下：

> 澄湖波面萬頃。碧嶂環幽迴。小艇追涼處，煙蘿疑，隔人境。仙珮清弄影。涼颸定。望古添深省。　　水天暝。螺鬟照耀，新粧西子臨鏡。蓮歌粉隊，翠仗昔曾遊幸。芳草吳宮霸氣賸。清醒。孤星沙岸猶耿。（蔡晉鏞，頁 5）
>
> 芳洲臺樹廢早。一徑荷風老。畫舸南塘路，烏棲曲，催清曉。幽處人過少。閒吟眺。夢影梧宮繞。　　錦帆渺。搴香勝地，應憐西子嬌小。晴嵐水榭，四面白蘋紅蓼。波底涼蟾弄夜照。憑弔。吳天殘霸如埽。（吳梅，頁 5 下～6 上）

消夏灣位於蘇州西山南部，是西山最大的湖灣，三面環山，面臨太湖，背依縹緲峰，是自然山水風景和古代吳國遺蹟集聚之地。春秋時期，吳王夫差嘗攜同西施於此地避暑消夏，以湖為景，遍植蓮荷，以漁歌為號，百千漁船首尾相接，西施踏歌而舞，響徹太湖，後人遂名之為消夏灣。這次社員們仿效古人於此消夏，浮想聯翩，似乎將昔日吳王和西施出遊的景況重現。兩詞開首「澄湖波面萬頃，碧嶂環幽迴」、「芳洲臺樹廢早，一徑荷風老」數句，把眼前消夏灣的澄澈湖水、老荷滿徑，以及數山環抱的景象描摹出來。接著，詞人們均坐在小艇上，以迷濛清幽的筆調，唱著李白詠歎吳王亡國的〈烏棲曲〉，引領讀者彷彿步入仙境，返回春秋時期吳王夫差和西施避暑的現場。兩詞的下片，同樣記憶起吳王和西施的故事。「水天暝，螺鬟照耀，新粧西子臨鏡」、「蓮歌粉隊，翠仗昔曾遊幸」和「錦帆渺，搴香勝地，應憐西子嬌小」數句，寫當日荷花盛開，漁船雲集，西施一身美豔的妝容，互相爭妍鬥麗。然而，吳國早已消逝，往時的雄霸氣焰也幾乎殆盡，詞人們看著面前的白蘋花和紅蓼花，在夕陽西下之際，深沉思考歷史的變遷。

圖二十：蘇州西山消夏灣

圖二十一：蘇州滄浪亭

再看另一次社友們出遊，到訪蘇州四大名園之一的滄浪亭。滄浪亭位於蘇州三元坊，是北宋文人蘇舜欽（1008～1048）營建於慶曆四年（1044）的私人花園，是現存歷史最為悠久的江南園林。滄浪亭之名，取自《孟子．離婁上》中「滄浪之水清兮，可以濯我纓；滄浪之水濁兮，可以濯我足」之意，〔註96〕表達審時度勢的入世情懷。滄浪亭整體園林布局巧妙，有看山樓、面水軒、翠玲瓏、觀魚處、仰止亭等勝景，諸景遙相呼應，古樸自然，詩情畫意，為歷代文人遊蘇州必經之地。蔡晉鏞和顧建勳所填的〈水調歌頭．滄浪亭〉如下：

> 不著阮公屐，最是近遊宜。此地水竹掩映，魚鳥靜忘機。當日湖州長史，買取清風明月，留得壁間題。棋局問興廢，賸有石枰知。　半池荷，一溪柳，小亭攲。濯纓人去，空自倒影浸漣漪。詞客城南幾輩，勝事歐梅誰繼，請誦漫堂詩。大好岸巾角，坐憩夕陽西。（蔡晉鏞，頁 46 下）

> 亭築高爽地，八百有餘年。城中名勝留得，兩字比金堅。撫此幽篁叢樹，坐領清風明月，不費一文錢。枕水面南處，荷葉尚田田。　記當日，因謫廢，遞銀箋。黨人朝禁，安住過眼若雲煙。惟有登臨游

〔註96〕萬麗華、蘭旭譯注：《孟子》（香港：中華書局，2012 年），頁 160。

客，拾取春風詞筆，商略付吟邊。孺子渺何許，清濁任流連。（顧建勳，頁 47 上）

蔡晉鏞詞起筆「不著阮公屐，最是近遊宜」，點出社友們出遊之地，正在他們居住的鄰近——蘇州。而顧建勳詞「亭築高爽地，八百有餘年」，則說出滄浪亭的歷史，距今已有八百餘年。據蘇舜欽所撰的〈滄浪亭記〉，其中有謂「訪諸舊老，云錢氏有國，近戚孫承祐之池館也」，〔註 97〕即原本此地乃五代十國晚期，吳越王錢俶妻弟孫承佑所營建的池館。「此地水竹掩映，魚鳥靜忘機」、「撫此幽篁叢樹」和「枕水面南處，荷葉尚田田」數句，均描摹滄浪亭的如畫美景，有茂密的竹林和樹木，與池塘魚鳥、一片荷葉互相映襯，幽靜怡人，令詞人們忘卻世俗，甘於淡泊。「記當日，因謫廢，遞銀箋。黨人朝禁，安住過眼若雲煙」句，寫蘇舜欽因為在政治上依附范仲淹，遭到御史中丞王拱辰等反對改革者打壓，終被貶逐出京，於是往蘇州購得滄浪亭，作為隱居終老之地。滄浪亭有一副對聯：「清風明月本無價」、「近水遠山皆有情」，上聯是歐陽修的詩句，下聯則為蘇舜欽的詩句，因此詞中所說「清風明月」，實緣於此。後來蘇舜欽在慶曆八年（1048）雖再次出仕為官，擔當湖州長史，惜未及赴任即病逝。詞人們為此不禁唏噓，想到昔賢已去，眼前只剩下柳條竹篁倒影在湖面。然而，時光流逝，往事不再，原本就是人間定律，社員們於是重拾心情，與一眾詞友賦詩填詞，歌唱吟詠，在落日西山中恬然安靜地度過。

（二）鄉村生活的描摹

六一社成立目的主要是消夏和消寒，在第十次的消夏聚會，社員們用〈鷓鴣天〉的詞調唱和了一連串的鄉居閒情，有描寫山村人家的風景、水村一帶的寧靜和農家耕種飼養禽鳥的純樸生活。鄧邦述、吳曾源、潘承謀和蔡寶善都各自填寫四首，其餘蔡晉鏞填了三首，楊俊和吳梅也填了兩首，足見詞人們對鄉居生活各有感悟。先看看鄧邦述和吳曾源對山村風光的描寫：

長日人家靜掩茅。炊煙一縷上林梢。汲將澗水和雲煮，拾取山枝帶露燒。峰匼匝，嶺岧嶤。平岡迤邐絕塵囂。怕人說是秦時宅，只種桑麻不種桃。（鄧邦述，頁 30 上）

曲徑通幽別有村。青山疊疊水粼粼。仙源此去無多路，便是人間自

〔註 97〕蘇舜欽撰：〈滄浪亭記〉，載蘇舜欽著、沈文倬校點：《蘇舜欽集》（上海：上海古籍出版社，2011 年），頁 158。

在身。蝸引壁，雀羅門。長松老鶴鬭精神。盤無兼味猶耽酒，室有藏書未到貧。（吳曾源，頁30下～31上）

兩首詞都描寫山村人家的生活。村屋附近被高山包圍，層層疊疊，連綿不絕。詞人們穿過一條彎曲的小徑，看到有一間簡樸的茅屋。屋外種植了松樹，還養著幾隻鶴。他們每天過著上山拾取柴枝，燒水煮飯的生活，閒時飲酒看書，十分寫意，悠然自在。由於詞人們身處其間，覺得這是與外界隔絕的仙境，彷彿陶潛〈桃花源記〉所描述的，完全遠離城市的喧囂。鄧邦述詞末更戲言：「怕人說是秦時宅，只種桑麻不種桃」，用〈桃花源記〉裡百姓為了躲避秦朝戰亂而來桃花源的故事，笑說山村的居民怕文人們誤會他們也是秦朝人，於是沒有種植桃花，只種桑麻。

社員吳曾源更自己親身體會鄉村生活，所感受到的是閒靜、寫意和忘卻煩憂：

自笑平生七不堪。殘年只合臥江潭。夢甜不覺三竿上，食淡方知一飯甘。閒裏住，靜中參。杏花消息滯江南。此來差強幽人意，晨課栽秧夕課蠶。（吳曾源，頁31上）

曳杖柴門信所之。閒雲流水兩忘機。吟詩客去題紅樹，送酒人來認白衣。秋漲足，夕陽遲。比鄰鵝鴨小橋西。黃花本是寒畦種，莫笑隨人寄矮籬。（吳曾源，頁31上）

從上面兩首詞來看，「夢甜」、「淡」、「閒」、「忘機」就是詞人體驗到的鄉居生活。安寧地睡上一覺，簡單清淡的飯菜，欣賞自然景色，或飲酒吟詩，或思考人生，這樣的閒適，就是美好的生活。除了吳曾源，蔡晉鏞所寫的「閒把盞，對斜醺」、「秋來晴雨細評論，教蒸芋栗供香飯」和吳梅的「瓜棚睡足渾無事」、「自笑閒心伴澗薖」等句，與吳曾源的作品互相呼應，同樣寫出鄉村的閒適寫意。

再看鄧邦述的兩首詞。他對於農村百姓生活的描摹，與上述社員的角度全然不同。吳曾源、蔡晉鏞和吳梅都感受鄉居的閒情和愜意，但鄧邦述則從村民的勞動生活著筆，點出他們付出辛勞的汗水，但收入卻微薄，幾乎不能自給自足，並暗示官員從中謀取利益。詞曰：

生計疏慵劇可憐。趁墟歸及夕陽天。溪童粗得撈鰕利，貧女猶賒貿布錢。春樹外，暮鴉前。杏帘斜颭一椽煙。少年不解官家事，酒價如何漲十千。（鄧邦述，頁30下）

新拓疏窗近翠微。蕭寥景色眼中非。卻看怖鴿依林鬧，又見栖烏繞堞飛。菰米賤，筍苗肥。椶鞋箬帽過從稀。鄰翁自恨家醅薄，盡日城闉醉不歸。（鄧邦述，頁 30）

第一首落筆兩句「生計疏慵劇可憐，趁墟歸及夕陽天」，直接道出鄉村生活的艱苦，在市集進行買賣的人早出晚歸，但僅僅賺得微薄的錢糧。溪邊捕獲魚蝦的孩童，僅得些少盈利；貧家女孩缺錢製衣，買布尚須賒賬，連衣食也未充足，因此詞人以「可憐」來形容他們的勞累和貧苦。末二句「少年不解官家事，酒價如何漲十千」，和第二首「菰米賤，筍苗肥」、「鄰翁自恨家醅薄，盡日城闉醉不歸」數句，暗指官員控制物價，中飽私囊，不但抬高酒和筍苗的價格，又下調菰米買賣價值，以致農村百姓生活如此清貧勞累。詞人更以他們付出勞力，卻仍釀不到好酒，來諷刺官家剝削百姓。因此，對鄧邦述而言，村居生活看似平淡簡樸，然而經過深入的觀察，卻發現他們遭到官府無理的榨取。

小結

江蘇的地域文化是以水文化為主導，襯托以平原文化和山文化，三者構成和貫穿江蘇的歷史，促進了經濟繁榮和文化昌盛，孕育和滋養無數著名的都邑名城、山莊園林、名勝古蹟和詩詞學人。民國時期江蘇地區的詞社，就是由當地文人學士組成和主導。他們將江蘇歷久積累的山水地景作為創作的現場，書寫文物古蹟和鄉村生活，感物抒懷，表達旅遊體驗和歷史情懷，發揚了鄉邦傳統和宗尚鄉賢的風氣，具有濃厚的地域色彩。

第五章　天津詞社：由遺民唱和到民族情懷

民國時期的天津詞社，共有三個：須社（1928～1931）、玉瀾詞社（1940～1941）和夢碧詞社（1943～1948）。最先興起的須社，是由外地流寓津門的遺民和士子組成。經歷辛亥革命、民初紛擾的政局和軍閥混戰的亂世後，他們對民國政府極為失望，於是刻意標榜遺民的身分，明示繼承南宋遺民詩社汐社，追憶著前朝的承平和寄託故國的思念。自須社解散以還，天津社事一度沉寂。直至淪陷日本前夕，由津門的學界名流、地方縉紳為首創辦之冷楓詩社、玉瀾詞社和夢碧詞社相繼興起，從發揚本土市井通俗的文化開始，提倡恢復詞的本色，到他們遭受日偽殘暴的統治，所有百姓都生活在水深火熱中，詞人們藉著詩詞唱和山河淪陷、國族滅亡的慘況，激發民族意識和抗日情緒，情感沉摯深切，曲調慷慨悲涼。

第一節　須社（1928～1931）：遺民精神與家國憂思

須社是民國十七年（1928），在天津成立的一個鼎盛的遺民詞社。它是由民國十四年（1925）天津的詩社——冰社發展而成，社長是郭則澐。辛亥革命以降，眾多名流遺臣、寄公逋客雲集天津，促使津門吟壇濟濟，觴詠不斷，結社之風興盛。龍榆生（1902～1966）所編的《詞學季刊》曾這樣引介須社：

> 國內頻年喪亂，士大夫多流寓於外人租借地，冀得苟全。南有上海，北則天津，並為畸士文人，棲身息影之所。藉文酒之會，以遣憂生

念亂之懷。〔註 1〕

冰社最初寫詩，後轉營為填詞，社員大抵相同。據袁思亮（1880～1940）的序言，社事維持三年之久，最後由朱祖謀（1857～1931）和夏孫桐（1857～1942）選定詞作，郭則澐（1882～1947）印而存之，命名為《煙沽漁唱》。現存的《煙沽漁唱》，有五篇序言，依次由袁思亮、楊壽枏（1868～1948）、徐沅（1880～？）、許鍾璐（生卒年不詳）和郭則澐執筆。封面和扉頁均有夏孫桐題簽「煙沽漁唱」四字，乃民國二十二年（1933）鉛印本。〔註 2〕

一、詞社緣起

（一）結社酬唱盛行

據陳友苓《回憶沽上詩壇》云：「沽上之有詩社，蓋始於民國初年。首創立者為嚴範孫主辦之城南詩社，繼之先後成立者則有犀靈社、儔社、河東詩社、水西詩社、麗則詩社、寒山詩社、不易詩社、冷楓詩社，此外尚有存社、夢碧詞社、玉瀾詞社等。」〔註 3〕陳氏的記述雖有缺漏，並未載錄雪鴻詩社、國風社、冰社、須社、星二社，〔註 4〕但亦見出民國時期天津文人結社之盛。須社社員裡，不少社友都參與幾個社團；例如社長郭則澐，髫齡時期就與曾祖郭柏蔭（1807～1884）、父郭曾炘（1855～1928）參與道光三年（1823）成立的荔香吟社；光緒二十至二十一年（1894～1895）又加入父郭曾炘和葉大遒（1845～1907）等倡立的榕蔭堂詩社。鼎革後，先後參與城南詩社、寒山和稊園詩社。民國九年（1920），郭氏父子於北京成立蟄園吟社；十四年（1925），郭則澐分別加入聊園詞社、趣園詞社、儔社、冰社和星二社，成為參與社事唱和最多的一年。十七年（1928），在冰社的基礎上創立須社；十九年（1930），加入賡社。二十五年（1936），郭氏在北京倡立蟄園律社，次年（1937）又成

〔註 1〕佚名撰：〈詞壇消息：須杜唱酬之結集〉，載龍榆生編：《詞學季刊》（上海：上海書店，1985 年），第二卷，第二號，頁 199。

〔註 2〕本文採用之《煙沽漁唱》，為民國二十二年（1933）鉛印本，載南江濤選編：《清末民國舊體詩詞結社文獻彙編》（北京：國家圖書館出版社，2013 年），第十六冊，頁 97～528。本文沿用此版本，下文徵引，僅注明頁碼，不復出注。

〔註 3〕中國人民政治協商會議天津市委員會文史資料研究委員會編：《天津文史資料選輯》（第三十二輯）（天津：天津人民出版社，1985 年），頁 196。

〔註 4〕曹辛華撰：〈清末民國舊體詩詞社團名考〉，載南江濤選編：《清末民國舊體詩詞結社文獻彙編》（北京：國家圖書館出版社，2013 年），第一冊，頁 8。

立瓶花簃詞社，二十八年（1939）和二十九年（1940）分別參與玉瀾詞社和延秋詞社。其一生所參與社團的數目，可考者共十七個，貫穿整個民國時期京津地區以至上海的詩詞社團。其他社友如林葆恆（1872～1959），亦是上海漚社社員；又如楊壽楠（1868～1948）和許鍾璐（生卒年不詳），也加入蟄園律社。由此可見，結社酬唱是寓居天津文人交往的方式。

（二）冰社轉營填詞

須社成立之前，是由當時唱和頗盛的遺民詩社——冰社轉營而來的。據郭則澐《清詞玉屑》載：「乙丑丙寅間，冰社同人恒過李小石詞龕夜話。」〔註5〕見出冰社在乙丑年（1925）已有集會。至於冰社社員，郭曾炘《邴廬日記》「丁卯正月十五日」記：

> 晚，冰社會期，愔仲（胡嗣瑗）為主，就栩樓設席，到者為白栗齋、查峻臣、葉文泉、周立之、李又塵、李子申、林子有、郭侗伯、徐芷升、任仲文。社中每會皆拈題分韻，是日即以上元雅集為題，余分得「橋」字。〔註6〕

社員分別有郭曾炘、胡嗣瑗（號愔仲）、白廷夔（字栗齋）、查爾崇（字峻臣）、葉文樵（字文泉）、周學淵（字立之）、李書勳（字又塵）、李孺（字子申）、林葆恒（字子有）、郭宗熙（字侗伯）、徐沅（字芷升）、任仲文等人，社集活動內容是拈題分韻作詩。除了上述十一位成員外，當然還有郭則澐和他在《清詞玉屑》裡提及過的李小石。李小石，原名李放（1887～1926），字無放，號詞龕、浪公，是清末民初書畫家、藏書家。他曾任清政府度支部員外郎，鼎革後隱居不仕。郭則澐〈冰社初集追懷浪公〉詩中兩句「社寒名亦寒，名者惟李子」〔註7〕，指出冰社是由李放命名的。而冰社之得以由寫詩轉營為填詞，李放更起著重要的作用。郭則澐嘗說：「小石屢勸余填詞，逡巡未敢試也。」〔註8〕見出郭則澐最初只寫詩，經李小石屢勸，始學填詞。

李小石辭世後，冰社從詩社轉為詞社。郭曾炘《邴廬日記》「戊辰七月初

〔註5〕郭則澐撰：《清詞玉屑》，載朱崇才編纂：《詞話叢編．續編》（北京：人民文學出版社，2010年），卷九，第四冊，頁2796。

〔註6〕郭曾炘撰：《邴廬日記》，轉引自楊傳慶撰：〈清遺民詞社——須社〉，《北京社會科學》，2015年，第2期，頁34。

〔註7〕郭則澐著：《龍顧山房詩集》（三），載王偉勇主編：《民國詩集叢刊》（臺北：文听閣圖書有限公司，2009年），第一編，第一百零三冊，頁1353～1354。

〔註8〕郭則澐撰：《清詞玉屑》，頁2873。

七」說：

> 是日為冰社會期，冰社同人近改為填詞之會，來者有侗伯、峻叢、琴初、秉齋、芷升、立之、叔掖、子有、又塵諸君，以戊辰七夕拈題。〔註 9〕

乃知冰社在戊辰年（1928）七月已轉營填詞。不久，郭曾炘也辭世，葉文樵和任仲文也沒有再參與社集，其餘十人依舊赴會。然而，即使由詩社轉為詞社，冰社仍然沿用其社名，直至庚午年（1930）始更名為須社。袁思亮（1880～1940）〈冰社詞選序〉嘗云：

> 冰社社友都二十人，皆工倚聲，月三集，限調與題。久之，社外聞聲相和者甚眾。陳弢庵太傅、夏閏枝翰林，其尤著也。起丁卯（1927）夏，訖庚午（1930）秋，凡三年，得集盈百，社友頗有以事散之四方者，漚社遂起而繼之矣。於是朱彊村侍郎與閏枝翰林選其詞之尤工者如干闋，郭君嘯麓為印而存之，名之曰《冰社詞選》。〔註 10〕

再而袁思亮〈煙沽漁唱序〉關於須社的文字與此篇幾乎無異，僅僅將「冰社」改為「須社」，「夏閏枝翰林」改為「夏閏枝太守」，「起丁卯（1927）夏，訖庚午（1930）秋」改為「起戊辰（1928）夏，訖辛未（1931）春」，「郭君嘯麓」改為「郭蟄雲提學」，「《冰社詞選》」改為「《煙沽漁唱》」，其餘用字皆同，見出庚午（1930）秋社集將刊刻出版時，仍然沿用冰社之名，甚至擬將社友作品名曰《冰社詞選》。後來，不知為何易名須社，並將社集改為《煙沽漁唱》。

（三）社員窮愁苦悶

袁思亮和徐沅的〈煙沽漁唱序〉嘗云：

> 世異變，士大夫所學於古無所用。州郡鄉里害兵旅盜賊，不得食壟畝、栖山林。羣居大都名城為流人，窮愁無憀，相呴濡以文酒。耳目所聞見，感於心而發於言，言不可以遂，乃託於聲。聲之幼眇跌宕，悱惻淒麗，言近而指遠，若可喻若不可喻者，莫如詞。天津之有須社，上海之有漚社，胥此志也。而須社為之先。……嗟乎，苦其心，範其才，束縛於聲律，壯夫笑之，等諸俳優，徒蕲誒。夫一二知者，翫其辭，悲傷其意，吾曹之遇，可謂窮矣。雖然水深火熱，

〔註 9〕郭曾炘撰：《邴廬日記》，轉引自楊傳慶撰：〈清遺民詞社——須社〉，頁 35。

〔註 10〕袁思亮著：《蘉庵文集》，載袁榮法編：《湘潭袁氏家集》（臺北：文海出版社，1974 年），頁 49。

嚬呻滿國中，而吾曹猶獲從容觴詠以自適其志。世每況而愈下，後之人讀斯集者，且穆然想像其流風而欣羨慨慕，以為不可復得乎？然則吾曹之遇，固猶未為窮也歟？（袁思亮序，頁 101～102）

戊己（1928～1929）以還，滄流滋苦，一時寓公僑客播遷，棲屑局促於海津一隅。咸有潛虬尺水，負荒厓之慨。然麻鞋杜老，皂帽管甯，澒洞漂流，不期翕合。……世運盛衰，千變萬紾之態，往復於胸。相盪相摩，而皆引為倚聲之助。一以逃喧遠累，一以娛老適情，有忘其商略之，集合之密者矣。（徐沅序，頁 105～106）

道出須社得以促成，主要源於當時寓居天津的士大夫們，存在著外在和內在的窘境：外面世界盜賊橫行、兵禍連連，他們卻無能為力，感到無用於世，只可群居於都市，內心窮愁苦悶之際，以文字美酒相互依存度日。袁思亮序提到「水深火熱，嚬呻滿國中」和徐沅序所謂「戊己以還，滄流滋苦」，就是指民國十五年（1926）起，蔣介石率國民革命軍，分三路進兵擊敗吳佩孚、孫傳芳，攻取武漢、南京等地，造成各地戰亂不絕，民生非常困苦。十七年（1928）六月，國民革命軍光復京、津；十二月張學良宣布東三省易幟，全國出現形式上統一局面。然而，各路軍閥不滿蔣介石的裁軍政策，爆發幾次派系戰爭，最後更引發中原大戰（1930 年）。袁思亮認為須社在國家如此水深火熱、民不聊生之時，還「逃喧遠累，娛老適情」，從容雅集觴詠，顯然招致壯夫恥笑，但他們亦必要將耳目之所見所聞，內心悲傷苦悶的情緒，發於聲而託於詞，讓後人從「言近而指遠，若可喻若不可喻」的詞作中，體會他們當下的環境和心情。

二、詞社發起時間、社長、社名及社員

（一）發起時間和社長

關於須社的發起時間，袁思亮〈煙沽漁唱序〉說：

（須社）起戊辰（1928）夏，訖辛未（1931）春，凡三年，得集盈百，社友頗有以事散之四方者，漚社遂起而繼之矣。（頁 101）

徐沅〈煙沽漁唱序〉又云：

津之有詞社，始於戊辰（1928）夏，歷歲三周，結會百集。（頁 105）

二人都不約而同寫出須社成立於民國十七年（1928）夏，並經過三年的酬唱時間，即民國二十年（1931）結束。

由於須社是由冰社發展而成的，但冰社的發起人卻未發現相關資料記載。須社社員許鍾璐在〈煙沽漁唱序〉僅說：「蟄雲社長，結珮眾芳，扶輪大雅」（頁 108），又徐沅說：「嘯麓提點詞盟」（頁 105），「蟄雲」和「嘯麓」分別是郭則澐的字和號，則知社長確為郭則澐。

（二）社名

學者林立在〈群體身份與記憶的建構：清遺民詞社須社的唱酬〉一文中，曾引用地理學家段義孚（1930～）的說話，並提出社名的設立有三種意義：建立群體身份、增加群體的號召力和規範社團的活動意義及方向。〔註 11〕須社社員們沒有解釋社名由來，所以學人們只可以推測其意思。學者楊傳慶認為「須」取其古義，即是「鬚」的意思，指社員們鬚髯皆白的形象。〔註 12〕而林立則從須社結社目的——愁苦無聊，抒寫亡國哀痛，來推測「須」字是「相須而成」或「停留」的意思，寓意留滯於一地的同人互相倚傍，並引《詩經》〈邶風．匏有苦葉〉中「卬須我友」句，提出有等待友人，相互酬唱之意。〔註 13〕筆者認為兩者的說法也有道理，如果從社員們的年齒觀之，當時大部分社員介乎五十至六十歲，形象上可謂鬚髯皆白。而從社員們留滯一地彼此倚傍的解說，同樣合乎情理，因為所有社員無一原籍天津，全部都是從外地寓居天津。至於駐留此地的原因，學者林志宏認為大部分還有眷戀君主的心態，一方面可以隨時接近君側，另一方面可以替代清室，公開與外界進行協調工作，並表示效忠。〔註 14〕

（三）社員

須社社員的資料，在《煙沽漁唱》中有明確的記載，共二十人，另有社外詞侶十三人。茲依年齒迻錄之，並據朱德慈《近代詞人考錄》〔註 15〕、林葆恆《詞綜補遺》〔註 16〕和徐友春《民國人物大辭典》〔註 17〕予以補充：

〔註 11〕林立撰：〈群體身份與記憶的建構：清遺民詞社須社的唱酬〉，《中國文化研究所學報》，2011 年，第 52 期，頁 212。

〔註 12〕楊傳慶撰：〈清遺民詞社——須社〉，頁 35。

〔註 13〕林立撰：〈群體身份與記憶的建構：清遺民詞社須社的唱酬〉，頁 213。

〔註 14〕林志宏著：《民國乃敵國也：政治文化轉型下的清遺民》（北京：中華書局，2013 年），頁 34。

〔註 15〕朱德慈著：《近代詞人考錄》（北京：中國社會科學出版社，2004 年）。

〔註 16〕林葆恆輯，張璋整理：《詞綜補遺》（上海：上海古籍出版社，2005 年）。

〔註 17〕徐友春主編：《民國人物大辭典》（石家莊：河北人民出版社，2007 年）。

表三十二：須社社員名錄表

姓名	生卒年	字	號	籍貫	備註
查爾崇	1862～1929	峻丞	查灣	順天宛平	光緒十一年（1885）舉人，四川補用道，著有《查灣詩抄》。
章鈺	1865～1937	式之	霜根	江蘇長洲	光緒二十九年（1903）進士，官至外務部主事。辛亥革命後，久寓天津，以收藏、校書、著述為業。著有《四當齋集》等。
楊壽枏	1868～1948	味雲	苓泉	江蘇金匱	光緒十七年（1891）舉人，二十七年（1901）《辛丑條約》簽訂後，於北京任內閣中書，歷農工商部工務司主事兼商律館纂修、度支部丞參兼財政清理處總辦。清室遜位後遷居天津，民國元年（1912）任長蘆鹽運使。段祺瑞內閣時期（1917年），任財政次長。張勳復辟（1917年），任度支部尚書。十二年（1923）離開政界，專心投入實業，後推為天津華新紗廠經理。
胡嗣瑗	1868～1949	琴初	愔仲	貴州開州	見表五：「漚社社外詞侶名錄表」。
林葆恆	1872～1959	子有	訒盦	福建侯官	見表四：「漚社社員名錄表」。
陳曾壽	1877～1949	仁先	蒼虬	湖北蘄水	見表五：「漚社社外詞侶名錄表」。
周學淵	1877～1953	立之	息庵	安徽建德	光緒二十九年（1903）進士，任廣東候補道，後改山東奏調候補道，歷任憲政編查館二等諮議官、山東大學堂總監督。宣統元年（1909）交軍機處存記。夢碧詞社社員。
郭宗熙	1878～1934	侗白	頤厂	湖南長沙	光緒二十九年（1903）進士。畢業於日本法政大學。歸國後，授翰林院庶起士，歷任長沙府中學堂監督，奉天森林學堂監督，署理琿春副都統，吉林東南路兵備道，西北路兵備道，濱江關監督。民國二年（1913），出任吉林教育司司長，歷任吉長道道尹、中東鐵路督辦和吉林省省長。八年（1919）被免職，並寓居天津。後任京師圖書館館長，山東督辦署參贊等職。國民

					革命軍北伐戰敗又寓居天津。最後出任滿洲國尚書府大臣。
徐沅	1880～？	芷升	姜盦	江蘇吳縣	光緒二十九年（1903）經濟特科進士。歷任山東聊城縣知事、直隸洋務局會辦和津海關監督。民國成立後，仍任津海關監督，兼任外交部直隸交涉員。
郭則澐	1882～1947	㰚麓	蟄雲	福建侯官	見表四：「漚社社員名錄表」。
唐蘭	1901～1979	立盦	／	浙江遂安	早年學醫，民國九年（1920）入無錫國學專修館，十三至十九年（1924～1930）在社員周學淵家當家庭教師，期間主編《商報》文學週刊及《將來》月刊。後離津去瀋陽，擔任遼寧省教育廳編輯。二十年（1931 入東北大學任講師，歷任北京大學、燕京大學、輔仁大學、西南聯合大學等校教授。
周偉	1903～1989	君適	／	湖北黃陂	陳曾壽女婿，朱彊村弟子。1981 年被四川省文史館聘為文史館員，後任貴州省書法協會理事、四川詩詞書畫研究社監事、貴陽志編纂委中員會顧問。
白廷夔	？～1931 前	栗齋	遜園	滿洲京旗	光緒十二年（1886）舉人，直隸候補道。著名書畫家。
李孺	？～1931	子申	龠闇	漢軍駐防	光緒十一年（1885）舉人，官至湖北提學使，著有《龠庵詞》一卷。
周登皞	？～1940	熙民	補廬	福建侯官	光緒十四年（1888）舉人，歷任順天中學堂總理，順天學務總匯處提調，遼瀋道監察御史。民國元年（1912），任拱衛軍軍需處秘書。二年（1914），任北京政府肅政廳肅政使。五年（1917），任綏遠道尹。
陳恩澍	不詳	止存	紫蓴	湖北蘄水	陳曾壽叔父或伯父。
王承垣	不詳	叔掖	薇庵	直隸清苑	光緒二十九年（1903）進士，官廣東新會知縣。
陳實銘	不詳	葆生	踽公	河南商邱	光緒三十三年（1907）署理玉田知縣。民國三年（1914）又曾任山東臨朐知事，五年（1916）又任山東費縣知事。曹南詩社社員。

許鍾璐	不詳	佩丞	辛盦	山東濟甯	光緒元年（1874）舉人，民國十一年（1922）出任山東政務廳長。著有《辛庵詞》一卷。
李書勳	不詳	又塵	水香	江蘇宜興	光緒二十六年（1900）以拔貢考入山西大學堂西齋學習，曾參加辛亥太原武裝起義。民國六年（1917）任揚由關監督，後任天津海關監督。

表三十三：須社社外詞侶表

姓名	生卒年	字	號	籍　貫	備　註
樊增祥	1846～1931	雲門	樊山	湖北恩施	光緒三年（1877）進士，改庶起士。散館後歷陝西宜川、渭南等縣知事，官至陝西布政使、江寧布政使、護理兩江總督。辛亥革命後，退居滬上。民國元年（1912），去京任參議員、參政。晚年閒居北平，以詩酒自遣。
陳寶琛	1848～1935	伯潛	弢庵	福建閩縣	同治七年（1868）進士，授翰林院庶起士。十年（1871）授編修，後被提拔為翰林院侍講，充日講起居注官、內閣學士兼禮部侍郎。宣統元年（1909），擔任禮學館總纂，歷任溥儀老師、漢軍副都統、弼德院顧問大臣。民國元年（1912），清帝遜位，仍追隨溥儀。民國十四年（1925），移居天津隨侍溥儀。
夏孫桐	1857～1942	閏枝	閏庵	江蘇江陰	光緒十八年（1892）進士，授編修，歷浙江湖州、寧波、杭州等地知府。民國初入清史館，著有《觀所尚齋文存》及《悔龕詞》二卷。
高德馨	1865～1934	遠香	魚孚隱	江蘇吳縣	見表二十五：「六一社社員名錄表」。
陳懋鼎	1870～1940	徵宇	槐樓	福建閩縣	清光緒十六年（1890）進士，歷任外務部左參議、弼德院參議、俄文學堂監督、駐英國公使館二等參贊，駐西班牙公使館一等參贊、資政院議員。民國元年（1912），任北京政府外交部參事兼秘書長，歷任金陵稅關監督兼江寧交涉

					員、濟南道尹兼外交部特派山東交涉員、參政院參政。嗣任國務院秘書、廈門交涉員、外交部顧問、參議院議員。陳寶琛姪。
陳毅	1871～1929	詒重	郇廬	湖南長沙	光緒三十年（1904）進士，授刑部郎中，官至郵傳部主事、京師大學堂提調。鼎革後，客居青島，積極復辟，嘗參與民國二年（1913）癸丑復辟。
邵章	1872～1953	伯絅	倬盦	浙江仁和	見表五：「漚社社外詞侶名錄表」。
姚亶素	1872～1963	景之	／	浙江吳興	見表四：「漚社社員名錄表」。
夏敬觀	1875～1953	劍丞	吷盦	江西新建	見表二：「春音詞社社員名錄表」。
萬承栻	1879～1933	公雨	傒園	江西南昌	辛亥革命後，任江北鎮守署軍事處處長。民國三年（1914），歷任江蘇都督署軍法課課長、淮陽觀察使、長江巡閱使署參謀長等職。六年（1917），參與張勳復辟，任內閣閣丞。復辟失敗後，任職於清室辦事處。十三年（1924）隨溥儀遷居天津。二十年（1931）隨溥儀赴中國東北，並任滿洲國秘書。
袁思亮	1880～1940	伯夔	蘉庵	湖南湘潭	見表二：「春音詞社社員名錄表」。
鍾剛中	1885～1968	子年	／	廣西宣化	光緒三十年（1904）進士，任吏部主事（未到職），次年入日本早稻田大學法律系學習。民國初年，任湖北省通山縣及直隸省成安、甯晉縣知事。
黃孝紓	1900～1964	公渚	匑厂	福建閩縣	見表四：「漚社社員名錄表」。

從上述名錄看來（連同社外詞侶），除了較年輕的唐蘭、周偉和黃孝紓等外，他們大都在前朝考到舉人、進士的身分，甚至任過朝官或地方官。而在二十位正式社員裡，就有十位確定在鼎革後擔任民國政府的官職。這見出須社社員剛在政權交接之際，已積極投身官場，未有反對的行動。例如社長郭則澐，在民國成立後倚靠徐世昌（1855～1939），出任北洋政府國務院秘書廳秘書、政事堂參議、銓敘局局長、兼代國務院秘書長、經濟調查局副總裁、僑務局總裁等要職。民國十一年（1922）第一次直奉戰爭爆發，徐氏被迫辭去總統職位，郭氏才隱居京、津。又如楊壽枏，於民國元年（1912）已為楊士琦（1862～1918）舉薦出任鹽政處總辦，很快又被任命為長蘆鹽運使。後來又

在段祺瑞內閣中擔任財政部次長，然因看到軍閥內訌時起，加上政府常恃借債度日，對北洋政權感到灰心。十二年（1923），他結束了政治生涯，轉向實業方面謀求發展。再如郭宗熙，於民國二年（1913）被北京政府任命為吉林都督府教育司司長，次年任吉長道尹並兼長春交涉使，後來被委任中東鐵路督辦、吉林省省長。八年（1919）被免職，並寓居天津日租界，在九一八事變後，投降日本，最後任偽滿洲帝國尚書府第一任大臣。此外，胡嗣瑗嘗任江蘇金陵道尹（1915 年）；林葆恆成為菲律賓副領事、駐泗水領事；周登皞任拱衛軍軍需處秘書（1912 年）、北京政府肅政廳肅政使（1917 年）；陳實銘任山東臨朐知事（1914 年）；許鍾璐為山東政務廳長（1922 年）；李書勳任揚由關監督、天津海關監督（1917 年）。由此可見，在前清易屋之時，忠於前朝和君主的傳統觀念，似乎並沒有在他們的言談行為體現出來。或許，正如惲毓鼎所說：

> 今之改仕民國者，亦皆藉口於為斯民公僕，救中國之危亡。且國無專屬，並無事二姓之嫌。正朱子所謂「自有一種議論」也。〔註 18〕

對當時大部分人而言，滿清過度至民國，是一個政權和平轉移的過程。遜帝溥儀退位，是按照臨時政府頒佈的規則，當中保留了許多對皇室的優待條件，溥儀更可暫居於紫禁城。因為沒有造成人命的傷亡，國家又不再為一家一姓所統治，所以並不構成國家滅亡後，出仕新朝之恥辱。

當然，在須社社員當中，尤其是社外詞侶，仍有一群對前朝忠心耿耿的遺民。他們於鼎革後堅拒出仕，部分甚至為了追隨溥儀而赴津，更有為溥儀籌謀復辟者。例如陳寶琛，在前清時是溥儀老師、漢軍副都統和弼德院顧問大臣。民國十三年（1924）十月，溥儀被逐出故宮時，出狩天津，陳氏亦移居天津隨侍。此見陳氏兒子陳懋復五人所撰之行述說：

> 天津既為行在所，先君自舊京移居，負羈絏者垂十年。辛未（1931）十月，東北事起，關外人民方有所謀議，而津地事端迭乘，旦夕數變。上驟航海至旅順，先君急繼赴，入陳所見，旋返津。〔註 19〕

至民國二十年（1931）十一月，溥儀被日本誘至東北充當偽滿洲國傀儡，次

〔註 18〕惲毓鼎著，史曉風整理：《惲毓鼎澄齋日記》（杭州：浙江古籍出版社，2004 年），頁 584。

〔註 19〕陳懋復、陳懋侗、陳懋艮、陳懋需、陳懋隨撰：〈誥授光祿大夫晉贈太師特謚文忠太傅先府君行述〉，載卞孝萱、唐文權編：《辛亥人物碑傳集》（南京：鳳凰出版社，2011 年），頁 537。

年陳氏亦隨去，竭力主張復辟大清帝國，反對溥儀出任日本操縱的偽滿蒙共和國總統，見出他對前朝的忠心。又如萬承栻，在鼎革後原本堅拒出仕，但因為張勳（1854～1923）有發動政變，擁立溥儀復辟，重建皇政，乃為其輔助：

> 先是，辛亥後公奉母寓京師，誓不出仕。奉新張忠武公（張勳）退兗州，遣使者招公，公辭之。使者密言忠武有志恢復，惜少輔助。公乃慷慨而起，許為盡力，遂參忠武軍。……迨駕幸天津，公捍衛牧圉，不辭勞瘁。辛未（1931），移蹕遼東，公隨至行在。次年，入侍禁近，時獻嘉謨，夙願少酬，而遽以暴疾卒。〔註 20〕

見出萬氏不僅為溥儀皇朝恢復出力，更隨溥儀遷居天津，甚至隨溥儀赴遼東，擔任滿洲國秘書。再如樊增祥，據說其於辛亥以還，「掛冠走海上。既而邸京師，黎元洪、袁世凱婁存問，聘參朝政，卒堅臥不復起矣。」〔註 21〕此外，辛亥後不出仕者如章鈺，張爾田謂其「辛亥國變，棄官，旅食於京沽，徧校羣書，揭所居日『四當齋』……遺命以故國衣冠斂，可以知先生之志矣。」〔註 22〕陳恩澍於「辛亥後，落落寡諧，依從子曾壽以居，由滬而杭、而津。」〔註 23〕另有部分社員依靠鬻書畫以過活，如夏孫桐「囊橐蕭然，無以為歸計，乃挈眷回京，擬鬻文字自給。」〔註 24〕直至清史館開幕，館長趙爾巽聘他任協修、纂修和總纂。鍾剛中「晚客舊京，鬻篆刻自活」；〔註 25〕李孺「國變後鬻畫自活，嘗刻印章曰苦李」。〔註 26〕這見出民國政府和共和體制成立將近二十載之際，忠君愛國的觀念，遺民身分的堅持，還是存在於須社的文人群體裏。

三、社集活動

須社的發起時間為民國十七年（1928）夏，第一次雅集始於農曆五月末，

〔註 20〕溫肅撰：〈萬果敏公墓誌銘〉，載卞孝萱、唐文權編：《辛亥人物碑傳集》，頁 519～520。

〔註 21〕錢海岳撰：〈樊樊山方伯事狀〉，載卞孝萱、唐文權編：《民國人物碑傳集》（南京：鳳凰出版社，2011 年），卷十，頁 701。

〔註 22〕林葆恆輯，張璋整理：《詞綜補遺》，頁 2000。

〔註 23〕林葆恆輯，張璋整理：《詞綜補遺》，頁 736。

〔註 24〕傅增湘撰：〈江陰夏閏庵先生墓誌銘〉，載卞孝萱、唐文權編：《民國人物碑傳集》，頁 648。

〔註 25〕林葆恆輯，張璋整理：《詞綜補遺》，頁 111。

〔註 26〕林葆恆輯，張璋整理：《詞綜補遺》，頁 2686。

終於二十年（1931）五月十二日（6月27日），歷時三年，共一百集。第一集出席並填詞者，《煙沽漁唱》〈蘇幕遮．詞社初集即事〉有這樣的紀錄，包括查爾崇、章鈺、林葆恆、郭宗熙、徐沅、周學淵、許鍾璐和胡嗣瑗，共八人。至於社集時間，袁思亮說：

> 須社社友，都二十人，皆工倚聲。月三集，限調與題。久之，社外聞聲相和者甚眾。（頁101）

又徐沅云：

> 歷數三五年來，旬必有集，集必有詞。花辰月夕，即事興懷，古事今情，造端非一。（頁106）

乃知須社每月三集，每集均限調和限題。而詞社為何解散，袁思亮說：「社友頗有以事散之四方者，漚社遂起而繼之矣。」（頁101）雖然沒有交代散去是哪些社員，但從楊壽枏〈須社百集觴客小啟〉一文，卻可得知當日的出席者及缺席者的名單：

> 是日會者客五人：閩侯陳弢庵寶琛、天門陳止存恩澍、甯海章一山梫、常熟言仲遠敦源、閩侯何壽芬啟椿。主十二人：遵化李子申孺、長洲章式之鈺、閩侯周熙民登皞、無錫楊味雲壽枏、吳縣徐芷升沅、秋浦周立之學淵、貴陽胡晴初嗣瑗、天門陳仁先曾壽、濟甯許佩丞鍾璐、閩侯郭嘯麓則澐、宜興李又塵書勳、黄陂周君適偉。社友他適者四人：長沙郭桐伯宗熙、閩侯林子有葆恆、保定王叔掖承垣、商邱陳葆生實銘。社友已逝者二人：宛平查峻丞爾崇、白栗齋廷夔。〔註27〕

上述五位參與的社外詞友，其中章梫（1861～1949）、言敦源（1869～1932）和何啟椿三人，並沒有作品載錄於《煙沽漁唱》。而已經離開天津的社員有郭宗熙、林葆恆、王承垣和陳實銘。林葆恆寄和作品〈百字令〉有注曰：

> 社友中薇庵（王承垣）、頤厂（郭宗熙）皆度遼，蹻公（陳實銘）客威海，余去夏亦來滬上。（頁414）

林葆恆在民國十九年（1930）社集尚未結束已移居上海，須社更於第五十一集為他舉行餞別雅集（頁263），後來林氏參與漚社，仍郵寄作品唱和。郭宗熙和王承垣前往東北，可能是計劃建立偽滿州國之事。陳實銘以往嘗任山東

〔註27〕楊壽枏撰：〈須社百集觴客小啟〉，載楊壽枏著：《雲在山房類稿》（臺北：文史哲出版社，1994年），冊一，頁287～288。

費縣知事，今亦返山東威海。隨著社員們各散東西，加上查爾崇和白廷夔的辭世，須社酬唱正式結束。

社事結束後，郭則澐於民國二十二年（1933）將須社唱酬之詞作，彙輯為《煙沽漁唱》付梓行世。《煙沽漁唱》共七卷，前五卷收錄了須社一百次社集的詞作，凡七百五十六首；後二卷為集外詞，是社員們平時唱和之作，凡三百一十三首，七卷合共一千零六十九首。據《煙沽漁唱》的例言，每二十集釐為一卷，第一至第六十集，由朱祖謀選定；六十集以後，則由夏孫桐補選。（頁 111）

社集取名《煙沽漁唱》，是指社員們隱逸悠游於天津的世外美景之中，希慕超然世俗之意。集中例言云：

> 須社詞侶，等是流人，戢羽雲津，希跡漁釣。集成，因揭櫫為《煙沽漁唱》。（頁 111）

郭則澐所撰之駢體序言，更細緻地描繪了當地港灣的景色：

> 白河之南，小有林塘，港窄通橋，水明夾鏡。梅雨歇而游船集，葦風吹而歌袂颺。流鱗仰晞，恍聆瓠瑟，幽鳥潛哢，韻入牙絃。伊蓑笠者誰子，伍漁釣於其間。白舫迎秋，紅簫唱晚。挐音徑去，得水便是滄洲；蕭籟徐生，扣舷欲呼明月。此中乃著逋客，見者疑為水仙；庶幾汐社之遺風，雲谿之逸躅歟！……我輩隱非愚谿，歸無甫里，一竿焉寄，坐羨鴟夷；六逸相期，幸存鷗侶。惟是招攜澥曲，放浪雲涯。抱琳琅以孤沈，甘堙曖而自放。是集也，嘯傲於滄鷗之畔，喁于於煙汐之間。擬嚴瀨而未稱，故是客星；入武陵而忘歸，何知人世。無以名之，則名之曰《煙沽漁唱》而已。（頁 109～110）

社員們置身其中，恍如世外桃源。然而，須社的遺民情懷與眷戀前朝的心態卻極其深刻，縱使他們身在江海，仍然心繫往昔的生活。社員們可說是徒具「隱」的形式，並無「隱」的實質。正如楊傳慶所說：

> 須社諸人濃郁的遺民情結與《煙沽漁唱》所透露出的超逸瀟灑的山林之趣無甚契合，《煙沽漁唱》之謂名不副實。〔註 28〕

須社每月舉行三次雅集，而且幾乎每次社集都限調和限題，甚至用相同的韻腳。至於他們酬唱的題目，林立的文章已用表列方式詳細列出，茲將一百次

〔註 28〕楊傳慶撰：〈民國天津文人結社考論〉，《文學與文化》，2017 年，第 1 期，頁 119。

社集（集外詞從略）簡列如下：〔註 29〕

表三十四：須社唱和活動表

社　集	限　調	主要題目	作品數目
1	蘇幕遮	詞社初集即事	8
2	祝英臺近	詠苔	10
3	淒涼犯	詠冬青	5
4	蝶戀花	詠秋蝶	9
5	摸魚兒	戊辰七夕和石帚韻	10
6	齊天樂	詠秋鐙	8
7	玉京秋	詠殘荷依草窗體	7
8	南樓令	待月	8
9	尾犯	詠雁字	10
10	霜葉飛	賦落葉	9
11	惜秋華	栩樓宴集賞菊	6
12	百字令	柳墅感舊	10
13	慶春澤慢	詠初雪	6
14	定風波	詠夕陽	8
15	更漏子	寒夜	9
16	金縷曲	詠寒鴉	11
17	錦纏道	長至	9
18	江城子	憶梅	8
19	東風第一枝	詠唐花	9
20	法曲獻仙音	詠頤厂家藏陸象山先生珊然琴	6
21	瑞鶴仙	東坡生日	9
22	菩薩蠻	餽歲、別歲、守歲	15
23	玉燭新	人日栖白頤宴集	7
24	金縷曲	題萬紅友鳳硯朱鳥庵舊藏今歸水香村父	7
25	漢宮春	詠新燕	11

〔註 29〕林立的文章附有「《煙沽漁唱》內容一覽表」，並附有集外詞的酬唱，詳參林立撰：〈同聲相應：詞社與清遺民詞人的集體酬唱〉，載《滄海遺音：民國時期清遺民詞研究》（香港：中文大學出版社，2012 年），頁 318～325。

26	淡黃柳	花朝	6
27	驀山溪	寒食	12
28	一叢花	詠木筆	6
29	春草碧	本意	6
30	買陂塘	題漁洋山人戴笠圖	6
31	探春令	詠紫影	8
32	憶舊游	詠豐臺芍藥	6
33	滿江紅	題陳季馴先生遺集	4
34	虞美人	詠夾竹桃	5
35	減字木蘭花	詠薛濤箋	4
36	瑣窗寒	蟄雲病起小集栩樓適逢快雨約同填是解	7
37	一斛珠	詠荔支	4
38	夢夫容	荷花生日	5
39	鵲橋仙	新秋	7
40	買陂塘	詠秋水	7
41	洞仙歌	詠蟹	4
42	桂枝香	詠月餅	5
43	湘月	中秋前一夕集冰絲盦	7
44	聲聲慢	詠秋聲	4
45	攤破浣溪沙	詠早菊	5
46	龍山會	九日集雲山房	9
47	南鄉子	詠寒衣	6
48	疏影	詠影	6
49	滿江紅	詠忠樟	8
50	永遇樂	詞社第五十集即事	7
51	百字令	訒盦南歸餞集同賦	5
52	阮郎歸	擬小山韻	8
53	瑤華慢	詠水仙	4
54	蹋莎行	詠寒菜	6
55	行香子	醉司命	4
56	八聲甘州	詠寒雞	8
57	慶宮春	賦豹房銅牌	9

58	清平樂	上元鐙詞	10
59	瀀黃柳	詠新柳	9
60	應天長	費宮人巷限美成體	9
61	醉鄉春	詠酒痕	6
62	探芳信	飛翠軒春集觀杏花時訒盦南行有日悵然賦別	8
63	百字令	題栩樓詞集寫影	8
64	惜餘春慢	餞春	11
65	綠意	詠綠蔭	11
66	臨江仙	詠新荷	6
67	琵琶仙	頤厂歸自濱江集於栖白廎酒闌同賦	10
68	浣溪沙	題慧波畫箑	6
69	石湖仙	題石帚集	12
70	玲瓏玉	夏日賦冰	9
71	鼓笛令	詠蛙	6
72	還京樂	喜蒼虬至自海上讌集同賦	11
73	齊天樂	詠早蟬	14
74	玲瓏四犯	聽雨	12
75	木蘭花慢	題陳圓圓入道小像	9
76	齊天樂	閏荷花生日	9
77	塞翁吟、壺中天	詠殘碁	8
78	百字謠	詠破硯	7
79	無悶	題五峰草堂圖卷蒼虬為愔仲所繪	9
80	渡江雲	詠桂	6
81	畫堂春	詠燭	6
82	剔銀鐙	聞雁	7
83	憶王孫雙調	詠秋草	6
84	山亭宴	立冬日水香簃社集	3
85	蘇幕遮	詠冬柳	7
86	一枝春	題彭剛直繪紅梅小幅	6
87	聲聲慢	題清微道人空山聽雨圖	6
88	風入松、月華清	詠寒鐘	9
89	芳草渡	答訒盦寄懷	6

90	水龍吟	冰絲盦感舊	10
91	金縷曲	題吳柳堂先生罔極編墨蹟	6
92	鳳凰臺上憶吹簫	納蘭容若生日集蒼虬閣	6
93	郭郎兒近拍	賦稻孫，時螯雲得長孫讌集索賦	7
94	一萼紅	人日栩樓花下觴集	6
95	不限調	題清微道人橅馬湘蘭墨蘭長卷	11
96	憶舊游	過水西莊遺蹟追懷查灣	6
97	不限調	題宋王晉卿山水軸	6
98	不限調	辛未清明	6
99	永遇樂	李園春禊寫感	3
100	百字令	須社百集題填詞圖	7

從上述的表格觀之，他們唱酬主要都是詠物、節日有感、題圖等，當中以詠物詞最多，所詠的有植物、動物、昆蟲、自然現象、食物、文物和物件，而與他們所要抒發遺民情懷有關的則包括冬青、忠樟、蟹和蟬，後二者嘗在宋遺民詞集《樂府補題》吟詠過。詞人們為了配合自己感今追昔，往往將這些物象，塑造成衰敗冷落的形象，例如秋蝶、殘荷、落葉、夕陽、寒夜、破硯等，見出他們內心的苦悶和哀愁。至於社集日期，他們有時會選在傳統節日，例如長至、饋歲、花朝、寒食、荷花生日（採蓮節）、中秋、重九、上元節、立冬、清明等，還有對過去詩人詞人做生辰紀念，如在蘇東坡（1037～1101）和納蘭性德（1655～1685）的生日舉行雅集，凸顯他們對傳統習俗的保留。而社集的地點，根據上述的記載，有時在社友的寓宅舉行，例如郭則澐的栩樓、郭宗熙的栖白廎、白廷夔的冰絲盦、楊壽枬的雲在山房、林葆恆的飛翠軒、李書勳的水香簃和陳曾壽的蒼虬閣。另外，他們偶爾也會相約外遊，到過的地點有乾隆的行宮柳墅、水西莊、李園（天津人民公園）、南塘（天津北大港）等，大都是傳統園林或能引起他們憶起往事的地方。

根據歷史記載，近代天津是一座飽受列強侵略和掠奪的城市。第二次鴉片戰爭後，天津被逼成為開放的通商口岸（1860 年）。由此時至二十世紀初的四十餘年裡，列強每一次都是借助侵華戰爭的餘威，逼迫清政府節節退讓，以致掀起強佔租界的狂潮，天津更先後成為了英、法、美、德、日、俄、意、奧、比九國的租界，這在全國設有租界的城市中是獨一無二的。當時天津的都市環境，因為受到多國文化的衝擊，就如尚克強《九國租界與近代天津》

所說的，是充滿著摩登氣氛，有小白樓自由商業區、新型商業娛樂中心、金融外資中心、各國開辦的銀行、俱樂部、酒店、飯店、電影院等〔註 30〕。然而，我們從《煙沽漁唱》裡，卻看不到租界摩登繁華的景象，反而看到社友們的寓宅與傳統園林。如同上海的漚社，詞人們拒絕書寫外面看得見的城市（visible city），反而呈現不具普遍性的異質空間（heterotopias）給讀者，〔註 31〕讓大家僅僅看到租界裡的冰山一角，這也反映了他們封閉的心理。

四、詞作主題

龍榆生〈晚近詞風之轉變〉嘗說：「鼎革以還，遺民流寓於津滬間，又恆借填詞以抒其黍離、麥秀之感，詞心之醞釀，突過前賢。」〔註 32〕須社社員們又於序言和作品中，多次明示繼承南宋遺民詩社汐社，〔註 33〕以標榜同人們遺民的身分，例如楊壽枏序云：「嗟乎！紅橋高宴，半屬遺民；青谿勝遊，大都流寓。士當檀槐，移劫禾黍；驚秋慨露，車之安歸。」（頁 104）又郭則澐序說須社有「汐社之遺風」（頁 109）。章鈺在第一集填〈蘇幕遮·詞社初集即事〉亦說：「汐社逍遙人莫怪。定有詞仙，字字華嚴界。」（頁 117）既然他們對故國有如此深厚的情懷，而且大多於前朝擔任過官職，沐受皇恩；何以在民國政府成立之初，還擔任新政府官職，不堅持成為忠於前朝的遺民？另一方面，既然他們大都選擇了投身為民國政府，何以又要在相隔十五年後，於詞作中發出對前朝的追憶和眷戀，歌唱遺民的悲歌？下面筆者從他們酬唱的四個主題——（一）軍閥混戰，山河破碎；（二）遺民心跡，忠貞不屈；（三）回憶承平，感今追昔；（四）王孫流落，飄零身世；來凸顯他們在鼎革後對時局的關注，以及現實苦難與故國追憶兩者交織之間的複雜心情。

（一）軍閥混戰，山河破碎

宣統三年（1911）十月十日晚上，駐紮武昌的湖北新軍發出起義的第一

〔註 30〕尚克強著：《九國租界與近代天津》（天津：天津教育出版社，2008 年），頁 112～159。

〔註 31〕詳參王標撰：〈空間的想像和經驗——民初上海租界中的遜清遺民〉，《杭州師範學院學報》（社會科學版），2006 年，第 1 期，頁 37。

〔註 32〕龍榆生撰：〈晚近詞風之轉變〉，載龍榆生著：《龍榆生詞學論文集》（上海：上海古籍出版社，2009 年），頁 417。

〔註 33〕汐社是南宋遺民謝翱、王英孫、林景熙、方鳳等入元後結成的遺民詩社，集體吟誦以抒發黍離之悲，並激勵守節，既體現忠君愛國的烈行，又表現群體之間的相互依存，乃後世遺民追慕標榜的對象。

槍，宣告著辛亥革命正式爆發。這一槍，不僅將屹立二百六十多年的滿清王朝掃入歷史的廢墟，也摧毀了中國兩千多年的君主專制制度，取而代之的是共和政體的成立。須社社員們，全都經歷過這一場鉅變。清帝溥儀退位後，袁世凱成為中華民國第二任臨時大總統。就在新政府上任之初，有一半的須社詞友已投身官場。既然選擇為民國政府服務，何以又要在相隔十年後，在作品中毫不忌諱地抒發遺民心聲？尤其是曾為《煙沽漁唱》撰寫序言的郭則澐和楊壽枏，二人分別在民國十一年（1922）和十二年（1923）辭官，隱居京、津，甚至結束政治生涯。他們出仕數年復又急流湧退的原因，可以說與當時政局息息相關。這見須社詞友們第七十七次社集唱和〈壺中天〉調，以殘棊來比喻時局，說：

> 河山分割，恁蒼黃爭道，偏饒先著。滿眼悠悠誰辨賊，知否西南風惡。喝異梟盧，形留龍鳳，幾子斜飛角。一枰垂了，短燈花自開落。休信此局終輸，神州多劫，黑白都全錯。事去原關天帝醉，九斛玉麈須索。怕近中心，閑容歛手，時響枯枝□（缺字）。長安何似，百年身世非昨。（胡嗣瑗，頁 353）
>
> 一枰零亂，欠猧兒放上，從新翻卻。越是收場須國手，不管饒先爭著。休矣縱橫，竟誰勝敗，局罷同邱貉。可憐燈下，子聲敲到花落。兀自坐爛樵柯，神州累卵，眼看全盤錯。大好河山供打劫，試較是非今昨。蜩甲枯餘，玉麈輸盡，說甚橘中樂。善眠巖老，夢邊那省飛雹。（陳寶琛，頁 354）
>
> 幾番柯爛，歎縱橫黑白，無多殘子。賭取宣城無好手，兩字全輸而已。蟻陣桓桓，蜂籠吪吪，劫後須料理。吳圖重覆，棘門元是兒戲。聞道舊日長安，側楸重整，朝暮看懸幟。破碎河山收局否，邱貉紛紛空計。鸜鵒憑呼，狻猊待乞，簷雨秋燈裡。卻占星象，斂秤還望佳氣。（郭則澐，頁 353）

第一首首句「河山分割」，已經描寫了戰爭爆發、山河割裂的場面。自袁世凱稱帝不遂逝世後（1916 年），中國內部分裂成三股勢力：段祺瑞為首的皖系、曹錕為首的直系和張作霖為旁支的奉系，他們為控制北洋政府而多次混戰。接著「恁蒼黃爭道，偏饒先著」兩句，敘述民國十五年（1926），蔣介石統領國民革命軍誓師北伐，匆忙一統天下，主動進攻湖南、湖北、江西、福建和南京等地，造成戰爭四起，硝烟遍野。「滿眼悠悠誰辨賊，知否西南風惡」兩句，寫全國各地陷入混亂，盜賊橫行，人民都活在水深火熱之中。陳寶琛詞中「休矣縱橫，竟誰勝敗，局罷同邱貉」三句，表達了反戰的思想，道出國民革命軍以救國救民為口號，縱使成功擊敗軍閥，仍然為百姓帶來嚴重的災難。胡嗣瑗詞「休信此局終輸，神州多劫，黑白都全錯」，和郭則澐詞「賭取宣城無好手，兩字全輸而已。蟻陣桓桓，蜂籠叱叱，劫後須料理」，同樣寫出戰爭的破壞力，不管兩軍誰勝誰負，內戰的結局也只有全輸而已。陳寶琛詞下片「神州累卵，眼看全盤錯。大好河山供打劫，試較是非今昨」四句，道出兩軍交戰，國破家亡，對社會和百姓安危極之險峻。戰爭完結後，國家面對的問題仍然不絕，軍閥勢力並未瓦解，甚至越演越烈，與中央衝突，最終在十九年（1930）爆發中原大戰。詞人們不禁發出「破碎河山收局否，邱貉紛紛空計」的悲慨，批評不論是民國政府，還是各軍事派系，均只顧個人利益，並無考慮國家整體前景。戰爭的結局往往是慘重的傷亡，而這次死傷的全部都是我國的軍士和百姓。因此，社員們無不用「黑白都全錯」、「眼看全盤錯」和「試較是非今昨」等激烈言辭，來評斷國民革命軍北伐的行為。

自民國政府成立後，政局一直無法穩定下來。袁世凱稱帝、日本軍國主義的興起和國內軍閥混戰，都為社員們帶來很大的衝擊。他們原本抱著為國為民的理念而出仕，積極投入社會服務，卻因為對社會現實的不滿，在作品中多次吟詠遭逢戰亂的哀痛和對時局混亂的憂慮，如：

> 曾認團圞，**大好河山影，怕妖蟆、容易窺近。**（查爾崇〈桂枝香・詠月餅〉，頁 240）
>
> **碎寫山河影**，怕瓊肌、**新染鉛淚。**（郭則澐〈桂枝香・詠月餅〉，頁 240）
>
> **中原哪堪，更笳聲淒斷。**……酒行後，**應念萬方多難，**白髮老詞仙。（林葆恒〈龍山會・九日集雲山房〉，頁 249）
>
> **更那堪、破碎山河看**，共玉蟾圓缺。（楊壽枏〈龍山會・九日集雲山房〉，頁 255）
>
> 故園何許，**恁兵戈連歲，**浮家天末。（胡嗣瑗〈百字令・訒盦南歸餞集同賦〉，頁 264）

軍閥混戰造成社會動盪，神州大地瀕臨殘破，卻無人能收拾殘局。對現實的失望，促使他們紛紛隱退避世，並在閒暇之際，一再回顧鼎革前的世界，造成了他們酬唱中深沉的故國追思與眷戀。

（二）遺民心跡，忠貞不屈

須社社員們嘗以南宋汐社，來標榜他們的遺民身分，並藉雅集聚會唱和濃厚的遺民心聲，寄託對故國的思念。他們的言詞和情感，令讀者們都感受到宋明遺民那種忠君愛國的節義和以身報國的精神。然而，由上述須社社員名錄觀之，從未投身民國政府任職者，有查爾崇、章鈺、陳曾壽、周學淵、唐蘭、周偉、白廷夔、李孺、陳恩澍和王承垣，合共十人，與參與新政府的社員人數相同，各佔一半。由此可見，易代之際的忠義觀念，並沒有強烈地體現在這一群體裡。若果不是民國成立以還政局持續混亂，軍閥割據促使國家四分五裂，國力與清皇朝統治時期一樣疲弱不堪，社員們都不會紛紛辭官，閒居天津。這見出他們並非脫離社會現實，相反時時關注政局發展。因著對太平盛世的急切嚮往，他們用今昔對比的方法，將前朝的一切塑造成美好的記憶，現實景況描繪為殘敗荒涼，來表達對故國的忠愛和亡國悲痛。下面先看這三闋詠物詞：

> 地老天荒，獨此樹、婆娑竟死。應媿煞，南山樗櫟，北山杞梓。草木也懷銅斗恨，乾坤拼共金甌碎。算大夫低首拜秦封，偷生耳。吹不散，旃檀氣。滴不盡，冬青淚。要披蘿帶荔，魂依山鬼。埋骨世無乾淨土，傷心地認前朝寺。盼孫枝一夜動春雷，拏雲起。（查爾崇〈滿江紅・詠忠樟〉，頁 256～257）

> 萬古貞魂，到灰燼、風雷難滅。記相識，迎鑾獻瑞，青蔥盤鬱。莫笑斯翁真鐵漢，曾詢安否傳金闕。想紅羊劫後鎮湖山，閑僧說。周鼎碎，乾坤絕。孤根在，神鋒缺。有黃冠志士，共傷奇節。地下相從龍與比，人間終仰星兼月。更何堪生意賦婆娑，心如結。（周學淵〈滿江紅・詠忠樟〉，頁 258～259）

> 大廈誰支，終古剩、孤根兀立。經萬劫，凜然生氣，鬼神潛泣。歲月參天忘換世，風雷縱壑驚移國。望翠華忍死賦中興，何人筆。名不朽，悲遺逸。僵更起，橫胸臆。怎冬青傳恨，六陵非昔。任撼蚍蜉身拔地，能容螻蟻心如石。配鄂王精爽拄乾坤，南枝柏。（胡嗣瑗〈滿江紅・詠忠樟〉，頁 259）

圖二十二：杭州南高峰麓法相寺古樟

關於這棵忠樟的來歷，有一段小序說：「杭州南高峰麓法相寺前古樟，純廟（乾隆）南巡累經題賞。辛亥遜位詔下，樟忽一夕而枯。過客驚歎，謚為忠樟。同人約填是調紀之。」（頁 256～257）當中提及這棵古樟，陳曾壽〈忠樟詩序〉又云：「樟在杭州南高峰法相寺門外，高宗南巡幸寺，凡老樹皆賜御牌挂之。經寇亂，毀伐略盡，獨是樹幸在。辛亥遜政前一日，山中晴朗，忽大風起於殿後，門戶砉然洞闢。次日視樹髡矣，咸曰此殉國也。」〔註 34〕兩段說話皆記述一次乾隆皇帝南巡時，經過杭州法相寺，寺中所有老樹皆獲御賜牌子。後來太平天國戰亂，寺中之樹皆被毀壞，唯獨這棵古樟仍在。直到辛亥革命當日，溥儀下詔退位，老樹一夜枯萎，枝葉盡去，過客們萬分驚歎，取名為忠樟，陳曾壽視之為殉國。

這次參與酬唱者有查爾崇、章鈺、郭宗熙、徐沅、周學淵、胡嗣瑗、李書勳和郭則澐八人。這組詞主要借樟樹曾經沐受皇恩，歌頌其於鼎革時殉國的忠貞節操，並藉此比喻他們的遺民心跡。第一首「地老天荒」三句，寫樟樹原本生氣勃勃，然卻一夜枯死。接著運用《詩・小雅・南山有台》之詩，〔註 35〕和秦朝受冊封的五大夫松，〔註 36〕認為古代先賢大德，與這棵樟樹相比，都黯然失色。下句再說明樟樹如此值得讚頌的原因，就是原本人們都說草木無情，但它在國家破亡之際，居然能夠懷恨殉國，與清朝共存亡。想到如此忠貞愛國的樟樹，詞人內心非常羞愧，當過前朝官職，領受皇恩，還在亡國後

〔註 34〕郭則澐著：《十朝詩乘》（臺北：學生書局，1976 年），冊四，頁 2540～2541。

〔註 35〕馬持盈註譯：《詩經今註今譯》（臺北：商務印書館，2009 年），頁 274～275。

〔註 36〕《史記》卷六〈秦始皇本紀〉載：「二十八年，始皇東行郡縣，上鄒嶧山。立石，與魯諸儒生議，刻石頌秦德，議封禪望祭山川之事。乃遂上泰山，立石，封，祠祀。下，風雨暴至，休於樹下，因封其樹為五大夫。」見司馬遷著，張大可注：《史記今注》（南京：鳳凰出版社，2013 年），頁 102。

隱居偷生。下片開首「吹不散，旃檀氣」，和第三首「名不朽，悲遺逸」，同樣道出這棵樟樹慷慨忠義的氣節，是長存不朽的。接著兩首詞都用了為人熟悉的六陵冬青的典故，借元朝楊璉真迦發掘紹興宋六陵及大臣墓一百零一所，拋棄其遺骨，林景熙等忠義之士冒著生命危險，上山拾取骨骸埋葬於蘭亭山，並移植冬青樹作為標誌，抒發亡國淒苦的心聲。樟樹易代時枯死，當時國土已為新政府所佔有，眼看前朝蒙恩的法相寺，都只能傷心感嘆。最後，他期盼著樟樹忠貞的精神能夠延續下去。

第二首上片回憶樟樹領受皇恩的美好情境。當年乾隆南巡時，樟樹枝葉茂盛，鬱鬱蔥蔥，為迎接皇帝呈獻祥瑞，寺中老樹皆獲聖恩御賜牌子。後來，聽寺中僧人說，這棵樟樹剛直不屈，經歷「紅羊劫」（太平天國洪秀全與楊秀清之姓氏為洪、楊）後仍然屹立不倒，詞人不禁深深讚歎。下片寫辛亥革命爆發，溥儀宣布退位，樟樹隨之枯萎，僅餘根部。接著「有黃冠志士，共傷奇節」兩句，指社友們聽聞這棵樹在亡國之際殉節，都為之驚奇和感傷。

第三首開首寫山河破碎，朝代更替，樟樹的枝葉枯死，只剩下根兀然挺立。在清朝統治期間，這棵樟樹已經歷過無數的戰亂，仍然富有活力，神態令人敬畏。可惜，隨著清朝的滅亡，樟樹也跟著枯萎。「望翠華忍死賦中興」兩句，刻劃樟樹在風雨飄搖的晚清亂世中，獨力忍死支撐，就是為了清朝再度中興。詞人感念樟樹忠愛的氣節，並歌頌其不屈不撓的精神。他們知道要力挽狂瀾，回歸清朝的統治，就如小小的螞蟻想撼動參天的大樹一樣艱難。遺臣們參與過復辟，但卻以失敗告終。樟樹雖然殉節，然其精神不滅，就如南宋時期岳飛被害後枯萎的風波亭柏樹，忠義長存。

（三）回憶承平，感今追昔

學者林立在研究民國時期的清遺民時，嘗指出遺民們對傳統節日的重視，認為是具有相當重要的文化象徵意義和價值。他說：

> 這些節慶亦一直伴隨他們由前朝過渡到民國，與他們一起都屬於舊時代的剩餘物，並一年一度周期性地提醒他們今昔之別，成為了他們記憶行為裏不可或缺的時間指標。〔註 37〕

正如林立所說，節日有提醒今昔不同的作用，因此社員們經常以傳統節日為題，例如長至、饋歲、花朝、寒食、荷花生日、中秋、重九、上元節、立冬和

〔註 37〕林立著：《滄海遺音：民國時期清遺民詞研究》，頁 96。

清明。然而，在節日歡樂喜慶的氣氛裡，他們卻很少能夠同喜同樂，反而容易感今追昔、興起年華老去的慨嘆。須社第十七集〈錦纏道・長至〉就是一例。

> 病後今年，几閣最語寒書。愛幽盟、綺梅圖就。壯心商略葭灰透。夜氣春回，暗付金尊酒。　漫登臺寫愁，亂雲依舊。倚玉杓、醉吟搔首。問幾人、能說承平事，夢沈珂傘，月冷千門柳。（郭則澐〈錦纏道・長至〉，頁 173）

長至可指夏至或冬至，詞中是指冬至，從「壯心商略葭灰透。夜氣春回」兩句可知。葭灰，是指初生的蘆葦杆內壁的薄膜，古人燒之成灰，置於律管中，用以占氣候。葭灰既已飛透，又說「夜氣春回」，示意冬至已到。冬至原本是一個團圓喜慶的節日，家家戶戶更換新衣，籌備飲食，祭祀先祖。然而，詞人落筆即點出「病後今年」，意味著節慶之日，他在病中度過或剛痊癒。倚著窗架，畫梅花圖，喝些美酒，就是詞人的活動。下片「漫登臺寫愁」，「愁」字顯示詞人登上樓臺的心情是憂愁苦悶的，他仰望天空，看見北斗三星和亂雲一片，不禁心有所思，回想起鼎革之前的日子。詞中「珂傘」是玉飾的傘蓋，指皇帝和宰相在冬至出遊的排場；「千門柳」指垂柳夾道的重重宮門；兩者都喻為前清皇朝統治下的生活。雖然我們從史書的記載，均得悉晚清政府是腐敗昏庸，但在社員們的眼中，現實軍閥混戰才真正不堪入目、令人無法容忍。因此，他們一而再地將過去稱為「承平」的時代，甚至深深嘆息當今僅有少數的人能夠訴說往事，承平時代就如舊夢一場。

再看他們在除夕之夜，饋歲、別歲和守歲的心情。除夕本來是很值得慶祝，既是一家團圓的時候，又意味著辭舊迎新，預示來年吉祥如意。朋友與鄰里相互贈送禮物祝賀，稱為饋歲；酒食相邀，宴飲辭舊，則為別歲；終夜不眠，以待天明，稱曰守歲。參與的詞人們都各自以〈菩薩蠻〉詞調寫下這三首詞，表達他們當下複雜的心情。

> 滿筐殽簌飣盤果，更篘新釀梨雲墮。年事忒崢嶸，往還閭里情。綴旛人已瘦，忍語承平舊。聊酹一篇詩，門無剝啄時。（胡嗣瑗〈菩薩蠻・饋歲〉，頁 191）

詞的上片寫出過年興盛熱鬧的場面，與鄰里往還，贈送肉食、蔬菜和水果的飣盤。下片則道出佳節的落寞孤寂，近鄰歸家後，詞人的門幾乎沒人來敲。他獨自一人寫詩酹酒，看到現今年邁消瘦的形象，不禁回憶承平時代的喜慶歡愉，內心萬般無奈和悲歎，於是沉默不語。再看別歲一首：

年華逐水留難住，修蛇赴壑徒延佇。貧病日紛紜，送窮應有文。驪駒歌不斷，一晌桃符換。空對鏡中人，絲絲白髮新。（郭宗熙〈菩薩蠻．別歲〉，頁190）

全詞針對別歲，表達白髮蒼蒼、年華老去的感慨。首句以流水比喻年歲，坦白說出難留之意。「修蛇赴壑徒延佇」句，用蘇軾〈守歲〉詩中「欲知垂盡歲，有似赴壑蛇」兩句，〔註38〕意謂除夕已是年末，如同抓住蛇尾也無法繫住，即說時光無法倒流。「貧病日紛紜，送窮應有文」兩句，寫自己在貧病中度歲，有如韓愈〈送窮文〉中所寫君子窮困的形象。送舊迎新的歌聲不斷，詞人在更換新的春聯之際，倏見鏡中的自己，長出了一絲絲新的白髮。除夕對作者來說，一點兒快樂也沒有，不是抒發貧病，就是控訴窮愁和歲月不饒人的悲慨。再看查爾崇守歲時的心情：

幾家依舊行周臘，玉梅金縷釵頭插。身老怯增年，漏長人不眠。撥灰書悶字，多少伶俜事。生怕到明朝，燭花紅未消。（查爾崇〈菩薩蠻．守歲〉，頁189）

首二句從他人著筆，寫鄰近幾戶人家在臘月，頭插玉梅金縷裝飾，仍然奉行祭祀祖先、避災迎祥等傳統的獵祭習俗。接著「身老怯增年，漏長人不眠」，抒寫自己既是為了守歲，又因身體已經衰老，添加了年歲，害怕時間流逝，於是通宵達旦不眠。「身老怯增年」出自陸游〈辛酉冬至〉「家貧輕過節，身老怯增年」，〔註39〕寫詩人因家貧而平淡過節，身衰年老而孤獨早睡。「撥灰書悶字，多少伶俜事」，詞人直接說出節慶無聊，孤獨落寞的苦悶。原本點燃蠟燭通宵守夜，象徵著把一切邪瘟病疫驅趕，期待新一年吉祥如意，但詞人卻表達對災病未能完全祛除的憂慮。

從上述三個社員對除夕的感受，可見普天同慶的節日裡，他們不但未能同喜同樂，反而勾起了他們追憶前朝，韶華不再、孤獨苦悶的滋味，因此我們在字裡行間亦能體會到他們對節慶的抗拒。

（四）飄零身世，鄉關之思

學人熊月之在〈辛亥鼎革與租界遺老〉一文說：

〔註38〕蘇軾著，王文誥輯注：《蘇軾詩集》（北京：中華書局，1996年），冊一，頁161。

〔註39〕陸游著，陳國安校注：《陸游全集校注》（杭州：浙江教育出版社，2011年），第五冊，卷四十九，頁466。

國運鼎革之際，故國舊臣的命運，或死、或降、或隱，除極個別逃亡海外的（如明末朱舜水），並無他路可走。辛亥革命以後，清朝舊臣的命運，除了死、降、隱以外，多了一條出路，不死、不降也不隱，而是到租界裡去做遺老。〔註 40〕

辛亥革命以還，一眾舊臣遺老，紛紛逃往租界。雖然他們各有閉門隱居的原因，但都正經歷著離鄉背井，在天津租界裡漂泊流浪的命運。這群在舊制度下出身的士人，背負著前朝舉人或官員的身分，忽然離開熟悉的舊京或故鄉，被投擲在這樣一個華洋混雜、既陌生又摩登的都市，可以說是無所適從，難以融入。因此，王孫流落的哀傷、漂泊異地的淒苦和思念故鄉的情懷，都在他們的作品中自然流露出來。我們先看胡嗣瑗和林葆恆的作品：

壞陣濃堆墨。鎮低空、迴旋萬翅，半天風急。宮樹全凋栖難定，愁斷城南城北。呼舊侶、淒然朝夕。鳴玉千官知何世，剩王孫、佇望延秋泣。毛羽短，更誰識。　　江湖歲晚還求食。待何時、吳船穩送，故巢重覓。有幾垂楊憑終古，催赴人間暝色。忍再問、斜陽消息。三匝無依飛應倦，便歸來、也許驚頭白。須為爾，玉顏惜。（胡嗣瑗〈金縷曲・詠寒鴉〉，頁 168～169）

何處遙天唳晚。莫是離羣驚散。驟引鄉愁，淒驚旅夢，正是新秋庭院。草枯水滿。念此際、怎生消遣。　　休笑隨陽謀淺。遍地嗷鴻何限。暮雨平沙，殘星橫塞，一味添人淒怨。洞庭波遠。問甚日、去程應轉。（林葆恆〈剔銀燈・聞雁〉，頁 367）

兩詞分別以鴉和雁來比喻社員們漂泊異鄉的哀愁。第一首落筆描繪一群烏鴉的外表及列陣飛翔的姿態。第二至四句寫天空刮著狂風，宮廷裡的樹木全部凋零，群鴉無處棲息，在南面和北面的城牆上發愁。第五句「呼舊侶，淒然朝夕，鳴玉千官知何世」，既指烏鴉們朝夕哀鳴，以淒涼的音聲呼喚舊伴，同時指一眾前朝的王孫遺臣，在國家破亡後，無以為家，只好呼朋引伴，慨嘆著往昔事蹟。「鳴玉」指王孫貴族，「千官」則指朝廷眾多官員。下句「剩王孫，佇望延秋泣。毛羽短、更誰識」，用了杜甫〈哀王孫〉裡「長安城頭頭白烏，夜飛延秋門上呼」之意，〔註 41〕意味辛亥鼎革，溥儀退位，只剩下舊臣們佇

〔註 40〕熊月之撰：〈辛亥鼎革與租界遺老〉，《學術月刊》，2001 年，第 9 期，頁 12～13。

〔註 41〕杜甫著、仇兆鰲注：《杜詩詳注》（北京：中華書局，1979 年），頁 310。

立宮門外，無人認識。這數句與林葆恆的詞作開首「何處遙天唳晚。莫是離羣驚散，驟引鄉愁」句，表達意思相近，後者更深入推進一層，刻劃舊臣四散漂泊，思憶故國和故鄉。「淒驚旅夢」以下五句，寫他們在漂泊時內心恐懼和悲傷的情緒，想到還有漫長的人生旅途，興起前路茫茫之感。

第一首詞下片「江湖歲晚還求食」三句，道出社員們流落租界，失去往日的官職和優待，只好各處謀生。想到現時的飄零身世，他們都深切期盼著有船隻能把他們送返故鄉，和第二首的「洞庭波遠」三句遙遙相應。「故巢重覓」兩句，由思念到想像故鄉的景色。然而，時間不斷流逝，故國不能再度復興。詞末借用曹操〈短歌行〉的「月明星稀，烏雀南飛，繞樹三匝，無枝可依」，〔註 42〕抒發自己和同伴們到處流浪漂泊，也找不到棲身之所，並慨嘆即使回到故鄉，年華已老，兩鬢斑白。兩詞以鴉和雁為喻，抒發鼎革後漂泊無家、流落異鄉的身世之感，音調淒怨悲涼。

我們再看兩首寫於節日的詞作，看看節慶如何觸動社友們羈旅異鄉的感懷：

> 潤花新雨，夕漲溪流活。野處斷餳簫，但相替、清齋詩鉢。空庖冷菜，曾與引高吟，今得酒，更傳箋，頗詫酬芳節。　珉䴢珠餡，華宴都銷歇。莫問舊京塵，只愁入、寒鐙素髮。天涯又憶，桃隝柳絲鄉。煙水黯，不能歸，空夢金昌月。（徐沅〈驀山溪・寒食〉，頁 207～208）

> 開到桐華，看湔裙一水，綠徧江灣。生憎乍來燕子，絮語梁間。新煙澹沱，甚東風、猶殢餘寒。從怕見、桃昏柳暝，背人倚盡危闌。　卻歎。卅年作客，恁南雲尺咫，目斷鄉關。何時過家上塚，手薦寒泉。夷歌野哭，想饑烏、銜肉都難。休更憶、梅亭暗雨，夜來旅夢先還。（林葆恆〈漢宮春・辛未清明〉，頁 410～411）

第一首寫寒食，上片寫詞人與朋友們擊鉢寫詩的熱鬧情況。雖然寒食禁煙，廚房又空蕩蕩，但他們也有美酒和涼菜來慶節佐歡。下片敘述曲終人散，華宴銷歇的寂寞。朋友們各自回家後，詞人開始獨自一人發愁。「莫問舊京塵」一句，道出詞人回憶起京城和故鄉的風景。「煙水黯」三句，抒發有家歸不得的苦悶，只好空想異地的月光。

〔註 42〕北京大學中國文學史教研室選注：《魏晉南北朝文學史參考資料》（北京：中華書局，2009 年），上冊，頁 15。

第二首則寫清明。上片描畫清明時節的野外風光，下片則訴說飄零異地、思念故鄉之情。此時此刻，人人都回鄉掃墓，唯獨詞人寓居天津，遠望故鄉的方向發愁。「何時過家上塚」二句，不禁提出何時可以還鄉祭祖的疑問，得到家人的關懷。然而，時值國民革命軍北伐，戰事連連，回鄉之事遙遙無期。最後，他自我安慰，說待晚上入夢再返回故鄉。

第二節　玉瀾詞社（1940～1941）：天津名流的學詞經歷與唱和

自從九一八事變（1931 年）發生，遜清帝溥儀由天津往赴遼寧旅順，成為日本傀儡政權——「滿洲國」之元首後，原本寓居天津的遺民逐漸解散，當時酬唱興盛的詞社——須社宣告結束，津沽社事一度沉寂。直至民國二十五年（1936），天津淪陷日本之前，社事再次興起，先後出現了冷楓詩社、玉瀾詞社和夢碧詞社。玉瀾詞社成立於民國二十九年（1940），與冷楓詩社並存，社友大多數是冷楓詩社社員，也是天津當地的文人和士紳。詞社唱和近半年的時間，舉行了五次雅集，作品並沒有彙為社刊，僅存零篇，散見於《新天津畫報》和《立言畫報》這兩種期刊裡。

一、詞社緣起

（一）天津文人興起結社

自從民國十九年（1931）須社解散後，天津的社事就沉寂下來，僅有一個詩詞兼作的儔社尚有舉行雅集。儔社是一個政治色彩濃厚的文學社團，因遜帝溥儀潛逃至天津日本租界，金息侯（1870～1960）於是成立儔社，與前清遺民們以「擁徐（世昌）迎駕（溥儀）」為口號，意圖鼓動徐世昌扶植溥儀復辟。〔註 43〕然而，復辟的主張不得社員之心，加上溥儀成為日本的傀儡，以及寓居天津的名流加入，儔社後來演變成詩詞唱和的組織。民國二十五年（1936）儔社唱酬終結，冷楓詩社隨之繼起，由天津詩人張異蓀（1901～1943）創立。張異蓀為天津詩壇巨擘王守恂（1865～1936）的弟子，又是天津同仁堂藥店的經理，社員王禹人（生卒年不詳）是房產主，還有一些社友是地方紳士，財力較為雄厚，社集地點有同仁堂藥店、蜀通、蓬萊春、美麗飯莊等，吟

〔註 43〕李世瑜撰：《儔社始末》，《今晚報》，2007 年 2 月 27 日副刊。

課聯詠，盛極一時。冷楓詩社還聘請了趙元禮（1868～1939）、李金藻（1871～1948）、高淩雯（1861～1945）為詩學導師，除了聯歡唱酬，還研究詩學，互相觀摩，精益求精。參與者還有儔社社員金息侯、章梫、王伯龍、城南詩社的劉雲孫，以及教育界的青年新進之士，盛時多達四十餘人。〔註 44〕民國二十六年（1937）七月二十九日，日軍攻陷天津，天津迅速淪陷。然而，冷楓詩社並沒有因此停止唱和。民國二十九年（1940），張異蓀聯同王禹人、王伯龍諸天津紳士名流組織玉瀾詞社，與冷楓詩社並存，一者專於填詞，一者專於學詩。正如〈冷楓詩社廿二期雅集〉所云：「冷楓詩社與城南、玉瀾三社，為華北三大文壇，人才濟濟，盡多知名之士，每月向有雅集。詩酒唱和，逸興盎然。」〔註 45〕可見天津文人興起結社，促成了玉瀾詞社的出現。

（二）提倡回歸詞的本色

王禹人〈玉瀾詞社的前途〉一文，嘗提出他們成立玉瀾詞社的理想，就是希望恢復詞的本色，做到人人能作、人人能懂，回歸到宋代能夠擫笛歌唱的地步：

> 詞只好供好古家所賞玩吧，若是這樣說法，我們還有什麼提倡的必要。詞在宋代是可歌唱的，不過後來被少數人們關在象牙塔內，把本質改變了，只用在一字一句對偶雕琢上加功夫，不如是不配給士大夫讀閱，同時一般文人往此路追求，造成葬送詞歸墓中悲劇。北曲趁機而出，直至梁伯龍、魏良輔的昆曲與盛很久，亦因走艱深之路、陽春白雪關係，清末光宣間又被皮簧迫得沒落，非常的惋惜。詞在前些年曾被新文學家俞平伯、鄭振鐸、趙景深、盧冀野諸位先生重視和提倡，印詞集、寫理論，熱鬧一時，雖未見大效，其功終不可埋沒，而今有些喜歡填詞的人，又繼續俞先生前志，成立一個玉瀾詞社，將俞先生播下的種子，要它開花結子，這不是一件容易的事，所以踟躕又踟躕，才求王伯龍、姚靈犀二位先生，請當代大詞家向仲堅先生當導師，蒙仲老慨允出題閱卷，在一個秋爽的晚上，

〔註 44〕關於冷楓詩社的簡介，可參考陳友苓撰：〈回憶沽上詩壇〉，載中國人民政治協商會議天津市委員會文史資料委員會編：《天津文史資料選輯》（天津：天津人民出版社，1985 年），第 32 輯，頁 196。

〔註 45〕〈冷楓詩社廿二期雅集〉，《新天津畫報》，中華民國廿九年（1940 年）11 月 28 日。

曾舉行一次謁師宴會，仲老當筵發表詞學心得，介紹讀晏小山和周邦彥二氏作品，正合我們同人的意思。從此入門，定能達到我們理想的志願。我們的志願是人人能作、人人能懂，恢復詞的本色。同時我們社裡還有昆曲大家童曼秋先生參加，希望能達到詞亦能擫笛歌唱的地步。〔註 46〕

文中將詞體的本色追溯至宋代，指出兩宋之詞能夠歌唱，淺白易明，人人能作，人人能懂。然而，隨著詞的盛行和文人的參與，為了推尊詞體，將原本可供淺斟低唱的詞，變為雕琢字句，講究對偶，走上艱深之路，最終使詞只供學人填寫賞玩，失去原初俚俗的本色。對於王禹人這一群天津本土士紳而言，詞應該回歸本色，於是大力標榜俞平伯（1900～1990）等新文學家對詞的看法、賞析、創作和討論，並以繼承俞平伯的觀點，即是將詞體繼續推向明白曉暢，排斥附會的比興寄託說，作為玉瀾詞社組成的目的。因應這個要求，他們請託王伯龍（生卒年不詳）和姚靈犀（1899～1963）為中介，邀請向迪琮（1899～1969）擔當詞社導師和出題閱卷。而向氏推許他們閱讀北宋晏幾道和周邦彥的作品，正符合社員們恢復詞的本色的意思。

二、詞社發起時間、主持人、社名及社員

（一）發起時間和主持人

玉瀾詞社的發起時間，有兩種不同的說法。曹辛華《民國詞史考論》的簡介云：

1939 年由林修竹（字茂泉）寓居天津期間，與詩詞好友結成。〔註 47〕

指出玉瀾詞社的發起時間是民國二十八年（1939），發起人是林修竹（1884～1948）。至於另一項記載，見於民國二十九年（1940）九月十四日的《新天津畫報》裡蓮諦所撰的〈玉瀾詞社雅集志略〉一篇：

玉瀾詞社於九月八日晚八時，假座法租界致美齋飯莊舉行雅集。……是夕向（迪琮）先生及諸社友興致均豪，暢談至十時許始散，並攝影紀念，實為玉瀾詞社第一次之盛會也。〔註 48〕

〔註 46〕王禹人撰：〈玉瀾詞社的前途〉，《新天津畫報》，中華民國二十九年（1940 年）11 月 11 日。

〔註 47〕曹辛華著：《民國詞史考論》（北京：人民出版社，2017 年），頁 116。

〔註 48〕蓮諦撰：〈玉瀾詞社雅集志略〉，《新天津畫報》，中華民國廿九年（1940 年）9 月 14 日。

清楚說出玉瀾詞社第一次集會的時間是民國二十九年（1940）九月七日晚上八時，地點則在法租界致美齋飯莊，可見曹氏考證有欠精確。至於詞社發起人，曹氏提出為林修竹，然筆者卻未見有關林修竹參與玉瀾詞社唱和的資料，由此可以推斷林修竹不會是發起詞社者。龍榆生（1902～1966）則沒有提及發起人，反而舉出向迪琮（1889～1969）和楊壽楠（1868～1947）同為詞社的主持人：

> 天津詞流，近有玉瀾詞社之集，當推楊味雲、向仲堅兩先生，主持風會。〔註 49〕

筆者查考《新天津畫報》，除了第三集沒有相關消息外，第一、二和第四集均由向迪琮主持，楊壽楠也在第四集擔任講者，第五集為主持。至於學者章用秀（1947～）又說：

> 因（玉瀾）詞社主持者張異蓀是天津同仁堂藥店經理，王禹人是房產主，社友中還有地方紳士，財力較為雄厚，故社友們常在飯店社集。〔註 50〕

提出詞社主持人是張異蓀，然筆者未見其主持社集的相關記載。因此，向迪琮和楊壽楠是詞社的主持人。

（二）社名

根據章用秀〈天津詩詞團體記略〉一文，玉瀾詞社最初取名「玉蘭」，後因「蘭」字近俗，最終定名為玉瀾詞社。其說：

> 詞社取名「玉瀾」，是因為社友王禹人、王夢龍等人都愛好曲藝，尤喜林紅玉、張翠蘭的京韻大鼓，便取「玉蘭」二字，又因「蘭」字近俗，以後便改為「玉瀾」。〔註 51〕

可知社名由詞社骨幹成員王禹人、王夢龍來取，他們因為喜愛京韻大鼓演員林紅玉和張翠蘭，於是在二人的名字中各取一字組成「玉蘭」，後因「蘭」字俗，而改為「玉瀾」。

（三）社員

玉瀾詞社社員的資料，據《新天津畫報》和《立言畫報》記載，共二十四

〔註 49〕龍榆生編：《同聲月刊》，1941 年，第一卷，第五號，頁 182。

〔註 50〕章用秀撰：〈天津詩詞團體記略〉，載於《天津地域與津沽文學》（天津：天津社會科學院出版社，2000 年），頁 169。

〔註 51〕章用秀撰：〈天津詩詞團體記略〉，頁 169。

人。茲參考朱德慈《近代詞人考錄》〔註 52〕和曹辛華〈民國詞人考錄〉的記載〔註 53〕，按年齒迻錄如下：

表三十五：玉瀾詞社社員名錄表

姓　名	生卒年	字　號	籍　貫	備　註
楊壽楠	1868～1947	味雲	無錫	見表三十二：「須社社員名錄表」。
童曼秋	1880～1964	如椿	上海	著名業餘昆曲家。本姓楊，因過繼童門，改姓童。長期任職於天津北寧鐵路管理局。民國二十七年（1938）遷居北平，淪陷時期被聘為的北京國劇學會昆曲研究會顧問。後又於中國大學國學系曲學研究會教昆曲。
金致淇	1896～1974	利生	浙江紹興	古琴家、書法家、收藏家。居於北京，後居天津，任職南陽兄弟煙草公司，後為中學教員，又於天津崇化國學會教授古琴。1949 年後為浙江省文史館館員。著有《文字源流考略》和《鳴盛集》等。城南詩社社員，考古學社社員。
楊芝華	1897～1948	不詳	不詳	清末民國音樂家、戲曲家。民國四年（1915）在天津社會教育辦事處音樂傳習所教授十番樂兼昆曲，著有《大嘉興十番譜》和昆曲譜《絮閣》、《墜馬》、《三醉》、《水漫金山寺》等書，對天津早期音樂與昆曲活動的開展頗有影響。曾任天津女子師範學校、南開中學等十餘所學校的藝術指導。
姚靈犀	1899～1963	袌雪、君素	江蘇丹徒	現代文學鴛鴦蝴蝶派的文人，《南金》雜誌社社長兼主編。撰有《采菲錄》，為整理彙編纏足史料最為齊全的民俗學巨著。著作還有《思無邪小記》、《瓶外卮言》、《未刻珍品叢傳》、《瑤光秘記》、《袌雪齋詩詞稿》、《春還堂存稿》、《小慙集》等。冷楓詩社社員、夢碧詞社社員。

〔註 52〕朱德慈著：《近代詞人考錄》（北京：中國社會科學出版社，2004 年）。
〔註 53〕曹辛華著：《民國詞史考論》（北京：人民出版社，2017 年），頁 415～585。

向迪琮	1899～1969	仲堅	四川成都	見表十七：「如社社外詞侶名錄表」。
馮璞	1899～1972	孝綽	天津	南開中學讀書期間，與兄弟馮寶墀、馮紫墀，因品學兼優，被譽為「馮氏三傑」。畢業後，考入北洋大學採礦系。後應張伯苓之邀任南開中學國文教員。歷任教於河北省立天津中學、新學中學、北平美術學院、天津法漢中學。此外，曾擔任天津第三民教館館長，並主持過一江風曲社等。退休後任天津南開區政協委員。擅詩詞曲兼，精於書法，富收藏。有「津門第一才子」之譽。城南詩社社員、冷楓詩社社員、夢碧詞社社員。著有《倚妙音宦詩詞》。
張弘弢	1901～1943	異蓀	天津	天津同仁堂藥店的經理，王守恂弟子。民國十年（1921）有蘆陽鹺務之行，先後在長蘆和河南新鄉等地鹺館任職。古典文物收藏家，所著有《奇芸室詩薈》和《妙吉祥庵詩稿》兩種。城南詩社社員，冷楓詩社發起人。
張謙	1909～？	國威、靖遠	天津	立信誠事務所律師，後從事教育。1981 年任天津市文史研究館館員、中國書法家協會會員。鄭孝胥弟子，家藏鄭氏書法作品逾千。
王伯龍	不詳	不詳	河北保定	著名報刊創辦人，創辦《天津商報周刊》。《新天津畫報》和《立言畫報》主編。冷楓詩社社員、夢碧詞社社員。
胡峻門	不詳	祖堯	天津	書法家，天津崇化學會主持人，華世奎親家。
楊軼倫	不詳	不詳	天津	曾先後在天津女子師範學院附中、私立含光中學擔任國文教員。夢碧詞社社員。民國三十六年（1947）九月，發起麗則詩詞研究社，社址位於一區昆明路通義學校分校，專門講授詩詞寫法及詩詞理論。
王禹人	不詳	不詳	不詳	天津房產主、紳士。冷楓詩社社員、夢碧詞社社員。著有《綠槐書屋詞》。
趙琴軒	不詳	不詳	北京	商人。

孫學曾	不詳	正蓀	不詳	天津崇化中學創辦人，冷楓詩社社員。
周維華	不詳	公阜	廣西	光緒時期諸生，京師大學堂第一屆畢業生，曾任保定軍校英文教官。詩人、謎家。民國三十三年（1944）與向迪琮宣導，將癸未文社，更名為甲申文社，後改名為夢碧詞社。夢碧詞社社員。著有《瑑玢詞》、《熙春詞》。
石松亭	不詳	不詳	不詳	城南詩社社員、夢碧詞社社員。
張吉貞	不詳	不詳	不詳	城南詩社社員。
韓世琦	不詳	不詳	不詳	天津昆曲評論家。
王寰如	不詳	不詳	不詳	不詳
楊少巖	不詳	不詳	不詳	不詳
楊芙	不詳	不詳	不詳	不詳
高鴻志	不詳	不詳	不詳	不詳
葉效先	不詳	不詳	不詳	不詳

由於社員們大多不是詩詞家，也沒有在當時社會上積累名聲，部分社員的生平資料已不可考。又玉瀾詞社與冷楓詩社同時並存，兩個團體的社員往往互相交雜，參與兩社的人數合共六人：孫學曾、王禹人、王伯龍、張弘弢、馮璞和姚靈犀，因此，玉瀾詞社可以說是在冷楓詩社裡，另闢一個詞社，與天津前期冰社與須社，或溫州的慎社與甌社的關係相似。然而，玉瀾詞社的組織亦較為鬆散，參與者更有看到報刊或朋友邀請，一時興起而赴會，例如名詩家孫正蓀，僅見參與第二次雅集。至於曹辛華提及的林修竹和龍榆生文章所說的巢章甫，筆者均未嘗見參與詞社的相關資料記述。反而葉效先，雖未見《新天津畫報》提及出席詞社雅集，但在天津出版的另一本刊物——《立言畫報》，卻刊登了葉氏的兩首詞作，乃第一次社集的詞調詞題，〔註 54〕可見葉氏也是玉瀾詞社的社員之一。

〔註 54〕《立言畫報》，中華民國廿九年（1940 年）第 111 期。

三、社集活動

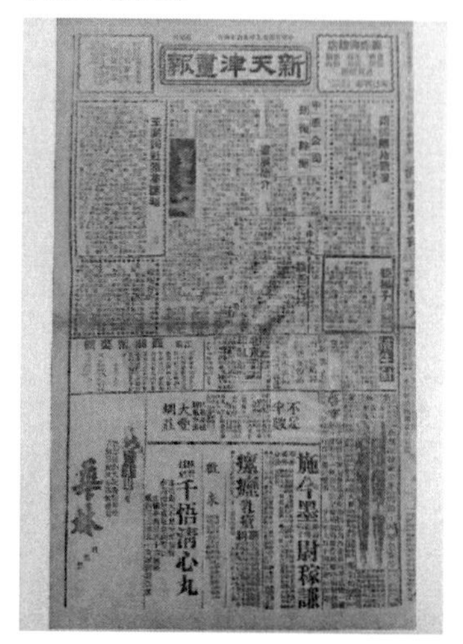
新天津畫報

圖二十三：《新天津畫報》

圖二十四：《立言畫刊》封面

玉瀾詞社的發起時間為民國二十九年（1940）九月七日晚上八時，至三十年（1941）二月三日結束，期間合共舉行了五次雅集，唱和時間約半年左右，作品散見於《新天津畫報》和《立言畫報》裡，而且僅存第一、二次社集詞作，合共十首。第一次社集的情況，蓮諦〈玉瀾詞社雅集志略〉一文有詳細的記載：

> 玉瀾詞社於九月八日晚八時，假座法租界致美齋飯莊舉行雅集。社友周公阜、金致淇、張吉貞、楊芝華、楊軼倫、張國威、高鴻志或赴北京，或因事未到。胡峻門、童曼秋、王伯龍、張異蓀、王寰如、王禹人、趙琴軒、姚靈犀皆先後蒞臨。洎向仲堅先生來，社友共起歡迎，互與周旋，以為時已晏，即相攜入座。坐甫定，馮孝綽適至，於是觥籌交錯，談笑歡極。向先生初述詞學源流，及清初諸詞家派別。嗣又談及王半塘、朱彊邨、鄭叔問、況夔笙諸家詞，並盛稱蔣鹿潭詞，皆為諸家所喜。從之入手，後始取法北宋，各專一家，小令以二晏為主，初學者所應該揣摩。又談及詞集版本之良窳，及校讎之精粗，指示極為詳盡，終席皆由向先生滔滔發言，可謂循循善誘矣。其言甚多，容易記錄，俟送審閱後再披露。間有發問者，亦指導甚當。此次命題為〈望海潮・弔費宮人故里〉及〈好事近・中秋〉。社友作成後，寄交趙琴軒匯呈評改（非社友亦可填詞擇作一題，亦可交卷）釋尤在本刊發表。是夕向先生及諸社友興致均豪，

> 暢談至十時許始散，並攝影紀念，實為玉瀾詞社第一次之盛會也。〔註55〕

清楚記錄了玉瀾詞社第一次集會時間是民國二十九年（1940）九月七日晚上八時，地點則在法租界致美齋飯莊，參與社員有胡峻門、童曼秋、王伯龍、張異蓀、王寰如、王禹人、趙琴軒、姚靈犀、向迪琮和馮孝綽，共十人，還有七位社員因事未到。當晚還有攝影留念，照片刊載於《新天津畫報》，題為「庚辰八月玉瀾詞社成立合影」。〔註56〕文中提到向迪琮來到之時，社友們共起歡迎，相攜入座。向氏是詞社的導師，在《新天津畫報》關於第五集的報導有明確的記載。〔註57〕他當天更即席演講，論述內容主要有四個部分：詞學源流、清初詞派、學詞門徑和詞集版本。在學詞門徑方面，他提議社員們學詞由清末四大家——王鵬運、朱祖謀、鄭文焯、況周頤及蔣春霖詞入手，然後再上溯取法北宋某一家詞。至於填寫小令，則揣摩學習二晏為主。段中謂終席皆由向先生滔滔發言，循循善誘，又解答了社員的疑問，指導甚當。他獨到的詞學見解，能令社員們心悅誠服，同時反映出玉瀾詞社社員此前較少留意於填詞，普遍詞學素養不足，以及有學習填詞的意向。這次向迪琮出了〈望海潮・弔費宮人故里〉及〈好事近・中秋〉兩題給社員們創作，並請社友們完成後寄交趙琴軒評改，最後在《新天津畫報》發表。這次的發表者，有王伯龍、向迪琮和葉效先各填了兩題兩首，另外王寰如填了〈好事近・中秋〉一首，合共七首。

第二次社集的情況，《新天津畫報》也有記載，但內容較第一次簡略，說：

> 本市玉瀾詞社已訂於重陽節前一日（即十月八日）仍假廛法租界致美齋舉行第二次雅集，除導師向仲堅、胡峻門外，聞預定出席者約二十餘位之多，名詩家孫正蓀、石松亭，亦決定參加云。〔註58〕

由於報章刊登日期為十月六日，所以社集日期、地點和參與者都只是他們的預期，至於社集的實況，卻未見刊載。他們將第二次社集訂為十月八日，地點仍在致美齋飯莊，且預計出席者有二十多位社員，包括孫正蓀和石松亭兩

〔註55〕蓮諦撰：〈玉瀾詞社雅集志略〉，《新天津畫報》，中華民國廿九年（1940年）9月14日。

〔註56〕《新天津畫報》，中華民國廿九年（1940年）9月26日。

〔註57〕〈冷楓玉瀾兩社雅集在致美齋次第舉行〉，《新天津畫報》，中華民國廿九年（1941年）2月3日。

〔註58〕《新天津畫報》，中華民國廿九年（1940年）10月6日。

位詩人。雖然雅集的具體狀況不明，但後來卻刊登了這次的作品，王伯龍填了四首，題為〈八聲甘州．重陽〉、〈蘇幕遮〉和〈霜天曉角〉（二首，其餘社員作品皆未見之。

然而，玉瀾詞社第三次雅集的日期、地點、參與者等情況，甚至唱和的詞調及詞題，均不見載於各種期刊，暫時無從稽考。

至於第四次社集，《新天津畫報》刊登了題為〈玉瀾詞社第四次雅集向先生分贈詞集〉的文章，再有詳細的記述：

> 本市玉瀾詞社，於十一月三十日仍在致美齋舉行雅集，到社者向仲堅、楊芙、胡峻門、楊芝華、張吉貞、馮孝綽、張靖遠、姚靈犀、張異蓀、韓世琦、王禹人、趙琴軒、王寰如等十三人。向仲老以自著詞集《柳谿長短句》分贈社友。仲老為當代詞宗，早以蜚名海內，此集為二十年來之傑作，原印數百本，已無餘存。仲老因鑒於我津詞風甚盛，社員之求學極切，新由北京印來二百本以餉後進，且將前兩期所交課卷批改傳觀，並每篇詳述應改正之處，力求改善。諄諄教導，獲益匪淺，可謂誨人不倦矣。又楊味雲先生，對社友亦多獎掖，闡述詞學綦詳，如向、楊二公之熱心，啟迪後學，誠不可多得者也。席間向老暢談詞律，及與當代詞家況夔笙、邵次公兩先生唱和。有一次次公夜半得句，（彼時仲老尚在故都）以電話示仲老，得意非常，足見老人等之對於詞之興味極濃。本期課題二則，一為〈洞仙歌〉（限東坡作三十八字體），一為〈鷓鴣天〉（不限體韻），希望社內外同志踴躍交卷。又由王禹人、王寰如、趙琴軒三君提議，舊曆本月初八日為社友王伯龍先生夫人增丹玲女士壽辰，本社與冷楓詩社同人合送壽聯一幅，當場由馮孝綽先生擬上聯為「詩禪畫味神仙眷」，張異蓀先生擬下聯為「美酒奇花福壽人」，並又張靖遠先生法書，送至英租界大興村二十號王公館云。〔註 59〕

文中記述第四次社集日期是十一月三十日，地點仍在致美齋飯莊，參與社員合共十三人：向仲堅、楊芙、胡峻門、楊芝華、張吉貞、馮孝綽、張靖遠、姚靈犀、張異蓀、韓世琦、王禹人、趙琴軒、王寰如和楊味雲。這次社集，向迪琮因見社員們求學心切，津門填詞風氣甚盛，於是將原本已經沒有存貨的自

〔註 59〕〈玉瀾詞社第四次雅集向先生分贈詞集〉，《新天津畫報》，中華民國廿九年（1940 年）12 月 4 日。

著詞集《柳谿長短句》，新印二百本來分贈社友，並將前兩期的作品傳閱，詳細點出改正之處，令社友們有所得益。席間向迪琮講解詞律，並暢談詞家況周頤與邵瑞彭唱和的事蹟，薰染社友們學詞興味。這次唱和也有兩調，分別是〈洞仙歌〉（限東坡作三十八字體）和〈鷓鴣天〉（不限體韻）。雖是詞社主要以向氏為導師，但楊壽楠也熱心參與指導，詳盡闡述詞學，提拔後學，誠如龍榆生所說：「當推楊味雲、向仲堅兩先生，主持風會。」〔註60〕最後，王禹人、王寰如和趙琴軒共同提議，為了慶祝王伯龍夫人的壽辰，詞社與冷楓詩社同人合送壽聯一幅。這次未見有詞作發表於《新天津畫報》或《立言畫報》。

第五次社集，也是玉瀾詞社最後一次的社集，日期為民國三十年（1941）二月三日，地點仍在致美齋飯莊，這見《新天津畫報》云：

> 翌日（舊正八日），玉瀾詞社亦在致美齋飯莊團拜，到會者如楊味芸、王伯龍、周公阜、姚靈犀、楊芝華、張吉貞、石松亭、張國威、楊少巖、王禹人、王寰如、張異蓀、趙琴軒等。向仲堅導師因事未與會，而楊味芸侍郎惠然肯來，同人甚為忻然，即懇味老命題，而味老一再謙撝，不肯擬題，經同人再三堅請，始擬定兩闋，一為〈玉樓春〉（首句平起），一為〈驀山溪〉（後三字句均叶韻，從黃山谷體），並暢述填詞取法，須力求格律，可由淺入深，如熟練時較詩尤有興趣，同人拜服。以七秩高齡之文壇耆宿，每次到會，啟迪後進，誨教不倦，誠可欽佩。又本月底為社友周公阜秘書壽辰，是日預為慶祝，壁懸壽字，點綴壽堂，同人齊向壽星祝嘏，均各進酒為介壽，席間以王伯龍、楊芝華、姚靈犀、王寰如四君酒量為最宏云。〔註61〕

文中記述這次雅集日期為舊曆正月初八，新曆是民國三十年（1941）二月三日，地點不變，參與者共十三人：楊味芸、王伯龍、周公阜、姚靈犀、楊芝華、張吉貞、石松亭、張國威、楊少巖、王禹人、玉寰如、張異蓀和趙琴軒。向迪琮因事缺席，由楊壽楠擔當詞學導師，領起聚會，並即席講解了填詞方法，要求嚴守格律和由淺入深，社員們均欽佩拜服。楊氏擬定了〈玉樓春〉和〈驀山溪〉兩調給社友們創作，當日更預為慶祝周公阜的壽辰，同人們興盡而歸。然而，這次社集作品，也未見刊載。

〔註60〕龍榆生編：《同聲月刊》，1941年，第一卷，第五號，頁182。
〔註61〕〈冷楓玉瀾兩社雅集在致美齋次第舉行〉，《新天津畫報》，中華民國三十年（1941年）2月7日。

關於這五次社集的概況，茲以表格方式，整理如下：

表三十六：玉瀾詞社唱和活動表

社集	時　間	地　點	詞　調	詞　題	參與社員	作品數目
1	1940 年 9 月 7 日	致美齋飯莊	望海潮、好事近	弔費宮人故里、中秋	胡峻門、童曼秋、王伯龍、張異蓀、王寰如、王禹人、趙琴軒、姚靈犀、向迪琮、馮孝綽	7
2	1940 年 10 月 8 日	致美齋飯莊	八聲甘州、蘇幕遮、霜天曉角	重陽	胡峻門、向迪琮、孫正蓀、石松亭	4
3	不詳	不詳	不詳	不詳	不詳	不詳
4	1940 年 11 月 30 日	致美齋飯莊	洞仙歌、鷓鴣天	不詳	胡峻門、向迪琮、張異蓀、王寰如、王禹人、趙琴軒、姚靈犀、馮孝綽、楊芝華、張吉貞、張靖遠、韓世琦、楊芙、楊味雲	不詳
5	1941 年 2 月 3 日	致美齋飯莊	玉樓春、騫山溪	不詳	張異蓀、王寰如、王伯龍、王禹人、趙琴軒、姚靈犀、楊芝華、張吉貞、張靖遠、周公阜、石松亭、楊少巖、楊味雲	不詳

自從第五次社集後，已經沒有見到玉瀾詞社舉行社集的記載。關於玉瀾詞社迅速解散，筆者認為原因主要有二：一是社員們大部分不是詞家，除了向迪琮、楊壽楠是詞社導師，楊軼倫、孫學曾和石松亭是詩人，姚靈犀以文章聞名以外，其餘如童曼秋、韓世琦和楊芝華或為昆曲家、戲曲家，金致淇、馮璞和胡峻門是書法家、收藏家，張弘弢為天津同仁堂藥店的經理，張謙為立信誠事務所律師，王伯龍是著名報刊創辦人，王禹人是天津房產主，趙琴軒是商人；他們受職業、興趣所限，以及對填詞方法、詞學史、詞律等專門知識理解不足，尤其大都是一時興起，提倡恢復詞的本色為號召，但落實到創

作方面，就有一定的困難，所以玉瀾詞社作品數量很少，能夠刊登於報章雜誌就更稀有，遑論出版社刊。第二個促成詞社解散的原因，是他們的詞學理想沒有足夠的平台作宣傳之用。王禹人的〈玉瀾詞社的前途〉一文，提出他們的志願是回歸詞的本色，令詞成為人人能作、人人能懂，甚至可以擫笛歌唱。可是，社員們既缺乏詞學專家闡揚這一理論觀點，加上他們的宣傳平台，只有王伯龍主編的《新天津畫報》和《立言畫報》，主要在天津地區流通，刊載的內容亦與當地的文藝相關，局限了詞社的影響力，使之不能擠身成為民國著名的詞社。

四、詞作主題

從上述社員生平和社集活動可知，社友們並非專業的詞人，部分更是初學填詞者，因此作品數量很少，現存僅有十一首，分別是王伯龍、向迪琮和葉效先各填了兩首〈望海潮·弔費宮人故里〉和〈好事近·中秋〉，還有王寰如的〈好事近·中秋〉。另外，王伯龍填了四首，題為〈八聲甘州·重陽〉、〈蘇幕遮〉和兩首〈霜天曉角〉。茲將這十一首詞歸納為節慶和懷古兩個題材，分述如下：

（一）節慶

玉瀾詞社選了兩個和節慶有關的題目——中秋和重陽，其中向迪琮和葉效先的〈好事近·中秋〉，均寫出了團圓之日，羈旅異鄉的愁緒。兩詞云：

> 雲際湧冰輪，望極關山如雪。誰識團圓天上，任人間常別。　　年年客裏度中秋，愁思海天闊。空賸一襟殘淚，對南樓凝咽。（向迪琮〈好事近·中秋〉）〔註62〕
>
> 遠客怯西風，又是一番情緒。小立桂堂東畔，待月華才吐。　　夜簾如水酒初醒，聽簫聲人語。驀憶少年往事，感鬢絲如許。（葉效先〈好事近·中秋〉）〔註63〕

第一首「雲際湧冰輪，望極關山如雪」兩句，描摹中秋之夜，在浮雲的簇擁下，明月湧現。其皎潔和明亮，照遍關隘山嶺，儼然一片白雪。第三、四句「誰識團圓天上，任人間常別」，道出了人間團圓的艱難，故鄉親友時常分離兩地。下片「年年客裏度中秋，愁思海天闊」，直白自己年年適逢中秋團圓夜，也作客異地，歸鄉遙遙無期，甚至以大海和天空之深廣，形象化來抒發思鄉

〔註62〕《新天津畫報》，中華民國廿九年（1940年）12月8日。
〔註63〕《立言畫報》，中華民國廿九年（1940年）第110期。

愁苦的情緒無邊無際。最後兩句，直接以一襟殘淚作結，凸顯思鄉之情。至於葉效先的詞作，開首「遠客怯西風，又是一番情緒」兩句，即點明羈旅異鄉的苦悶。在這無聊的情緒中，詞人喝著美酒，默然地站立在家裡，靜待中秋明月初現。忽然傳來的人聲簫聲，勾起詞人對年輕往事的追憶，然後不禁感嘆時光荏苒，年華老去。對詞人們來說，中秋之夜，都是表達思鄉懷人，盛年不再之嘆喟。

再看在另一個傳統節慶之日，詞人的經歷和感受。王伯龍的〈八聲甘州·重陽〉和〈蘇幕遮〉以重陽為題，與上述中秋詞所抒發的年華漸老，思念故鄉感受相近；唯一不同的是這兩首重陽詞，給人一種整體生命力的衰退：

> 正江關落木念家山，愁雲鬱難開。盡憑高望遠，寒煙蔓草，殘壘空臺。雁柱銀箏好在，誰識舊風懷。今古埋憂地，都付深杯。　一晌瞢騰未解，驀傷離感逝，擊築聲哀。漸黃華秋老，吟眺費低徊。又東籬幾番風雨，歎元龍豪氣已全摧。危欄外，莽煙波處，斷雁南飛。〔註 64〕

> 酒人稀，霜信早。幾度重陽，彈指朱顏老。殘壘清秋聞畫角。怕倚高樓，瑟瑟風吹帽。　別離多，歡會少。簪鬢秋華，爭似鄉園好。目極江南過雁渺。分付黃昏，打疊銷魂稿。〔註 65〕

兩首詞都描摹了重陽登高的風景。詞人登樓遠眺，看見樹木凋零，雜草叢生，為煙霧籠罩著，一片迷濛。遠處一座古代荒廢的城牆處，隱約傳來畫角銀箏等樂器的哀音。詞人面對如此蕭條的環境，秋風瑟瑟，內心更是愁苦納悶，鬱結難解。此時此刻，困擾著詞人的，就是年華老去和思念故鄉。原本已經飽受容顏衰敗、豪氣消褪，活力走向下坡的苦楚，更適逢重陽思親節，異鄉異客的感受，不禁觸發詞人對生命的思考：人間離別容易，時光匆匆，苦多而樂少。眼看斜陽落日，孤雁南飛，他只好帶著半醉半醒的模樣，收拾整理複雜的心情，將之寄託文字中。

（二）懷古

玉瀾詞社第一次雅集，嘗以〈望海潮〉為調，唱酬了一首懷古詞，題為「弔費宮人故里」。費宮人故里，位於天津城東南部大費家胡同，胡同口有個

〔註 64〕《立言畫報》，中華民國廿九年（1940 年）第 114 期。
〔註 65〕《新天津畫報》，中華民國廿九年（1940 年）10 月 20 日。

古樸典雅的「明費宮人故里」牌坊，由書法家華世奎（1863～1942）所寫，並為官府所賜，是當時天津非常著名的古跡。關於費宮人的事蹟，見清初陸次雲的〈費宮人傳〉。費宮人，原名費貞娥，外表莊重美麗，為明朝末年崇禎皇帝女兒長平公主的侍女。崇禎十七年（1644），李自成攻陷北京，崇禎帝自縊煤山，近兩百名宮人跳入禦河自盡。年僅十六歲的費貞娥為救公主，主僕二人互換了裝束。費貞娥被李自成活捉後，賜給羅姓將軍。在將軍設置酒宴迎娶之夜，貞娥不願玷污自己的貞節和忠義，將羅灌醉並用匕首直刺其咽喉，羅當即斃命，貞娥亦自刎而死。社友向迪琮和葉效先各填了一首〈望海潮．弔費宮人故里〉，弔念費宮人的貞烈：

> 妝樓迎鬟，霜梧翔鳳，煙沽第一宮娃。蕙質蘭心，柔情俠骨，昭陽合絢仙葩。鼙鼓換豪華。歎槃傾人去，歸燕無家。博浪虛投，可憐凋謝上林花。　　重尋故里愁賒。早門荒巷寂，煙鎖苔遮。英氣僅存，芳馨漫著，千年一例蟲沙。殘壘滿哀笳。甚劫灰猶然，今古同嗟。空對靈□夢雨，凝涕向天涯。（向迪琮〈望海潮．弔費宮人故里〉）〔註66〕

> 重帷人散，金樽寒淺，回身乍換官裝。蟻賊眠酣，蛾眉膽壯，青鋒袖底凝霜。刃此謝先皇。痛干城解體，上相輕颺。若個男兒，汗顏七尺愧昂藏。　　城東故里荒涼。賸疏林映紫，亂柳垂黃。舊巷迷鴉，古坊繫馬，行人閑話滄桑。雲斂暮雲蒼。望十三陵畔，七二沽旁。極目淒迷，冬青樹樹泣秋陽。（葉效先〈望海潮．弔費宮人故里〉）〔註67〕

兩首詞的上片都從追憶費宮人的事蹟入手。第一首詞開首即以費宮人的妝容衣飾和品格情態著筆，凸顯她的端莊溫柔，高雅俠義。「鼙鼓換豪華」句，與第二首的「重帷人散」數句，記述李自成攻陷北京，明朝滅亡，宮人四散，費貞娥為保公主性命，主僕互換裝束。「蟻賊眠酣，蛾眉膽壯，青鋒袖底凝霜」和「博浪虛投，可憐凋謝上林花」數句，借張良策劃行刺秦始皇於博浪沙之事，寫費宮人淪陷敵軍的手後，乘新婚之夜將羅將軍灌醉，用匕首直刺其咽喉，自己也同歸於盡。詞人們雖然稱賞費宮人膽大無畏的精神，並說其「刃此謝先皇」，報答了崇禎帝的恩德，但亦對她輕生自裁，感到可惜。甚至進一步想像，以費貞娥忠義和堅貞，若身為軒昂偉岸的男子，必能報效國家。兩詞的下片，時間回到當下，描寫費宮人故里的現況。「故里荒涼」、「門荒巷寂」、

〔註66〕《新天津畫報》，中華民國廿九年（1940年）12月8日。
〔註67〕《立言畫報》，中華民國廿九年（1940年）第110期。

「煙鎖苔遮」、「殘壘滿哀笳」、「疏林映紫」和「亂柳垂黃」，刻劃出落葉枯黃、蕭瑟荒涼、人煙稀少，就是費宮人故里景象。雖然故里已成歷史陳跡，並為文人閑談今古的話題，但當年費宮人豪邁的氣慨、忠貞的名聲、以及在戰亂中殉國的事蹟，仍然長存，至今為人們所悼念。

第三節　夢碧詞社（1943～1948）：抗日精神與戰禍傷痕

自從民國三十年（1941）玉瀾詞社解散後，天津文人迅速組成新的文學團體——夢碧詞社。夢碧詞社成立於民國三十二年（1943），最初以是年的干支來命名，稱作癸未文社，而且是一個多元化的文學社團，雖以填詞唱和為主，活動還分詩詞、詩鐘和謎語等，並由向迪琮（1899～1969）、姚靈犀（1899～1964）和周維華（生卒年不詳）這三位玉瀾詞社導師和社員領導，儼然有賡續詞社之意。直到抗日戰爭勝利，部分社員離開天津，雅集意興闌珊之際，寇夢碧（1917～1990）邀約社友相聚，並於報刊公開徵求新的社員，更名為夢碧詞社。詞社唱和五年的時間，出版了十期的詞刊，名為《夢碧詞刊》，內容分詞課、詩課、論文、詞話、社友簡介和詞壇近訊。然因刊印數量不多，再經文革動亂，現在幾近不存，至少未見中國各省圖書館有收藏紀錄，亦無學人徵引原著。

一、詞社緣起

（一）糾正流弊，倡導風雅

夢碧詞社成立之前，天津唱和以張異蓀（1901～1943）、王禹人（生卒年不詳）、王伯龍（生卒年不詳）等紳士名流組織的玉瀾詞社為主，他們推許新文學家俞平伯（1900～1990）、鄭振鐸（1898～1958）等詞學理論，提倡回歸詞的本色，排斥晚清以來的比興寄託說，期望使詞成為人人能作、人人能懂的體式，摒棄雕琢對偶。此見王禹人〈玉瀾詞社的前途〉云：

> 詞只好供好古家所賞玩吧，若是這樣說法，我們還有什麼提倡的必要。詞在宋代是可歌唱的，不過後來被少數人們關在象牙塔內，把本質改變了，只用在一字一句對偶雕琢上加功夫，不如是不配給士大夫讀閱，同時一般文人往此路追求，造成葬送詞歸墓中悲劇。……詞在前些年曾被新文學家俞平伯、鄭振鐸、趙景深、盧冀野諸位先

> 生重視和提倡，印詞集、寫理論，熱鬧一時，雖未見大效，其功終不可埋沒，而今有些喜歡填詞的人，又繼續俞先生前志，成立一個玉瀾詞社，將俞先生播下的種子，要它開花結子，這不是一件容易的事。……我們的志願是人人能作、人人能懂，恢復詞的本色。〔註68〕

然而，這卻使詞社的作品流於浮豔叫囂，難登大雅之堂，也是玉瀾詞社社課流傳不廣的主要原因。夢碧詞社社長寇夢碧，就曾以謝草作為筆名，提出詞社成立目的是「惟屏退浮滑叫囂之作，乃有意轉移詞風耳。」〔註69〕後來，學人章用秀更進一步解釋：

> 夢碧詞社的實踐在當時對胡適提倡的詞尚粗率的風氣，消除天津一些文人在舊體詩詞創作上的弊端，摒退浮滑無聊之作，確實起到了積極的作用。……民國初年有嚴範孫主持的城南詩社和郭則澐、周學淵主持的須社，以及淪陷初期的冷楓詩社等，可見津門老一輩文人中作詞的並不多，故有人說「津人性情疏放，不耐雕飾」。有些縉紳顯貴偶爾寫詞，但非失之浮豔，即失之叫囂。況且，四十年代以後，先前那些詩社、詞社也已先後星散。〔註70〕

明確說出夢碧詞社的組成，是反對新文學家們提倡打破四聲、白話入詞的觀點，意欲糾正粗率的風氣。章氏所謂「津人性情疏放，不耐雕飾」，就是批評王禹人、王伯龍為代表的縉紳顯貴，他們對詞的看法，主張俚俗易懂，不務雕琢艱深，甚至有意將詞與戲曲相融，結果造成浮豔叫囂的弊病。

自寇夢碧執掌社務後，大力倡議並主導幽邃綿密的詞風，論詞更標舉新語和寄託，起到糾正輕俗風氣之用。寇氏〈夕秀詞序〉說：

> 予早歲曾倡為夢碧詞社，諸友呴濡於雁口鶉網間，雖聯情發藻，不出風花，而意內言外之旨或庶幾焉。若風鬟霧鬢，颶母也；唇丹臉霞，瘴輪也；鳳簪燕釵，長鎩也；蘭釭樺燭，陰燐也；雁柱鶯絃，獰雷也；而皆伊鬱惝恍，莫可究詰。予生丁桑海之會，既非古人所歷之境，自非古人所為之詞，或病其沈晦，則亦不復計焉。夫水樓

〔註68〕王禹人撰：〈玉瀾詞社的前途〉，《新天津畫報》，中華民國二十九年（1940年）11月11日。

〔註69〕謝草撰：〈四十年代的天津夢碧詞社〉，載《天津文史叢刊》（天津：天津市文史研究館，1987年），第七期，頁142。

〔註70〕章用秀撰：〈天津夢碧詞社及作品〉，載於《天津地域與津沽文學》（天津：天津社會科學院出版社，2000年），頁162～163。

賦筆，幾換斜陽，詞固當因世而異。苟無新意，縱或雅正典麗，奚足取焉。〔註 71〕

見其馳騁想像，熔鑄詞彩，並講求以比興寄託之法，意內言外之旨，反映時世變遷。時世不同則詞變，寇氏以當時的經歷體驗融會於詞，才能別具新意。正如劉夢芙（1951～）的評說：「故（寇夢碧）兩卷中詞作，大都以幽奇荒艷之詞，造鬱伊惝恍之境，於陸離光怪中寓時代之巨痛深哀，頗具詞史價值。以夢窗之藻采，入碧山之沈鬱，取常州詞派比興寄託之旨發揚光大之，法度一本前賢，而情境繫乎時世，貌古神新，此即風雅之正道，非博洽而具天才之大手筆者莫能辦，豈今日一味鼓吹『改革』、『通俗』之淺人所能夢見？」〔註 72〕正正概括了夢碧詞社創作內容、藝術手法和填詞門徑，而總歸於風雅之道，鼓吹改革天津詞壇，轉移當時崇尚通俗的風氣。

（二）標舉前賢，振興詞風

寇夢碧嘗於〈四十年代的天津夢碧詞社〉一文，清楚說明詞社的宗尚是確立清代中葉常州詞派推舉的宋四家詞，以及晚清四大家詞為學詞門徑，以便社友在填詞上有法可依，有章可循：

遠宗清常州詞派周濟標舉宋四家：周邦彥、辛稼軒、吳文英、王沂孫。近承晚清四家：王鵬遠、鄭文焯、況夔笙、朱孝臧。門徑雖仄，對五代、北宋諸家，皆崇尚之。〔註 73〕

由此可知，寇氏填詞論詞，均深受常州詞派周濟（1871～1839）的影響。周濟〈宋四家詞選目錄序論〉就曾經提出「問途碧山，歷夢窗、稼軒，以還清真之渾化」〔註 74〕的學詞門徑，而寇夢碧在所著《夕秀詞》的自序也說：「予少耽倚聲，初師覺翁，中年而後，擬以稼軒之氣，遣夢窗之辭，而才力實有未逮。」〔註 75〕自言學詞是依循周氏所標舉之途徑。劉夢芙又凸顯寇氏學詞理路，云：「泰逢寇先生為吾友王蟄堪君之師，因作詞奉南宋吳文英、王沂孫二家為宗，故以『夢碧』為名。畢生心血盡注於詞，成就極高，享譽當代。碧山詞清華醇

〔註 71〕寇夢碧著，魏新河編：《夕秀詞》（合肥：黃山書社，2009 年），頁 3。

〔註 72〕劉夢芙著：《冷翠軒詞話》，載《當代詩詞叢話》（合肥：黃山書社，2009 年），頁 459。

〔註 73〕謝草撰：〈四十年代的天津夢碧詞社〉，頁 142。

〔註 74〕周濟撰：〈宋四家詞選目錄序論〉，載唐圭璋編：《詞話叢編》（北京：中華書局，2005 年），第二冊，頁 1643。

〔註 75〕寇夢碧著，魏新河編：《夕秀詞》，頁 3。

雅，夢窗詞綺艷幽深，寇翁兼採二家之長，運密麗變幻之筆，寫精微窈渺三思，更益以稼軒渾灝雄傑之氣，奇情煥發，神采飛動，風格極為鮮明獨特。且鑄語精美，守律嚴細，純乎詞人之詞。」〔註76〕點出寇氏填詞兼採吳文英、王沂孫，並融通辛棄疾，風格鮮明獨特。寇夢碧極力標舉吳文英、王沂孫，甚至以二家之號「夢碧」為名，也與時處亂世有關。因為夢窗、碧山之詞，多以比興之法，寄託家國破亡的情懷，筆調淒楚哀婉，風格綿密細緻。而當時天津又淪陷於日本，日本殘暴的殖民統治和經濟掠奪，逼使詞人們只能隱晦地表達民族情懷，於是模仿夢窗、碧山，就成為詞社的特色。由社長寇夢碧作倡導者，社員們的吸收和實踐，使詞社整體作品均呈現內容寫實厚重、格律嚴謹、造句工巧、筆法幽邃綿密的特色，大力振興了天津的詞風。由此，城南詩社社友如李金藻（1871～1947）、劉賡堯、李國瑜皆轉而為詞，詞社日益興盛。社員周學淵（1877～1953）嘗於民國三十六年（1947）填了一首〈齊天樂〉，讚揚夢碧詞社的盛況：

近來沽上多詞客，雍容海天春色。憶我當年，曾陪俊侶，別奏花間簫笛。而今莫得，嘆青瑣情空，玉宵人隔。七子風流，又開壇坫大河北。　十年烽火寂寂，喜瑤華一卷，分鼎連壁。夢月章新，空青格雋，何讓鴛湖才力。裁紅剪碧，有前日巴東，萊公詞筆。再見升平，水面懷舊迹。〔註77〕

二、詞社發起時間、社長、社名及社員

（一）發起時間和社長

關於夢碧詞社的成立時間、過程和社長，社員楊軼倫〈夢碧詞社沿革小記〉一文有詳細和清晰的記載：

夢碧詞社者，吾友寇泰逢社長之所創立也，實為現在沽上唯一研究詞學之組織。初成立於民國三十二年，名癸未文社，內分詩詞、詩鐘、謎語諸門，而以詞為之主。三十三年，經詞壇前輩向仲堅、周公阜、姚靈犀諸先生之宣導，社務益形發展，又更名為甲申文社。是年秋，姚靈犀社長復改名為吟秋社，與城南、冷楓、玉瀾、麗則諸詩詞社，各樹一幟，沽上吟壇，因之頗不寂寞。勝利以還，百業

〔註76〕劉夢芙著：《冷翠軒詞話》，頁458。
〔註77〕章用秀撰：〈天津夢碧詞社及作品〉，頁163。

> 復原，社中同志，乃多離津他去，風流雲散，社務遂漸形闌珊。三十五年夏季，泰逢社長復邀集社中舊日諸同志，並在報端公開徵求新社友，而成立夢碧社，仍以倚聲為主，另附詩課。是時予乃以鄭皐南先生之介紹，而得入社，俟後冷楓、玉瀾諸友好，亦多聞風加入，社友已至三十餘人，嘯聚一堂，亦可謂極一時之盛事者矣。泰逢社長提掖風雅，不遺餘力，社事前途，發揚光大，當不至此，余且拭目俟之。〔註 78〕

道出夢碧詞社成立時間是民國三十二年（1943），並經歷了三個階段。詞社成立之年為第一階段，並以該年干支「癸未」來命名，稱為癸未文社。雖然以填詞為之主，但也有寫詩、詩鐘、謎語等活動，故以文社名之。第二階段由向迪琮（1899～1969）、姚靈犀（1899～1963）和周維華（生卒年不詳）領導，並隨著步入甲申年（1944），而更名為甲申文社，社事日益發展。是年秋天，姚靈犀出任社長，又改名為吟秋社。民國三十四年（1945）八月十五日，日本宣告無條件投降，中國的八年抗戰取得勝利。抗戰結束後，各地相繼光復，吟秋社有不少社員離開天津，幾乎風流雲散，社事興漸闌珊。三十五年（1946）夏季，寇夢碧擔任社長，將吟秋社易名為夢碧社，並邀約社員聚會，且在報刊公開徵求新的社友，此為詞社的第三階段。社員趙浣鞠（1914～？）在晚年時，嘗撰文憶述當年在報章上閱讀到寇夢碧為詞社徵友的消息，云：

> 一九四六年秋，偶閱《中南報》副頁刊有徵友啟事，細讀之乃一措詞典雅之小品文。文曰：「余耽情聲律，冥心孤往；久與社會隔絕，願徵同好者為友……」末注地址：南斜街天津市電業公會院內「夢碧詞社」，社長寇泰逢。閱後神為之往，不意沉溺於日偽統治，忍受八年苦難，日惟以「雜合面」、「文化米」果腹，久盼光復之後，尚有言聲律之學者徵友，不盡欣喜若狂，即日趨訪，把晤暢談，互恨相見之晚。寇君當時年方廿九，余長君三歲。從此經常交往，研討詞學，耽習日深。〔註 79〕

〔註 78〕楊軼倫撰：〈夢碧詞社沿革小記〉，載魏新河著，劉夢芙校：《詞林趣話》（合肥：黃山書社，2009 年），頁 300～301。

〔註 79〕趙浣鞠撰：〈慘碧愁紅夢裏身——記與夢碧詞兄交遊四十年〉，載《天津文史叢刊》（天津：天津市文史研究館，1990 年），第十二期，頁 208。

根據趙氏所說，夢碧詞社登報徵友的時間為民國三十五年（1946）秋，當時社長是寇泰逢，即寇夢碧。詞社已有固定舉行聚會的地址，在南斜街天津市電業公會院內。夢碧詞社仍以填詞為主，然亦有詩課。

圖二十五：夢碧詞社社長寇夢碧照片

（二）社名

劉夢芙嘗指出寇夢碧之所以名為「夢碧」，是因為寇氏填詞以南宋吳文英、王沂孫二家為宗。〔註 80〕而根據寇夢碧自述，詞社之取名「夢碧」，有這兩層含意：

> 「夢碧」之命名有二：一以南宋詞人吳文英夢窗，王沂孫碧山為高宗。一取夢窗〈瑞鶴仙〉詞「草生夢碧」句，有小草萌發，充滿生機之意。〔註 81〕

第一，正如劉夢芙所說，寇夢碧自言詞社取名是源自填詞宗尚夢窗和碧山。第二，則是取自吳文英詞「草生夢碧」一句，筆者查閱後發現此句不是出自〈瑞鶴仙〉詞，而是源於〈掃花游・贈芸隱〉詞的首句，但無礙於理解詞意，寇氏表達的是對詞社的寄望，期盼社事能如春天的原野一樣百草叢生，充滿生機。而夢碧詞社的雅集，經過寇氏不遺餘力的發揚，確實不負所望，成為天津極盛的詞社。參與過城南詩社、冷楓詩社或玉瀾詞社的文人雅士，也多聞風加入，以至每次聚會，多則三十餘人，少則十餘人，前後社友合共更有

〔註 80〕劉夢芙著：《冷翠軒詞話》，頁 458。

〔註 81〕謝草撰：〈四十年代的天津夢碧詞社〉，頁 142。

八十餘人。〔註 82〕

（三）社員

據寇夢碧文章所載，所知參與詞社唱和的人數多至八十餘人，然今所知名字者僅四十九人。寇氏說：

> 社友前後共有八十餘人，每次聚會，多則三十餘，少則十餘。夏承燾、張伯駒、陳兼與、黃君坦、周學淵均曾與社友相酬唱。也曾請向迪琮為詞學導師，李琴湘為詩學導師。……天津詩詞社，近六十年來，最早為先輩嚴範孫主辦之城南詩社。稍後有郭則澐、周學淵諸公之須社。淪陷初期有張異蓀、王禹人所發起之冷楓詩社、王瀾詞社。四十年代以來，以上數社均已停辦。夢碧詞社較為晚起，故社友多屬各社中人。例如：李琴湘、王新銘、劉賡堯、李國瑜、王叔揚為城南社友。周公阜、姚君素、王禹人、馮孝綽、石松亭、王伯龍、楊軼倫、楊煒章、楊紹顏、馬醉天、王夢龍、顧愷白為冷楓、玉瀾社友。周學淵為須社社友。社友聚散靡定，一貫操持社務者，則為周公阜、王禹人、馮孝綽、姜毅然、趙哲餘、陳機峰、張牧石、寇泰逢諸人。社中多為老宿，三十歲左右者，有寇泰逢、周汝昌、孫正剛、陳機峰、張牧石。〔註 83〕

茲按年齒，將社員的生平資料逐錄如下：

表三十七：夢碧詞社社員名錄表

姓　名	生卒年	字　號	籍　貫	備　註
楊壽楠	1868～1947	味雲	無錫	見表三十二：「須社社員名錄表」。
王新銘	1870～1960	吟笙	天津	光緒二十三年（1897）舉人，天津近代著名教育家和書畫家。民國六年（1907）在天津東馬路創辦民立第四女子小學堂，十五年（1926）又擴充為完全小學校，自任校長二十餘年。十八年（1929）調天津市教育局任職。建國後曾任天津市文史研究館館員。善聯語，著有《嘯園楹聯錄》十卷。城南詩社社員。

〔註 82〕謝草撰：〈四十年代的天津夢碧詞社〉，頁 144。

〔註 83〕謝草撰：〈四十年代的天津夢碧詞社〉，頁 145～146。

李金藻	1871～1947	琴湘、擇廬	浙江餘姚	光緒二十六年（1900）庚子事變後，先後在喬氏蒙養堂、民立第一小學及師範講習所任教。二十九年（1903）赴日本宏文學院師範科。歸國後任直隸省洋務處省視學，總務課副課長等職。三十四年（1908）考察歐美教育。民國十五年（1926）後，歷任河北省教育廳秘書及廣智館館長、河北省政府秘書、第一圖書館館長、天津市教育局局長、河北省教育廳廳長。曾任《大公報》主編，是南開大學最早的校董之一，還曾任過江西省教育廳廳長和江西省的副省長。城南詩社社長，冷楓詩社社員。
劉賡堯	1875～？	雲孫	北京永清	城南詩社社員。
周學淵	1877～1953	立之、息庵	安徽建德	見表三十二：「須社社員名錄表」。
張郁庭	1878～？	不詳	北京大興	謎學家，曾任鐵路協會圖書室副主任。著有《古今謎話》、《謎學釋略》、《廋詞大成》、《謎海》、《謎家小傳》、《滑稽謎話》、《形釋義詮解》等。稊園詩社社員。
陳聲聰	1897～1987	兼與、壺因	福建閩侯	畢業於中國大學政治經濟科，曾任貴州稅務局副局長、福建省直接稅務局局長、財政部專門委員。建國後，被聘為上海文史研究館館員、中國書法家協會會員。曾任中華韻文學會副理事長、中華詩詞學會顧問。三十年代與湯用彬等合著《舊都文物略》。又著有《兼與閣詩》、《壺因詞》、《兼與閣詩話》、《荷堂詩話》、《填詞要略及詞評四篇》和《壺因雜記》。
張伯駒	1898～1982	家騏、叢碧	河南項城	收藏鑒賞家、書畫家、詩詞學家、京劇藝術研究家。民國七年（1918），畢業於袁世凱混成模範團騎兵科，進入軍界。十六年（1927）起投身金融界，歷任鹽業銀行總管理處稽核，南京鹽業銀行經理、常務董事等職。抗戰勝利後，曾任國民黨第十一戰區司令長官部參議、河北省政府顧

				問、華北文法學院國文系教授、故宮博物院專門委員、燕京大學國文系名譽導師、文化部文物局文物鑒定委員會委員、公私合營銀行聯合會董事、第一屆北京市政協委員等。1961 年後，歷任吉林省博物館副研究員、副館長、中央文史研究館館員等。著有《叢碧詞》、《春遊詞》、《秦遊詞》、《霧中詞》、《無名詞》、《續斷詞》和《氍毹紀夢詩》和《叢碧書畫錄》等。
姚靈犀	1899～1963	袞雪、君素	江蘇丹徒	見表三十六：「玉瀾詞社社員名錄表」。
向迪琮	1899～1969	仲堅	四川成都	見表十七：「如社社外詞侶名錄表」。
馮璞	1899～1972	孝綽	天津	見表三十六：「玉瀾詞社社員名錄表」。
夏承燾	1900～1986	瞿禪	浙江永嘉	見表七：「午社社員名錄表」。
姜毅然	1901～1979	世剛	天津	著名畫家。八歲時學畫，民國十八年（1929）畢業於北平美術學院。二十一年（1932）在天津主辦毅然畫會，傳授國畫技藝。建國後擔任天津人民美術出版社和楊柳青畫社編輯。善畫花卉，兼畫山水，尤以工筆、白描花卉見長。工於書法、詩詞和題畫詩，作品詩、書、畫、印契合。有《姜毅然白描花卉集》。
黃君坦	1901～1986	孝平、叔明	福建閩侯	詩人黃曾源之子，與兄公渚、弟公孟合有「江夏三黃」之稱。工詩詞、駢文、繪畫。早年在青島禮賢書院肄業，並師從薛肇基研習詞章、訓詁考據之學。稊園詩社、蟄園詩社、瓶花簃詞社社員。1949 年後為中央文史館員。與張伯駒合作編《清詞選》，與兄、弟著有《左海黃氏三先生駢文集》。自著有《清詞紀事詞》、《詞林紀事補》、《宋詩選注》、《續駢體文苑》、《校勘絕妙好詞箋》、《紅躑躅庵詞》等。
張謙	1909～？	國威、靖遠	天津	見表三十六：「玉瀾詞社社員名錄表」。

趙哲餘	1914～？	浣鞠	天津	曾任工業餘學校教導主任、會計；天津文史研究館詩詞研究所研究員，中華詩詞學會會員。著有《浣鞠草堂詩詞選》、《詞林擷錦》和《填詞要訣》等。
馮文光	1916～1995	半知，冷香齋主	安徽阜陽	書畫家，收藏家，嘗任阜陽柴油機廠採購員。
寇夢碧	1917～1990	泰逢	天津	嘗任天津崇化學會講師、天津教育學院及天津大學講師、天津文史館館員、中華詩詞學會顧問、天津市老年詩詞研究所所長、天津市文韻學會顧問。著有《夕秀詞》。
陳機峰	1917～2006	宗樞	天津	畢業於河北省立法商學院，在天津公信會會計師事務所出任高級會計師。昆曲作家及表演家、詞人。業餘時間熱心開展曲社活動，1988 年被公推為天津昆曲研究會理事，又曾為該會副會長，天津楹聯學會顧問。著有傳奇多種，詩詞亦工，有《琴雪齋韻語》、《琴雪齋詞》、《秋碧詞傳奇》、《秋茄苑雜劇》等。
周汝昌	1918～2012	玉言、敏庵	天津	中國紅學家、古典文學研究家、詩人、書法家，被譽為當代「紅學泰斗」。民國二十八年（1939）考入燕京大學西語系。1953 年 9 月在四川大學外文系任教，並且在棠棣出版社發表新書《紅樓夢新證》，此書被譽為「紅學史上一部劃時代的著作」。著有《紅樓夢新證》、《紅樓藝術》、《曹雪芹新傳》、《紅樓夢的歷程》、《紅樓小講》等四十種。
孫正剛	1919～1980	晉齋	天津	詞人，收藏家。燕京大學國文系畢業，歷任天津師範學院、天津教育學院講師，張伯駒學生，曾從顧隨學詞。著有《天上舊曲》、《人間新詞》和《詞學新探》等。
張牧石	1928～2011	介盦、邱園	天津	詩人、書法篆刻家、金石書畫鑒定家。中學時就讀於德國教會學校，後考入天津法商大學法律系。畢業後因不願從事法律工作，賦閑在家。後天津市教育局招聘教員，先後到天

				津一中和十六中(今耀華中學)出任教員。歷任中國書法家協會會員、天津書法家協會顧問、中華詩詞學會常務理事、天津詩詞社副社長、天津印社顧問。著有《蒴夢盧詩詞》、《篆刻經緯》、《張牧石印譜》、《張牧石詩詞集》、《張牧石藝略》、《蒴夢盧叢書》等八種。
李國瑜	不詳	寱庵	貴州貴陽	城南詩社社員。歷任華西大學、四川師範學院、西南民族學院副教授、教授。著有《清詩》、《清代詩史》等。
王賡綸	不詳	叔揚	天津	著有《珠光閣詩話》，城南詩社社員。
周維華	不詳	公阜	廣西	見表三十六：「玉瀾詞社社員名錄表」。
王禹人	不詳	不詳	不詳	見表三十六：「玉瀾詞社社員名錄表」。
石松亭	不詳	不詳	不詳	見表三十六：「玉瀾詞社社員名錄表」。
王伯龍	不詳	不詳	河北保定	見表三十六：「玉瀾詞社社員名錄表」。
楊軼倫	不詳	不詳	天津	見表三十六：「玉瀾詞社社員名錄表」。
杜鹿笙	不詳	不詳	廣東番禺	早年畢業於香港皇仁書院，是輔仁大學外國歷史教授。曾參與丁卯謎社。
黃潔塵	不詳	不詳	不詳	書畫家，嘗任職於天津圖書館。城南詩社社員。
楊煒章	不詳	不詳	不詳	詩人。
顧傳湜	不詳	愷白	不詳	不詳
楊紹顏	不詳	不詳	不詳	不詳
馬醉天	不詳	不詳	不詳	不詳
王夢龍	不詳	不詳	不詳	不詳
陸純明	不詳	不詳	不詳	不詳
康仁山	不詳	不詳	不詳	不詳
鄭阜南	不詳	不詳	不詳	不詳
陳玉夫	不詳	不詳	不詳	不詳
梁艮	不詳	不詳	不詳	不詳

解用駿	不詳	不詳	不詳	不詳
楊采中	不詳	不詳	不詳	不詳
欒建	不詳	不詳	不詳	不詳
杜仲甫	不詳	不詳	不詳	不詳
曹朗臣	不詳	不詳	不詳	不詳
劉沛	不詳	不詳	不詳	不詳
王綺如	不詳	不詳	不詳	不詳
吳逸痕	不詳	不詳	不詳	不詳

這四十九位社員中，部分因為不是文化界人士，此前又沒有參與任何詩社或詞社等雅集活動，在天津也沒有知名度，因此生平資料已不可考。其餘則大多原籍天津，而且主要源自文化界，或寫詩填詞，或長於戲曲，或為書法家、畫家和收藏家，也有不少任職教育界和報刊界。雖然有些社員在就學時期不以國學為本科，例如向迪琮是學習土木工程，並出任天津海河工程局局長、四川大學工學院土木工程系教授，馮璞為北洋大學採礦系學生，張牧石是天津法商大學法律系學生，趙哲餘和陳機峰均曾任職會計師，陳聲聰和張伯駒投身稅務財政及金融銀行行業，杜鹿笙和周汝昌更是分別畢業於外國歷史和西語系。然而，他們均有濃厚的詩詞和文藝興趣，促成了夢碧詞社酬唱的興盛。據寇夢碧所說，社友們聚散不定，組織較為鬆散，而居於天津操持社務者，除了寇氏之外，主要有周維華、王禹人、馮璞、姜毅然、趙哲餘、陳機峰和張牧石八人，為詞社主要成員。

圖二十六：夢碧詞社成員合影

三、社集活動

夢碧詞社發起時間為民國三十二年（1943），至三十七年（1948）結束，歷時五年，出版了十期的詞刊，名為《夢碧詞刊》，內容分詞課、詩課、論文、詞話、社友簡介和詞壇近訊，每期刊出作品二百餘篇。然因刊印數量不多，再經文革動亂，現在經已散佚，筆者不但未見中國各省圖書館有收藏紀錄，甚至新近研究夢碧詞社的學人也無法徵引詞刊內容。唯現在所知詞社作品者，僅從寇夢碧《夕秀詞》、〈四十年代的天津夢碧詞社〉、章用秀〈天津夢碧詞社及作品〉尋找到一些詞題內容唱和的相關記載，包括〈臺城路・讀花外集〉、〈蘭陵王・送春〉、〈渡江雲・九日夢碧詞集〉、〈永遇樂・夢碧詞集〉、〈六醜・和清真〉、〈鶯啼序・和夢窗〉、〈臺城路・過水西莊吊津詞人查蓮波先生故園〉、〈齊天樂・過水西莊〉、〈蝶戀花・題陳少梅天寒倚竹圖〉、〈雪獅兒・熊貓〉和〈一寸金・郵花〉。

夢碧詞社的作品大抵以詠物為主，如詠蟬、詠蟹、詠熊貓、詠珍妃印、詠石膏美人、詠蘆溝曉月等，〔註 84〕這些作品都是有所寄託，具有民族意識和愛國情懷。正如寇夢碧所說：

> 蓋當時處於民族危難之中，感白雁白翎之至痛，托詠蟬詠蟹之微辭。故諸友所作，連情發藻，以意格為主，庶不悖「意內言外」之旨。〔註 85〕

可見社友們填詞，均奉常州詞派「意內言外」之旨，以自然景物和文物為題材，寄託國家淪陷日本的傷痛，以及民族危難的家國情懷。社員顧愷白就嘗有贈句云：「殘山剩水廢登臨，結社吟秋感慨深。爭詫《補題》工詠物，事誰知字字楚騷心。」〔註 86〕道出了夢碧詞社結社於易代之際，仿效南宋遺民詞集《樂府補題》的精神，唱出家國破亡的悲歌，沉鬱頓挫，感慨尤深。

雖然詞社作品多已散佚，但當年的社集形式，仍被記錄下來。據寇夢碧自述，詞社每半個月舉行一次雅集，社課由社友輪流命題。寇氏在餘興之時，更提出作蝴蝶酒會，並解釋說：

> 所謂「蝴蝶」有二義：一諧「壺碟」二音，一象形壺為蝶身，碟為兩翅，即每社友攜一壺兩碟，以為醵飲之資。席上文字遊戲，如連

〔註 84〕章用秀撰：〈天津夢碧詞社及作品〉，頁 159。
〔註 85〕謝草撰：〈四十年代的天津夢碧詞社〉，頁 143。
〔註 86〕謝草撰：〈四十年代的天津夢碧詞社〉，頁 143。

> 句、詩鐘、酒令、謎語等。對聯酒令，出令人隨意指出一人，說一切合對方身份上聯，然後由對令人對一切合出令人身份下聯。〔註 87〕

意思是由主人出酒一壺，與會者每人攜帶菜餚一味，不計精粗，並輪流擔當東道主。〔註 88〕筵間社員們還會拿出自己的作品，互相賞析，談笑風生，也會做連句、詩鐘、酒令、謎語等文字遊戲，非常熱鬧。

自民國三十七年（1948）後，夢碧詞社活動減少，甚至詞社名義已不存在。儘管如此，但居於天津的詞友們仍然偶爾聚會，舉行小集。集會地點有馮孝綽之小不食㒵齋，姜毅然之十二石山堂，張牧石之夢邊廬，孫正剛之晉齋，陳機峰之琴雪齋，張輪遠之石蓮庵，楊軼倫之自怡悅齋，陳芳洲之槐陰小築，王伯龍之摩訶室，王禹人之恬靜齋。而每次聚會的活動，或連句，或折枝，或為商燈之戲，人數不過三五人。〔註 89〕

一九五零年，張伯駒在北京發起庚寅詞社，寇夢碧與孫正剛、周汝昌二人也應邀入社。寇、周、孫三人此時皆三十歲左右，頗得當時文人揚譽，號為「津門三君」，詩人關賡麟（1880～1962）有〈三君詠〉的詩作。後來，孫正剛又作〈後三君詠〉，指寇夢碧、陳機峰和張牧石。寇夢碧有紀事詩兩首云：「玉瀾無復絳紗籠，寂寞吳江弔冷楓。老屋三間詩夢好，城南社又轉城東。」〔註 90〕「冷鷗三兩送歌闌，燈火斜街喚夢難。猶有梅花伴吹笛，愿留殘雪護春寒。」〔註 91〕第一首寫出了津門六十年來社事唱酬連續不斷之迹，第二首則述說近年社友凋零、唱酬落拓之感。直至文化大革命（1966～1976 年），鬼蜮橫行，詞人罹難者多，寫詩填詞更少。當時，寇夢碧、陳機峰和張牧石三君，相約每年夏晚，於海河岸小集納涼，作詩鐘文字遊戲。十年以來，得千餘條，匯刊為《七二鐘聲》。然而，在這十年浩劫中，尚有少數青年好學者，包括曹長河、楊紹箕、王煥墉、蔣倬雲、王螯堪等人，鑽研詩詞，與寇夢碧三人互相往還，多有請益，儼然延續夢碧詞社的唱和。

四、詞作主題

民國二十六年（1937）七月七日，盧溝橋事變爆發，中國全面抗日戰爭

〔註 87〕謝草撰：〈四十年代的天津夢碧詞社〉，頁 144。
〔註 88〕魏新河著，劉夢芙校：《詞林趣話》（合肥：黃山書社，2009 年），頁 294。
〔註 89〕謝草撰：〈四十年代的天津夢碧詞社〉，頁 146。
〔註 90〕謝草撰：〈四十年代的天津夢碧詞社〉，頁 147。
〔註 91〕謝草撰：〈四十年代的天津夢碧詞社〉，頁 147。

正式開始。二十九日凌晨二時，中國軍隊因傷亡慘重，被迫撤離天津，天津淪陷。隨後，由日操縱的偽政權天津地方治安維持會成立，高凌霨出任偽河北省省長兼天津市市長。高氏與日偽勾結，推行殘暴統治，人民生活在水深火熱之中。二十八年（1939）四月繼任偽天津市市長的溫世珍，不但發起「獻銅獻鐵運動」，甚至將白麵、大米列為禁品，且以黑豆、山芋、豆餅等為代用糧，促使糧價猛漲，民眾生活苦不堪言。當時淪為乞丐的有八千八百多人，近三千人成為無業遊民，因饑餓而死於街頭者也有二百四十人。如此困苦艱難的生活，各階層抗日的情緒日趨高漲。夢碧詞社就是在這腥風血雨中，堅持不懈地唱和，藉著詩詞記錄天津淪陷期間百姓的苦況，並抒發國家破亡的悲痛，流露出詞人愛國愛民的心。

（一）國家淪陷，感時傷世

八年淪陷，國家破亡。日軍殘暴的統治手法，造成無數的生靈塗炭。民國三十四年（1945）八月，日本宣布無條件投降。寇夢碧在《民國日報》先後發表〈津門紀變雜詩〉二十首，將淪陷區內日寇濫殺無辜、戕害愛國志士、掠奪各種資源糧食，以及市長與日本勾結的醜惡、百姓無以為生的慘況，如實記錄下來。〔註 92〕淪陷期間，詞社嘗以南宋遺民詞人王沂孫的詞集——《花外集》為題，用比興寄託的方式，抒發國家淪亡的悲痛。王沂孫身處宋元易代之際，親眼目睹南宋滅亡和元人的殘暴，心情非常複雜，將失國、失家、失意、失志，連同世事無常、興亡盛衰的滄桑融為一體，而寄託於春花秋月、自然山水之中，情調沉鬱悲涼。夢碧詞社詞人們生活在淪陷區，想到與王沂孫當年遭遇異族入侵的景況相似，於是以之為題材，表達他們亡國的悲哀、對日寇的憤恨和國家前路的憂慮。寇夢碧填了兩首〈齊天樂・兩宋詞人分賦得碧山〉（又名〈臺城路・讀花外集〉）〔註 93〕，其一如下：

> 白翎天地紅鵑淚，淒涼送春南浦。病葉辭蟬，么花戀蝶，何計商量去住。朱幡護取。奈顛倒殘英，幾番風雨。夜剪龍髯，攀天猶隔夢中路。　　清吟爭賞賦筆，黍離君國感，誰識幽素。秋綠懷芳，冬青弔夢，淒斷舊遊鷗侶。紉蘭墜緒。聽月底吹簫，餘有如縷。依約遙山，淡娥留碧嫵。〔註 94〕

〔註 92〕詳參謝草撰：〈四十年代的天津夢碧詞社〉，頁 143。

〔註 93〕謝草撰：〈四十年代的天津夢碧詞社〉，頁 142。

〔註 94〕寇夢碧著，魏新河編：《夕秀詞》，頁 30。

開首兩句「白翎天地紅鵑淚，淒涼送春南浦」，記述日寇出動航空兵團，以飛機對天津狂轟濫炸，天津瞬間淪陷，軍士百姓都流下亡國血淚。「病葉辭蟬」比喻遠赴異地，「么花戀蝶」則代表留守故鄉，詞人眼看時局日趨艱危，正在去留兩者盤桓，內心充滿矛盾。「朱幡護取」三句，用了唐玄宗天寶年間處士崔玄微，為了守護苑中的花朵，立了一個朱幡，使惡風無法摧殘，終令繁花無損之事，來暗指中國軍隊無力抵禦來勢洶洶的日軍。經過幾番激烈交戰，國土失陷，城內百姓慘遭屠戮。「夜剪龍髯」兩句，進一步批評國民政府的軟弱，要收復失地更嚴峻艱難。下片抒發黍離之悲，以「黍離君國感」一句直接表達國家破亡的哀痛。同時，詞人用南宋汐社遺民詩人的〈冬青詩〉，隱喻日軍的兇殘，抒發對國家的忠愛和政府無力的憤慨，情感沉摯深切。再看其二：

> 晚蟬花外沉孤韻，江山夕陽深處。春水垂楊，寶簾新月，長憶故家眉嫵。滄波路岨。算夢到驪宮，素鷗沉羽。刻骨騷情，人間天上寸心苦。　　神州曾幾換劫，帝心胡此醉，鶉首輕付。桃扇歌塵，蘆溝魅影，一例傷心南渡。于喁寸土。忍雁口光陰，補題重賦。共命危弦，半燈尋夢語。〔註95〕

上片用了王沂孫《花外集》〈眉嫵‧新月〉一首的意象入詞，並直接以「花外」、「新月」、「眉嫵」，來表達對國家的思念。開首寫夕陽落下，漸漸消失在地平線下，蟬兒低鳴，四周氛圍一片孤寂落寞。一彎新月從簾間透出，勾起了詞人對淪陷前故國的追憶。「滄波路阻」句，直接發出恢復故土路途艱難的心聲。即使國民政府，也無力抵禦強大敵國的勇猛進攻。「刻骨騷情，人間天上寸心苦」兩句，總結詞人對時局紛亂的悲哀，以及刻骨銘心的沉痛。下片從悲傷中激起憤慨，「神州曾幾換劫」一句，寫日本從九一八事變（1931年9月18日）起，不間斷地蠶食中國領土，侵吞中國東北地區，甚至建立「滿洲國」。直至七七事變（1937年7月7日），北平、天津相繼淪陷，中日戰爭全面爆發，華北地區的土地都被日本佔領，詞人感嘆國家多災多難，內心極其沉痛。「帝心胡此醉」兩句，責難國民政府戰略昏昧，以至國土失陷，輕易為日寇所得。「輕付」二字，更流露出百姓的悲苦和對國家失守的憤恨。「桃扇歌塵」三句，以《桃花扇》所寫明室南渡為喻，指蘆溝橋一役慘敗後，國民政府撤軍退讓，將重蹈覆轍，為異族所亡，詞人為此深感擔憂。「于喁寸土」三句，借

〔註95〕寇夢碧著，魏新河編：《夕秀詞》，頁31。

馬志遠〈漢宮秋〉「似箭穿雁口，沒個人敢咳嗽」一語，〔註 96〕指在當時日寇暴戾的統治下，文人們只可以忍氣吞聲，模仿南宋遺民們唱和《樂府補題》的亡國之音，與友人們相濡以沫，以詞來寄託國家破亡的悲痛和對時局的憂虞，音調淒咽低迴，沉鬱哀切。

（二）國共內戰，山河殘破

民國三十四年（1945）八月十五日，日本宣布無條件投降。九月九日，日本部署於中國近百萬名軍隊於南京向蔣中正宣布投降，並相繼撤離中國。經歷了八年淪陷的艱苦歲月，天津終於迎來光復。正當國家亟須重建，經濟民生亟待恢復之際，一場戰爭正在醞釀中。自從抗日戰爭結束後，國民政府軍與共產黨部隊的衝突已益加劇，雙方進行了多次談判，卻未有結果。三十五年（1946）三月，國共兩黨第二次合作徹底破裂，於是爆發內戰，展開在東北、中原、華北等地區的爭奪。百姓期待和平的願望再次落空，各地烽煙四起，哀鴻遍野。三十六年（1947）的重陽節，夢碧詞社舉行一次雅集，劉雲孫以「丁亥重陽」為題，社友們以詩寫史，將戰爭的禍害，百姓流離失所的慘狀，毫不保留地呈現出來。據寇夢碧記載，各人的詩作如下：

> 陸純明詩云：「萬里龍沙鋪戰骨，連天烽火銷人漿。雲愁風慘聞鬼哭，亂魂飛散高山窟。」楊紹顏云：「歲丁厄運話封世，遍地烽煙羽檄馳。兵雨劫風重九冷，桂薪珠米大千危。」楊軼倫云：「萬方多難腸應斷，一事無成鬢已蒼。家國滄桑無限恨，豪情不復少年狂。」康仁山云：「烽火漫天悲鶴唳，雲煙遍地泣鴻哀。重陽不敢題糕字，可惜蒼生罹劫灰。」鄭阜南云：「時世如今傷變亂，登高惟有望烽煙。」寇泰逢云：「亂雲迷白雁，浩劫換紅羊。」〔註 97〕

相對於詩歌直記其事，直接抒情的方式，寇夢碧當日也填了一首〈渡江雲·九日夢碧詞集〉，以委婉含蓄的詞體，寄託國共內戰，同袍相爭的悲痛：

> 鏡天沉悄碧，九州雁外，風雨一危樓。登臨淒萬緒，節物依然，人自不宜秋。紅萸烏帽，更能消、幾度清遊。生怕遣、驚塵移海，無地著閑鷗。　　淹留。雲邊閑味，劫罅歡悰，盡簪花載酒。又爭知、愁深酒淺，鬢改花羞。歲寒心素憐同抱，向何日、散髮扁舟。吟望

〔註 96〕見謝草撰：〈四十年代的天津夢碧詞社〉，頁 142。

〔註 97〕轉引自楊傳慶撰：〈寇泰逢與夢碧詞社〉，華東師範大學編：《詞學》（上海：華東師範大學出版社，2016 年），第三十六輯，頁 210。

苦，宵來有夢相酬。〔註 98〕

上片寫詞人登樓遠望，神州大地風雨飄搖，岌岌可危。雖然觸目淒涼，愁緒萬端，遊人們依舊在這重陽佳節登高，簪著花朵，飲菊花酒，遊覽野外風光。然而，詞人卻無心清賞，明知不宜滿懷愁緒，但一看到當時戰塵遍地，國共爭權，結局誰勝誰負，仍未分曉，不禁為國家前景擔憂。下片「淹留」二字，寫作者滯留當地，只能在燹火劫灰的縫隙間，借酒銷愁，苦中作樂。「歲寒心素憐同抱」兩句，表達自己愛國的心志，寄望戰事早日結束。「散髮扁舟」一語，用李白〈宣州謝朓樓餞別校書叔雲〉中「人生在世不稱意，明朝散發弄扁舟」句，〔註 99〕有遠離紛擾的環境，擺脫煩憂之想。但是，這只是詞人的空想，最終只能把內心的愁苦寄於詞中。

（三）時移世易，盛衰有時

民國三十六年（1947）秋天，社員們在天津老城以西、南運河南岸的紅橋區水西莊舉行的一次社集，參與者有寇夢碧、周公阜、周汝昌、馮孝綽、趙浣鞠、馬醉天、王禹人、楊紹顏、顧傳湜和陳玉夫共十人。周汝昌和寇夢碧均有社作，兩人的作品均藉水西莊昔盛今衰的景況，帶出戰爭頻仍，社會動亂，文化摧殘的悲歎：

> 茫茫何處尋詩酒？西莊市聲喧亂。藤架飛香，竹軒攬翠，華屋山丘都換。漫憑指點。嘆豆葉瓜苗，是曾開宴。綠到河門，垂楊不見信安遠。　　東南一派曼衍。望名園帶水，花樹餐岸。滿座笙歌，一欄帆影，誰立爽秋樓半？滄波放眼。但雲氣三山，年華一箭。斷瓦同銷，斜陽耕廢畎。〔註 100〕（周汝昌〈臺城路・過水西莊弔津詞人查蓮坡先生故園〉）

水西莊位於今天津市紅橋區，是清朝查日乾、查為仁父子在雍正元年（1723）創建的私家園林。水西莊建成後，成為文人墨客常來之地。乾隆時期，查為仁（蓮坡）經常邀南北過往的名士在水西莊宴集，並在這裡與厲鶚箋注《絕妙好詞》。三百多年過去了，詞人們來弔念查蓮坡故園，又有甚麼感受呢？「茫茫何處尋詩酒？西莊市聲喧亂」兩句，寫水西莊荒廢凋零，到處只有一片喧

〔註 98〕寇夢碧著，魏新河編：《夕秀詞》，頁 17。

〔註 99〕詹鍈主編：《李白全集校注彙釋集評》（天津：百花文藝出版社，2010 年），第五冊，頁 2567。

〔註 100〕轉引自章用秀撰：〈天津夢碧詞社及作品〉，頁 161。

亂。「藤架飛香，竹軒攬翠」兩句，想像當年水西莊裡種植各種花卉，翠竹數畝，芳香四溢的清幽風景。「華屋山丘都換」句，再寫現在景物迥異。其實自光緒以還，水西莊已被軍警所占，園林破壞殆盡。後來配合城市建設，水西莊原址先後建起聚豐曲店、貧民小學校、濟安自來水公司和北洋火柴公司，就如同周氏詞中所言「華屋山丘都換」。民國二十二年（1933），嚴智怡主持的天津中山公園董事會，發起成立「天津水西莊遺址保管委員會」，計劃保護並修復水西莊，惜因戰亂而終止。「漫憑指點」五句，眼前一片豆葉瓜苗的農田，昔日垂楊綠水不再，詞人很難相信這裡曾經是文人學士聚會的園林。下片「東南一派曼衍」六句，再懷念昔日名流在花草茂盛的園林歡聚，笙歌暢遊的美好時光。「滄波放眼」五句，寫滄波茫茫，社會經歷數次戰亂，水西莊只剩頹垣敗瓦，淒涼蕭條，凸顯了時代衰落。

寇夢碧〈齊天樂・過水西莊〉一首，同樣抒發了時移世易，昔盛今衰的感嘆：

> 錦鯨仙去瓊簫冷，悲風替吟宮羽。髡柳經霜，寒鴉噤月，寥落名園誰主。朱歌翠舞。盡化作秋來，釀愁煙雨。淚鎖荒苔，古花猶篆壓簾句。　　詞靈應亦識我，奈雲埋玉筍，歸鶴迷路。金雁移箏，銅駝換世，始信繁華無據。徘徊自語。歎心力空拋，綺年輕誤。寂寂湖山，素絃誰共撫。〔註 101〕

上片刻劃出一輪冷月升起，寒鴉噤聲，柳條枯萎的景象，凸顯水西莊蕭瑟凋敝，往昔玉笙簫管的音樂已盪然一空。「寥落名園誰主」一句，反問誰是這個寥落冷清、人跡罕至的名園的主人。「朱歌翠舞」三句，寫昔日水西莊聲色美妙的歌舞，已經幻化為眼前煙雨迷濛，惹人愁緒的秋景，感慨昔盛今衰。下片「詞靈應亦識我」三句，寫國家遭遇日本侵略、兩黨內戰，早已積弱無力，詞人有感前路茫茫，懷才不遇。「金雁移箏」三句，寫國家破亡，時移世易，歷史有盛有衰。面對政局不穩，國共兩黨勝負未分的情況下，詞人心意躊躇不定，感嘆自己枉費心力，空有抱負，無奈年華逝去，卻依然寂寂無聞的悲慨。

小結

自從第二次中英戰爭（1860 年）後，天津成為開放的通商口岸。直至民

〔註 101〕寇夢碧著，魏新河編：《夕秀詞》，頁 29～30。

國三十四年（1945），天津先後成為了英、法、美、德、日、俄、意、奧、比九國租界，各租界區的文化、制度、建築風格甚至法律都不盡相同，形成了天津東西文化交融的特色。與上海情況相近的是，民初天津詞人大多是由外地流寓而來的遺民，他們或是親近遜帝溥儀，或是籌謀復辟，唱和內容環繞著民國政局的衰敗和思憶前朝的音調。直至日本侵華時期，天津本土詞人群體興起，他們懷著地域文化的特色，洋溢市井通俗之氣，在詞學上主張回復詞的本色，做到曉暢易明的地步。隨著中日戰爭進行得如火如荼，詞社轉向激發民族情懷，高唱愛國反戰之音，並藉著當時報刊廣為流傳，使夢碧詞社成為中華人民共和國成立前最後一個大型詞社。

第六章　其他地區的詞社：地域政治與文化的體現

民國時期的詞社，大都集中在上海、江蘇、北京和天津一帶，其他省分如四川、安徽、浙江、福建、湖湘和廣東等地則顯得寥寥落落，成為詞學的邊緣區域。這主要的原因有二：一是政治經濟發展不平衡；北京作為前朝都城，自晚清以降都是全國政治中心，薈萃國家文化精英，容易形成詞人社團。上海又為外國庇護的租界，經濟文化發展迅速，提供較多工作機會，帶動了整體文化市場。二則是詞人領袖的群體效應；寓居上海的詞壇巨擘朱祖謀，與在江蘇南京校園以至文人之間發起酬唱的吳梅，以及兩人的傳承弟子共同維繫詞社唱和，都促使上海和江蘇詞壇的繁盛。至於其他地區，例如本章探討的四川成都、安徽蚌埠和浙江溫州三個地方，都因為缺乏長期寓居當地的詞壇領袖，而且四川和安徽同樣在民國初年成為了軍閥鬥爭的核心區域，所以成都的春禪詞社和蚌埠的戊午春詞社均在社作中反映了地方政權鬥爭。至於溫州的甌社，則主要書寫當地自然和文化景觀，三者皆體現了地域文學的特點。

第一節　春禪詞社（1916～1917）：四川政局與愛情聯章詞

春禪詞社是民國初年在成都創立的一個和作的詞社。民國六年（1917）三月三日，四川榮縣詞人趙熙（1867～1948）為了唱和已故成都詞壇耆宿胡延（1862～1904）的詞作，於是填了〈八聲甘州〉十二首組詞，並寄予錦城詞社，促成了社員們的和作。兩個月後，彙刊為《春禪詞社詞》。扉頁由社員鄧鴻荃（1868～1926？）題字，並附有趙熙撰寫的序言一篇。〔註 1〕社集出版後，趙熙離開成都回榮縣，而川滇兩軍因編制問題而在內江、威遠、榮縣等地爆發戰爭，詞社活動漸趨式微。

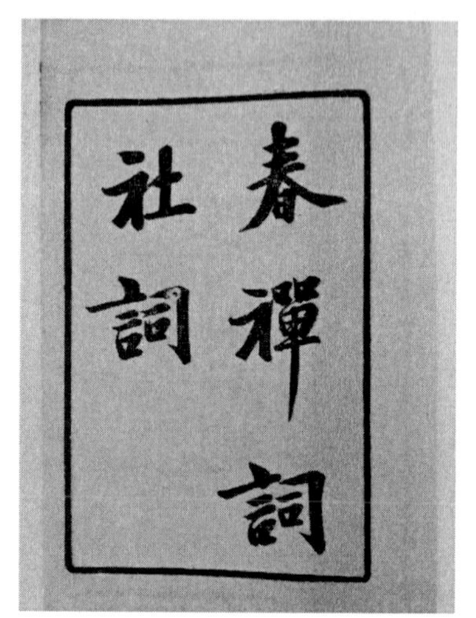

圖二十七：《春禪詞社詞》書影

一、詞社緣起

（一）賡和胡延詞作

關於春禪詞社的緣起，趙熙〈春禪詞社序〉有清楚的說法：

> 成都胡延長木，清官江蘇糧儲道，卒十踰年矣，著《苾芻館詞》。中與樊山唱和，有〈甘州〉十二憶。戲和之，寄錦城詞社，社中八聲競作。獨林子山腴哀手曰：我乃不成一憶，羣詛其惰未之能改也。已而宋芸子前輩出閏花朝詞，仍寄〈甘州〉舊調。自謂禪心冷定，不復作綺語。然則綺語，特不冷不定耳，固亦禪心也。客有裒斯，作者因題曰《春禪詞社詞》。丁巳三月三日趙熙。（頁 387）

開首提及的胡延，字長木，號研孫，齋號苾芻館。原籍成都，是光緒十一年（1885）優貢，歷任山西平遙及永濟縣知縣、江蘇江安糧儲道。胡氏工於填

〔註 1〕趙熙等撰：《春禪詞社詞》，載南江濤選編：《清末民國舊體詩詞結社文獻彙編》（北京：國家圖書館出版社，2013 年），第七冊，頁 381～438。本文引用社作據此版本，下文僅住頁碼，不復出注。

詞，編《苾芻館詞集》六卷。詞集收錄了胡氏與樊增祥（1846～1931）唱和的〈八聲甘州〉詞。因填了十二首，每一首均以「憶」字開首，故稱這一組詞為「十二憶」。詞人趙熙一時詞興大發，賡和了胡延這〈八聲甘州〉「十二憶」的組詞，並郵寄予錦城詞社。社中八人競相和作，促成了詞社的創立。趙熙更戲謔說，社員林思進（山腴）（1874～1953）因為個性懶惰，沒有填出一首。宋育仁（芸子）（1857～1931）後來參與唱和，卻沒有收錄於社刊中。社員們將同人詞作並胡延的原作，裒輯為《春禪詞社詞》。

二、詞社發起時間、社名、發起人及社員

（一）詞社發起時間

關於詞社發起時間，雖然趙熙〈春禪詞社序〉中題曰「丁巳三月三日」，即民國六年（1917）。然而，這應該是社作正在校對，準備彙刊出版，趙熙補上序文的日子，而不是詞社創立的時間。據王仲鏞〈趙熙年譜〉民國五年丙辰（1916 年）一則載：

> 春夏間，與胡薇元、林思進用「源」字韻為詩相唱和，多至五十餘疊。繼復寄興於詞，而宋育仁、鄧鴻荃、鄧鎔、路朝鑾為一時詞友，門人辛楷亦擅其能。〔註 2〕

記述民國五年（1916）春夏間，趙熙先和林思進以明信片的方式唱和，其時趙氏尚在四川榮縣幽居。至夏天應四川督軍省長蔡鍔（1882～1916）之邀赴成都，蔡鍔有意請趙熙出任財政廳長，趙熙力辭。然而就在這段旅居成都期間，趙熙和林思進、宋育仁等人結成詩社，林氏有詩題曰〈喜趙堯翁來成都，宋芸老育仁招飲問琴閣為詩社，因作贈趙、兼呈芸老及同社諸子〉，並附有宋育仁之作，題為〈詩社作，即酬胡孝博先生、林山腴、胡鐵華，兼柬同社趙堯生、楊範九、尹仲錫、鄒懷西、周紫庭〉〔註 3〕。學人陶道恕〈趙熙〉一文又載曰：「趙熙客游成都，同蜀中名流宋芸子、方鶴齋、鄧休庵，林山腴等結錦江詞社。」〔註 4〕可見蜀中名流們最先寫詩，後來又寄興於詞。由於與會者都是詩詞兼擅，他們對於詩社和詞社大抵沒有明確區分。同年秋間，趙熙返回

〔註 2〕王仲鏞撰：〈趙熙年譜〉，載王仲鏞主編：《趙熙集》（成都：巴蜀書社，1996 年），頁 1316。

〔註 3〕林思進著，劉君惠、王文才選編：《清寂堂集》（成都：巴蜀書社，1989 年），頁 65～66。

〔註 4〕陶道恕撰：〈趙熙〉，《成都大學學報》，1998 年，第 2 期，頁 51。

榮縣，並在次年（1917）填了十二首〈八聲甘州・戲和苾芻館〉組詞，寄給詞社同人，才將這次唱和定名為春禪詞社。總括而言，詞社的成立時間應該是民國五年（1916）夏秋間。

（二）社名

關於詞社的名稱，趙熙序中曾稱曰「錦城詞社」（頁 387），然在詞集又嘗稱作「成都詞社」和〔註 5〕「錦江詞社」〔註 6〕，後來社集刊刻，又題為「春禪詞社」。由於趙熙所云「成都詞社」和「錦江詞社」兩首作品同樣是民國六年（1917）所寫，「錦城詞社」、「春禪詞社」又是民國六年（1917）趙熙親自所題，如果將這四個視為不同的詞社，這就不容易解釋。因為這四個名稱均出自趙熙的說法，而且時間是同一年，地點亦是指四川詞社，錦城、錦江和成都同樣是四川的代稱，只是春禪詞社沒有地理位置的提示。我們或許可以這樣推測，是詞社最初成立之時，並沒有一個確定的名稱，只根據地理位置來稱之曰「錦城詞社」、「成都詞社」或「錦江詞社」，到後來社員們打算出版趙熙和四川社員們唱酬的〈八聲甘州〉組詞，始由趙熙撰序，並定名為「春禪詞社」。

至於春禪詞社社名由來，趙熙〈春禪詞社序〉嘗云：

> 已而宋芸子前輩出閏花朝詞，仍寄〈甘州〉舊調。自謂禪心冷定，不復作綺語。然則綺語，特不冷不定耳，固亦禪心也。客有裒斯，作者因題曰《春禪詞社詞》。（頁 387）

說出春禪詞社來自宋育仁（芸子）的「禪心冷定，不復作綺語」。宋育仁認為填詞阻礙禪修心性，於是在民國六年（1917）春不再填詞。至於趙熙對結社填詞的態度則與宋育仁不同，並指出不冷不定的「綺語」亦是「禪心」，加上時值春季，於是取名春禪詞社，並將是唱和胡延的作品，定名為《春禪詞社詞》。

（三）發起人和社員

關於詞社的發起人，如果追溯至民國五年（1916）夏秋間，趙熙赴成都，

〔註 5〕趙熙《香宋詞》撰於民國六年（1917）的詞作，其中一首〈瑞鶴仙・正月十九成都詞社展壽蘇之會，用韻和之〉，其詞題稱「成都詞社」。見王仲鏞主編：《趙熙集》，頁 1063。

〔註 6〕趙熙《香宋詞》撰於民國六年（1917）的詞作，其中一首〈三姝媚・端午寄錦江詞社〉則將詞社稱為「錦江詞社」。見王仲鏞主編：《趙熙集》，頁 1092。

宋育仁與蜀中文人在問琴閣舉行詩社，則知是次聚會是由宋育仁發起。然而，若僅針對春禪詞社這一段時期的唱和，則發起人明顯是趙熙。趙熙〈春禪詞社序〉云：

> 成都胡延長木，清官江蘇糧儲道，卒十踰年矣，著《苾芻館詞》。中與樊山唱和，有〈甘州〉十二憶。戲和之，寄錦城詞社，社中八聲競作。（頁 387）

《春禪詞社詞》的唱和，就是由趙熙促成的。趙熙在民國五年（1916）回到榮縣，一時興起賡和已故詞人胡延的〈八聲甘州〉「十二憶」組詞，並郵寄給四川詞社。詞社社員收到後，競相和作，才引發了這次唱和。雖然趙熙是無心發起，但卻成就《春禪詞社詞》的出現。

據《春禪詞社詞》所載，和作社員連同趙熙有七人，依次為貴陽鄧潛約齋（時年六十四）、臨桂鄧鴻荃休庵（時年六十一）、畢節路朝鑾瓠庵（時年三十九）、富順胡憲鐵華（時年三十五）、雙流江子愚子愚（時年三十一）和成都李思純哲生（時年二十五），還有序文提及的林思進和宋育仁，全數合共九人。茲據上述所載，並參考朱德慈《近代詞人考錄》〔註 7〕和曹辛華〈民國詞人考錄〉〔註 8〕，將九位社員生平資料，概述如下：

表三十八：春禪詞社社員名錄表

姓　名	生卒年	號	籍　貫	備　註
鄧潛	1856～1928	約齋	貴州貴陽	光緒十五年（1889）進士，選翰林院庶起士，散館出為四川富順知縣，遷邛州知州，過班道員。鼎革後流寓成都，工詩，晚歲始填詞，著《牟珠詞》一卷、補遺一卷。
宋育仁	1857～1931	芸子	四川富順	光緒十二年（1886）進士，授翰林院庶起士，改任檢討。二十年（1894）出使英法意比四國公使參贊，回國後參與維新組織「強學會」。二十二年（1896），主持四川商務礦務，並設立商務局，為四川紳商領袖。次年（1897）創辦重慶第一家愛國雜誌《渝報》。民國三年

〔註 7〕朱德慈著：《近代詞人考錄》（北京：中國社會科學出版社，2004 年）。

〔註 8〕曹辛華撰：〈民國詞人考錄〉，載曹辛華著：《民國詞史考論》（北京：人民出版社，2017 年），頁 415～585。

				（1914），赴京任國史館纂修並主持館務，歷任四川國學學校校長、四川國學會會長、四川通志局總纂。晚年隱居成都東郊獅子山專心修志著書，不問世事，編撰《四川通志》與《富順縣誌》。著《城南詞》一卷、《問琴閣詞》一卷。
趙熙	1867～1948	香宋	四川榮縣	見表五：「漚社社外詞侶名錄表」。
鄧鴻荃	1868～1926？	休庵	廣西臨桂	光緒十五年（1889）舉人，官四川候補道。詞人王半塘妹婿，著《秋雁詞》一卷。
林思進	1874～1953	山腴	四川成都	光緒二十八年（1902）舉人，官內閣中書。自民國七年（1918）起在蜀中執教，先任華陽中學校長，後歷任四川省高等師範學校教授、成都大學教授、華西協合大學教授、四川大學教授和四川省文史研究館副館長。十九年（1930），參與編纂《華陽縣誌》。著《清寂堂詞錄》五卷。
路朝鑾	1880～1954	瓠庵	貴州畢節	見表五：「漚社社外詞侶名錄表」。
胡憲	1881～1951	鐵華	四川富順	民國時期四川鹽業胡慎怡堂負責人，曾參加民主黨、同盟會。先後擔任自貢民團督練總會辦、自貢政公所所長、川康督辦公署機要秘書、富榮鹽場東西兩場場商聯合辦事處主任、貢井鹽場評議公所議長等。
江椿	1887～1960	子愚	四川雙流	光緒三十年（1904）舉人，選為京官，供職吏部、民政部七品京官。辛亥革命後，受四川軍政府之聘，任四川《國民公報》主筆兼總編輯。民國十一年（1922）任四川永甯道公署秘書，歷任雙流縣文獻征訪處主任委員、成都市政公署顧問、秘書長、四川軍務署顧問、四川省政府政務視察員、川康綏靖公署顧問。著有《聽秋詞》、《冬青詞》、《椒華詞》等。
李思純	1893～1960	哲生	四川成都	民國八年（1919）留學法國巴黎大學，後轉赴德國柏林大學留學。歸國後，任東南大學、四川大學等校教授。1953 年出為四川文史研究館館員，是著名歷史學家、元史學家。著有《李思純文集》。

從上述社員名錄來看，他們大部分都是原籍四川或貴州（除了鄧鴻荃），地理位置上屬於中國的西部，可以說是地域型的詞社。社員們幾乎都考過清朝的科舉功名，江椿更是趕上最後一屆的科考，而且有數位擔任京城的官員，如宋育仁、趙熙、林思進和江椿。只有胡憲是道光時期鹽商胡元海（1794～1874）的後人，承襲並打理四川省自貢市胡慎怡堂的鹽業，是商人而非文人。至於最為年輕的李思純，參與詞社時僅二十五歲，是剛從法國巴黎大學和德國柏林大學留學歸國的學生。辛亥革命以後，一眾社員主要參與報刊編輯、縣誌編纂和教學等文化教育活動，如宋育仁，在前朝時期積極參與政治活動，嘗任出使英法意比四國公使參贊，著意考察西方社會、經濟、政治制度，策劃維新大計，提倡民主共和。回國後又參加維新組織「強學會」，主講中國自強之學。但自維新變法失敗、辛亥革命成功以及民國政局的發展，都使他悲憤莫名，逐漸退出政治舞台，只願出任國史館纂修、學校校長、四川通志局總纂等職務，晚年更隱居成都東郊獅子山修纂志書，不問世事。又如趙熙，在前朝擔任過國史館協修和纂修，於鼎革後為了避免袁世凱的拉攏，更攜眷避居上海租界，民國三年（1914）回榮縣定居後，從此以逸民自處，閉門講學，讀書作詩，書畫自娛，不再出仕。五年（1916）雖然被蔡鍔邀往成都，欲授為財政廳長，但趙熙力辭，更不辭而別。其餘如林思進、路朝鑾、江椿和李思純四人，均在蜀中擔任教席，或出任通志館、文史館職務。

三、社集活動

春禪詞社的發起時間為民國五年（1916）夏秋間，最初成立的原因是趙熙來成都，當時詞社還沒有固定的名稱。社員林思進《雪苑詞》〈自序〉云：

> 丁巳、戊午年間趙堯翁來成都，宋問琴、胡玉津、鄧休庵約結詞社，所謂白秋海棠、黛黛花皆予主社時題。然諸公多喜慢調，而予厭韻律束縛，雖有唱和，不自謂能，故堯翁謚予以懶。〔註 9〕

見詞社成立時的概況，參與者尚有胡玉津，他們設有主課者，並以填慢詞為主。林氏自謂擔當主課者時唱和的「白秋海棠」和「黛黛花」兩闋，趙熙同樣有和作，分別是〈惜秋華・白秋海棠〉、〈薄幸・八十松風館海棠最勝，吟者多尚白，蓋標其好之清也，余有譏焉。補紅海棠詞〉和〈露華・黛黛花，吳淞茗

〔註 9〕林思進著：《雪苑詞》，轉引自毛欣然撰：〈成都詞社考——兼談趙熙在成都詞社中的地位與影響〉，《蜀學》，第十五輯，頁 178。

也，青城石室約賦工〉。除了填詞之外，剛開始時更有詩歌唱和，如民國五年（1916）中秋過後，趙熙將返回榮縣，成都朋友們為之送行，社員李思純就寫了〈八月二十三日集江樓送別堯生先生歸途日占〉。趙熙填了〈翠樓吟・江樓送別三十九人，愴然賦此〉，又有〈江樓送別十四首〉詩分別送給胡玉津、宋育仁、鄧鴻荃、尹昌齡、林思進、盧師諦、路朝鑾、江椿、李思純、夏篤生、周竺君、虞白史、劉長途、劉孝述、楊湘丞、樊起鴻和胡憲，從中可知部分送行的文人，人數多達三十九人。自從這次中秋之別後，直至春禪詞社唱和前，趙熙和文人們僅有書信唱和，填了〈前調・端午寄錦江詞社〉和〈傾杯樂・用耆卿韻寄錦城〉兩首詞，並無正式雅集活動。

民國六年（1917）三月前，趙熙賡和胡延的〈八聲甘州〉「十二憶」組詞，並郵寄給詞社。社員們收到後，競相和作，同年五月《春禪詞社詞》刊刻出版。整個唱酬過程大抵用了半年時間，當中應該沒有舉行聚會唱酬，僅以郵寄方式，互相傳遞詞作。根據《春禪詞社詞》所載，趙熙填了〈八聲甘州・戲和苾芻館〉十二首組詞，每一首均以「憶」字開首，依次為憶來、憶去、憶眠、憶食、憶坐、憶立、憶愁、憶笑、憶起、憶醉、憶行、憶浴，合稱〈八聲甘州〉「十二憶」。後來鄧潛、鄧鴻荃、路朝鑾、胡憲、江子愚和李思純六人也和作了趙熙這〈八聲甘州・戲和苾芻館〉十二首組詞，每人依次唱和十二首，連同詞集所附胡延的原作十二首，《春禪詞社詞》合共收錄了九十六詞，選調全是〈八聲甘州〉。社集鏤版後，詞社未知是否還有後續活動，然只有詞集一卷問世。

四、詞作主題

《春禪詞社詞》所收錄的分別是趙熙、胡延、鄧潛、鄧鴻荃、路朝鑾、胡憲、江子愚和李思純的〈八聲甘州〉「十二憶」的組詞，每一首均以「憶」字開首，是傳統男女相思愛戀，離愁別緒的愛情詞。然而，在社集《春禪詞社詞》之外，趙熙和社員們卻不乏反映四川境內，軍閥內訌，互相攻伐的亂世唱和，將當時戰爭的血腥殺戮和百姓生活的艱苦呈現出來，極具詞史意義。

（一）戰亂頻仍，民不聊生

自從中華民國成立後，因為袁世凱向英、法、德、日、俄五國銀行團簽訂借款合約，並派人刺殺國民黨理事長宋教仁，於是以孫中山為首的革命派，迅速發動反對袁世凱的武裝鬥爭，稱為「討袁之役」。江西、江蘇、安徽、上海、廣東、福建、湖南、四川等地，一度脫離北洋政府獨立。雖然討袁之役失敗，但隨著袁世凱在民國四年（1915）十二月成立君主立憲帝制，即觸發蔡鍔、唐繼堯和李烈鈞等不滿，宣布雲南獨立，並組織討袁護國軍，發動反北洋政府的內戰。北洋軍與護國軍於貴州、四川和雲南展開激烈的戰爭，造成滇、川戰火不息的局面，禍害嚴重。成都詞人們面對如此慘況，不禁抒發國家滅亡、山河破碎的悲哀，趙熙填了〈婆羅門令〉，詞題云：「兩月來蜀中化為戰場，又日夜雨聲不絕，楚人云：『后土何時而得乾也。』山中無歌哭之所，黯此言愁」：

> 一番雨、滴心兒醉。番番雨、便滴心兒碎。雨滴聲聲，都裝在、心兒裏。心上雨，幹甚些兒事。　　今宵雨、聲又起。自端陽、已變重陽味。重陽尚許花將息。將睡也、者天氣怎睡。問天老矣，花也知未。雨自聲聲未已。流一汪兒水，是一汪兒淚。〔註10〕

趙熙嘗自評曰：「陸淞『臉霞紅印枕，睡起來冠兒還是不整』語自姸麗，惟全篇色澤不一，不如李清照〈聲聲慢〉前後迭字相呼應為絕作。」可見他是有意模仿李清照〈聲聲慢〉的疊字方式，藉以表達蜀地淪為軍閥戰場的悲哀和愁緒。全詞以雨來貫串，寫出雨水滴滴不斷之聲，增添詞人的重重心事。從端午至重陽，四川亂事未停，干戈不止，兵器交加的聲音，夾雜雨水的滴答，層層深入，致使作者內心的充滿苦惱，徹夜難眠。最後詞人對天發問，和「流一汪兒水，是一汪兒淚」兩句，以流淚痛哭總結，以示絕望之意。

又趙熙另一首詞〈綺寮怨・吊杜步雲、樊孔周，清真韻〉，更寫出世道昏暗，軍閥肆意殺人。詞云：

> 喚此人間何世，老天知醉醒。為往日、二老銷亡，山河影、步步新亭。（劉、楊）思君如今更苦，光天下、夜黑磷自青。竟先後、化作長星。空山叟、破屋珠淚盈。　　去歲記尋雁程，江樓坐上，當官盼到黃瓊。按拍三清。善才韻，有誰聽。廿人乍逢魑魅，酒後語，夢中情。茅齋少城。芙蓉萬樹外，風露零。〔註11〕

趙熙詞後有案語曰：「二人因反對川軍第三師違章抽稅，被暗殺。」首二句「喚此人間何世，老天知醉醒」，直指舉世混濁，黑白是非不明。「為往日、二老銷亡」四句，感嘆杜步雲、樊孔周兩人之死，並寓意北洋政府昏庸無能，殘殺賢

〔註10〕王仲鏞主編：《趙熙集》，頁1096。
〔註11〕王仲鏞主編：《趙熙集》，頁1096。

才，痛心國家腐敗。詞中憑弔的杜步雲，乃當時四川軍需課長。至於樊孔周，則是四川企業商人，創辦了因利利織布廠、昌福印刷公司和信立錢業有限公司。民國元年（1912）被選為四川省臨時參議會議員，創辦了《四川公報》等。六年（1917）四月，川軍劉存厚和滇軍羅佩金因為軍隊編制問題而在成都發生巷戰，造成民舍三千餘戶被焚，民眾六千餘人喪生。樊氏深感氣憤，遂組織成渝總商會、教育會並各界代表通電全國，痛訴此事「貽禍人民」。後來因赴渝，要求制止川軍第三師違章抽收鹽稅，於六月九日被三師暴徒槍擊於簡陽縣施家壩，身中八彈而死。趙熙回憶起去年（1916）兩人還參與望江樓送別，賦詩填詞，盡顯才情。如今竟先後遭遇暗殺，詞人憤慨萬分，痛恨軍閥無道。二人死後，成都各界於金繩寺為之舉行追悼會，弔念他們的正義之舉和畢生貢獻。

川軍劉存厚和滇軍羅佩金的內戰，更成為詞社唱和的題材。社員鄧鴻荃的〈淒涼犯・成都亂後作〉，反映出這次內亂對百姓造成嚴重的災難，硝煙瀰漫，房舍盡毀：

> 戰雲似墨，黃昏近，春城暗淡無色。彈珠雨下，昆岡火烈，死生呼吸。摩訶舊跡，燒痕慘、空餘瓦礫。愴人民、逃生路窄，但以地為席。　　痛定還思痛，萬里因循，碧雞坊客。太平怎得，望鄉關、萬重山隔。未有歸期，算人與、黃楊度厄。記丁年、閏月二十，又七日。〔註 12〕

詞末清楚註明所記的事發生在民國六年（1917）閏二月二十七日（4 月 18 日），明確是指劉存厚和羅佩金兩軍交戰之事。此事緣由可追溯至民國五年（1916）八月底，四川督軍蔡鍔離川東渡日本，臨行前保舉羅佩金暫署四川督軍。然而，羅氏四處搜刮四川的財富，掠奪鹽稅，奉行「強滇弱川」政策，擴充滇軍，壓制川軍，甚至召開編遣會議，裁減川軍，結果激起川軍五師長聯名通電控訴。六年（1917 年）3 月，羅佩金以武力解散川軍第四師，第二師師長劉存厚乘機聯絡川軍各部，共謀以武力驅趕羅軍。至詞人所記述 4 月 18 日發生的事，就是劉存厚率部圍攻駐成都的羅佩金部隊，雙方正式爆發戰爭。全詞上片描寫兩軍交戰，城內槍林彈雨，烽火連天，戰況激烈，生靈塗炭。摩訶池的古蹟，慘遭燒毀，剩餘殘垣敗瓦。「死生呼吸」和「愴人民、逃生路窄，

〔註 12〕鄧鴻荃著：《秋雁詞》，轉引自毛欣然撰：〈成都詞社考——兼談趙熙在成都詞社中的地位與影響〉，《蜀學》，第十五輯，頁 187。

但以地為席」數句，刻劃百姓生死僅在呼吸之間，隨時遭遇戰燹，危在旦夕。他們倉惶避亂逃生，流離失所，只能以天為幕，以地為席。下片「痛定還思痛」，抒發國家內亂之痛苦，無法忘懷。戰亂難平，太平時代難得，只能無奈渡過黃楊閏年。

（二）男女相戀，情深意切

至於社員們唱和作品《春禪詞社詞》所載錄的，則是一組由〈八聲甘州〉詞調構成的愛情詞。這「十二憶」的組詞，來源自南北朝時期詩人沈約（441～513）的〈六憶詩〉。〈六憶詩〉現存四首，每首均以「憶」字開頭，分別有憶來、憶坐、憶食、憶眠。雖然這些在日常生活中已司空見慣，內容平凡普通，但由於作者以情愛的角度出發，將戀愛中真摯的感受表露無遺，因而為後人所傳頌和歌詠，更為春禪詞社的詞人們發揮，由原本僅餘的四憶詩，演化為十二憶組詞。詞的內容總體歸納都是抒發愛情的感受，但仍可以具細分為相思離愁、戀愛情深和女子嬌媚的情態，風格婉約，含蓄蘊藉。

1. 戀愛情深

〈八聲甘州〉「十二憶」的內容，雖然都是採用聯章體的形式，但卻不像沈約〈六憶詩〉的連貫性和寫個人的經歷，每一首都從旁觀者的角度出發，主要站在女子的立場，抒發女子對戀人的深切思念和彼此的甜蜜濃情，與歷代男女相思的愛情詞題材內容相近。如果將「十二憶」的次序，模仿沈約的筆法，將之編排成一個具連貫性的故事：由女子的到來，兩人深情傾訴，再回到相依相伴的旖旎生活中去，最後寫離別在即，依依不捨，則更深切動人。詞人們第一首都是寫女子的到來，胡延詞云：

> 憶來時點點繡幃旁，錦幫蹙雙鴛。只安釵掠鬢，依微閃爍，故意遷延。待把相思說與，也合儘他先。悄對無言處，暈頰紅添。　　兩匊幽情微逗，但濃時轉淡，斷處仍連。怪紅袦一抹，巧意蓄春緜。恁嬌獰、芳犀早露，是儘人、消受恣人憐。休孤負，夢催書喚，不是空言。（胡延，頁395～396）

女子羞羞澀澀的坐在繡幃旁，放鬆緊迫的雙足。她輕輕放下髮釵，故意拖延時間，為與愛郎的相處增添柔情。她很想表達自己分別以來的離別相思，又先等待著對方開口。男子同樣情深不已，兩人相對無言，含情脈脈，牽手互望。兩人感情濃厚之際，男子卻要離開，日後只能暫以書信傳情。女子看著眼前的紅袦，宛轉而細弱，彷彿心有靈犀，極盡思念不捨，惹人憐愛。臨別依依，女子催促愛郎承諾遙寄音信，別辜負她的一片真情。全篇描摹了女子的綽約嬌弱，柔情蜜意，情感坦白真摯。

再看胡憲寫的憶眠一首，詞云：

> 憶眠時胡蝶宿花房，風情到仙閨。乍迴鐙避影，衣裙半卸，西溢香霏。探手溫肌似玉，紅得海棠肥。道不曾真個，底事誰知。　舊夢擔心重做，又桃花水發，漁自空歸。幸天教回味，人有合昏時。展殷勤、宵衣互覆，最撩人、推醒記新詞。春寒夜，戲郎休恁，祗當單棲。（胡憲，頁 421～422）

起筆寫男女共度良宵的舊日記憶，描摹女子的溫婉風情。衣裙傳來陣陣芳香，似玉般柔嫩的手臂，刻劃出女子的美豔。原本在睡夢中的女子倏然醒來，回憶情人早已乘舟遠去，留著自己獨守空房，擔心像往昔曾遭拋棄。雖然心有所憂，但想起兩人曾經相聚的時光，也讓她留下了相戀的美好回憶，又令她頓感欣慰。情郎身在異地，辛勤忙碌地工作，仍然情意深厚，急切寄來書信，互通消息。最為她心動的，是一次醒來時收到情郎填來的新詞。在這春寒的深夜，雖然是獨自休眠，但她心中已被與愛郎相處的記憶和深情的思念填滿，甚至想向遠方的他訴說不用牽掛，見出女子的堅強以及對愛情的堅貞。

2. 女子情態

在詞中描摹女子的千姿百態，始於晚唐的溫庭筠。溫庭筠詞以婦女為主要題材，表現宮女、思婦、歌妓的生活，以及男女間的離情別恨，風格綺麗纏綿、含蓄隱約。如〈菩薩蠻〉詞「小山重疊金明滅，鬢雲欲度香腮雪。懶起畫峨眉，弄妝梳洗遲」，〔註 13〕描繪女子晨起妝殘紅謝的樣子。豔詞發展至南宋，劉過嘗填了兩首〈沁園春・美人指甲〉和〈沁園春・美人足〉，具體地表現女性的體態，直至朱彝尊《茶煙閣體物集》裡填了〈沁園春〉十二首，分詠美人的額、鼻、耳、齒、肩、臂、掌、乳、膽、腸、背、膝，雖是模仿劉過之作，後來更不乏唱和接響。〔註 14〕因此，馮金伯《詞苑萃編》中《品藻》一篇說：「邵亨貞有〈沁園春〉二首，一詠美人眉，一詠美人目，新豔入情。……宋人此體尚少，歷元明而盛，至國朝而朱竹垞（朱彝尊字）、錢葆分輩極妍盡致矣。」

〔註 13〕詳參葉嘉瑩著：《唐五代名家詞選講》（北京：北京大學出版社，2007 年），頁 2～11。

〔註 14〕關於豔詞的起源和發展，詳參張宏生撰：〈豔詞的發展和新變〉，載張宏生著：《清代詞學的建構》（南京：江蘇古籍出版社，1998 年），頁 60～70。

〔註 15〕春禪詞社所填的〈八聲甘州〉中，憶食、憶坐、憶立、憶笑、憶醉、憶行和憶浴這七組詞，都是描寫女子的情態。茲選了趙熙的憶笑和憶行兩首：

> 憶笑時白雪綻朱櫻，天然展春山。頓萬愁如掃，千金難買，百媚生妍。莫是謎兒猜透，意外酒輸拳。正噴鴉雛水，飛沫郎邊。　軟到無聲更膩，看雙渦紅粲，夢裏相憐。似桃花破相，月向楚宮圓。歎士龍、老來多疾，絕冠纓、無面仰青天。如皋雉，更何心去，強拽弓絃。（趙熙，頁 392～393）

> 憶行時精妙世無雙，纖纖牡丹鞋。看彩雲欲動，香霏先散，月下瑤臺。小小花甎影子，何福作青苔。遠近湔裙地，笑倩郎猜。　便送屏風上去，也寬如平地，燕子身材。惱猧兒搶路，先後不離開。挈阿侯、小鬟窩遠，為等它、已去復還來。金蓮步，與檀奴印，緊緊相挨。（趙熙，頁 394）

第一首描寫女子綻放笑容時，朱唇紅潤，牙齒雪白。看著嬌柔美麗的女子，百媚生妍，詞人內心的煩惱頓時一掃而空。彼此行酒令、猜謎語，在歡笑聲中度過美好的時光。深宵時分，詞人與女子共眠，歡聚團圓。詞中以西晉文人陸雲患有笑疾，戰國思想家淳于髡仰天大笑而掉下帽子，以及《左氏春秋》所載賈大夫如皋射雉的傳說，抒發自己年華消逝，老去多疾，只能勉強擠出一點笑容。第二首落筆點出女子走路的姿態曼妙，刻劃纖纖步履，襯托牡丹般的紅鞋。她在月下的樓臺散步，欣賞天上的彩雲。接著寫影子和青苔之幸，得到女子眉嫵的親近。詞人迎著屏風上去，卻被小狗兒阻擋著兩人相偎，於是領著女子遠去。兩人緊緊相挨，柔情蜜意。

3. 相思離愁

相思離愁是整個詞史中一個恆久又重要的內容。春禪詞社所填的〈八聲甘州〉，分別以憶愁和憶去兩題，寫出歷代為詞人所稱道的相思離愁，情感真摯。鄧潛和路朝鑾的詞云：

> 憶愁時無緒復無情，情根種心頭。為伊誰僝僽，煮同冰繭，乙乙絲抽。那得石城湖水，分向愛河流。慣惹蘭荃怨，身是靈修。　未解別離滋味，見青青陌柳，怯上妝樓。怎鵲橋空聘，渡不到牽牛。也思量、自家排遣，又墮花、風雨響簾鉤。除非是，寄從天上，沒

〔註 15〕馮金伯著：《詞苑萃編》，載唐圭璋編：《詞話叢編》（北京：中華書局，2005 年），第二冊，頁 1095～1906。

有春秋。（鄧潛，頁 404）

憶去時軟語忒息息，深情握荑苗。似江家南浦，綠波春草，魂不禁銷。何法將卿絆住，心上柳千條。只赤天涯路，絮轉萍漂。　約定花開陌上，奈歸期緩緩，難信春潮。道一聲珍重，婉約過風簫。儘徘徊、隔花臨水，最撩人、背後見纖腰。頻回睞，眼圈紅處，應濕鮫銷。（路朝鑾，頁 414～415）

第一首起筆即點出愁字，全篇均以女子的角度書寫，道出與情郎分別的相思之苦。這種因情根深種的思念，如同冰繭抽絲，抽絲皆苦，佔盡女子的心頭，把她折騰得憔悴消瘦。此時此刻，她渴望自己能夠成為屈原作品中的女神，像湖水分向河流一樣，走到情郎心裡。別離滋味難以忘懷，她寧可待在閨房，也不敢步上妝樓遠眺，深怕見到青青的楊柳，勾起昔日送別情郎的往事。內心雖然焦急，奈何現在始終無法相見，只可獨自排遣愁緒。外面的花兒飄落，春天將盡，情郎還未歸來，只有風雨輕拂窗廉的聲音，凸顯女子的落寞、孤獨的愁緒。第二首從仍從女子的角度出發，開首點出與情郎分別時，彼此握著對方的手，深情對望，軟語囑咐，請大家珍重。到江邊臨別之時，依依不捨，女子不禁悲從中來，神思茫然。雖然內心愁苦，但仍想盡辦法，希望能夠把情郎絆住，不讓他遠去。然而，情郎的船隻像浮萍一樣，明明就近在眼前，卻漸行漸遠，慢慢已消失不見。他們早已相約在春天花兒盛放之時重見，然對女子來說，卻是多麼遙遠，甚至難以相信這次分別，真的能夠如期相逢。看見情郎最後纖細的背影，她心裡萬分不捨，不斷在渡頭徘徘徊徊，雙眼已經紅透，眼淚默默從臉上落下。對於曾經相愛又嘗過分別的情人們，這種百折千回的感受，是訴說不盡的。兩首詞均抒發女子面對離別的愁苦，別離的深切思念和再度重逢的渴望。

第二節　戊午春詞社（1918）：時局動盪與身世感慨

戊午春詞社是民國初年在安徽蚌埠成立的一個小型詞社。民國七年（1918），葉玉森（1880～1933）、胡璧城（1868～1925）和袁天庚（1862～？）同時於安徽蚌埠擔任軍閥倪嗣沖（1868～1924）的幕府，三人相聚唱和，共結戊午春詞社。當時國家政局動盪，歷經了袁世凱稱帝、護國運動、張勳復辟和軍閥割據等，北洋軍閥又分裂出直系、皖系和奉系三股勢力，為爭奪中央政府的權力展開激烈的鬥爭，引發數次的軍閥混戰。在國家危急存亡之際，詞人們無能為力，只好寄興於詞，抒發內心的憂慮和愁苦，作品於同年（1918）結集為《戊午春詞》。現存的《戊午春詞》，封面有張志署字，附有序言一篇。〔註 16〕唱和活動結束後，葉玉森離開蚌埠，出任安徽滁縣縣知事，後又調任潁上縣縣知事、當塗縣縣知事，社事遂告一段落。

一、詞社緣起

（一）時局動盪，因緣際會

自從辛亥革命結束、共和政制成立後，國家的前景似乎因為帝制崩潰而嶄露曙光；然而，自孫中山將總統之位讓予袁世凱後，國家不但擺脫不了積弱的局面，而且更趨混亂，先出現日本脅逼簽訂二十一條（1915 年），接著袁世凱又宣布恢復帝制，自行稱帝。在國內外一片反對浪潮下，討伐袁世凱的護國運動爆發，雲南、四川等地爆發戰爭。袁世凱稱帝不遂逝世後，中國內部更分裂成三股勢力：段祺瑞為首的皖系、曹錕為首的直系和張作霖為旁支的奉系，他們為控制北洋政府而多次混戰，中間更夾有張勳復辟（1917 年）。在如此動盪的局勢下，葉玉森出任安徽和縣厘金局局長，並和袁天庚住在一起，兩人的唱和很快就彙刊成《白鰈紅鵜集》傳世。當時袁天庚已在倪嗣沖幕府任職多年，後來葉玉森又投靠倪嗣沖，擔任文學秘書。民國七年（1918），胡璧城才被倪氏延攬至幕府，擔當庶務主任，並居於蚌埠五年。三人因緣際會聚集於倪嗣沖幕府，促成了戊午春詞社的出現。此見〈戊午春詞序〉云：

> 歲戊午，同客淮壖，警燧夕報，沸笳晨喧。一枰方危，寸莛莫叩，愁端憂隙，時觸騷心。計得詞若干闋，最而存之。雖緣飾近綺，為法秀所訶；而寄託於微，或中仙所許也已。（頁 233）

可見他們聚會唱和的緣由，正正就是葉玉森、胡璧城和袁天庚因緣任職倪嗣沖幕府，加上政局的混亂，觸動他們內心的愁緒。當時安徽的政局複雜，就正如詞序所說「警燧夕報，沸笳晨喧。一枰方危，寸莛莫叩」，烽煙四起，戰火紛飛，稍一不慎，危機觸發。在社集舉行前一年（1917），先是總統黎元洪與倪嗣沖和段祺瑞就對德國宣戰一事發生衝突，黎元洪旋即免去段祺瑞職務，

〔註 16〕袁天庚等撰：《戊午春詞》，載南江濤選編：《清末民國舊體詩詞結社文獻彙編》（北京：國家圖書館出版社，2013 年），第二冊，頁 228～267。本文引用社作據此版本，下文僅住頁碼，不復出注。

被倪嗣沖極力反對，倪氏乃宣佈安徽省獨立，並下令扣留津浦鐵路火車，運兵北上，準備與奉魯豫三省共同進兵北京。後來事件雖被調停，但又發生安徽督軍張勳在北京擁戴清廢帝溥儀復辟，倪嗣沖被封為安徽巡撫，並在安慶、蕪湖、蚌埠、大通等地宣佈「聖諭」，懸掛龍旗，改稱「大清帝國」，掀起一股復辟的逆流。另一方面，段祺瑞又隨即組織討逆軍，在天津討伐張勳。而倪嗣沖更於此時改為支持段祺端，出任討逆軍南路總司令，進佔北京，歷時十二天的復辟宣告失敗。作為倪嗣沖幕僚的詞人們，面對如此峰迴路轉的時局，真是「愁端憂隙，時觸騷心」，於是將關懷家國的心聲寄託於詞。學人李鶴麗嘗謂《戊午春詞》是受《庚子秋詞》的啟發唱和而成的，筆者亦很贊同，其提出的理據有三：一是社集名稱《戊午春詞》就是仿《庚子秋詞》而成，兩者均是由干支紀年及季節組成；二是《庚子秋詞》在民國初年頗有影響，社員葉玉森曾經全用庚子秋詞韻，填了《春冰詞》兩卷；三是兩部詞集的寫作背景和詞人所處的社會環境，都有類似的地方，如《庚子秋詞》王鵬運等遭遇庚子事變，葉玉森等處於袁世凱倒台、張勳復辟，段祺瑞再次上臺的政局動盪中。〔註 17〕

二、詞社發起時間、社名及社員

（一）詞社發起時間和社名

關於詞社的發起時間，〈戊午春詞序〉云：

> 歲戊午，同客淮壖，警燧夕報，沸笳晨喧。一枰方危，寸莛莫叩，愁端憂隙，時觸騷心。計得詞若干闋，最而存之。（頁 233）

清楚道出詞社發起於民國戊午年，即民國六年（1917），卻沒有註明月日。然從社集名稱《戊午春詞》，可以推測時值春天，葉玉森、胡璧城和袁天庚三人同聚於倪嗣沖幕府，模仿王鵬運、朱祖謀和劉福姚因八國聯軍，困居於北京城自相唱和之事，共同發起戊午唱和，繼承前人以詞寫史的精神。至於詞社命名為戊午春，亦明顯取自詞社的發起時間。

（二）社員

據《戊午春詞》的記載，詞社社員只有三人——葉玉森、胡璧城和袁天

〔註 17〕李鶴麗撰：〈民國社集《戊午春詞》述略〉，《南京師範大學文學院學報》，2017 年，第 3 期，頁 158。

庚。茲參考朱德慈《近代詞人考錄》〔註 18〕和曹辛華〈民國詞人考錄〉〔註 19〕，將三人生平資料，概述如下：

表三十九：戊午春詞社社員名錄表

姓　名	生卒年	號	籍　貫	備　註
袁天庚	1862～？	夢白	浙江紹興	光緒二十年（1894），曾任朱家寶幕賓、程德全督撫軍署顧問。宣統元年（1909），出任南社理事。辛亥革命後，又在倪嗣沖幕府任職多年。嘗寓上海賣畫，是近代著名書畫家。著有《八百里荷花漁唱詞》四卷等。
胡璧城	1868～1925	夔文	安徽涇縣	光緒二十三年（1897）舉人，三十一年（1905）授中書舍人，後任安慶府中學堂監督。民國成立後，歷任安徽臨時省議會議長、參議院議員、政治會議秘書長、協約法會議議員。審計院協審官。民國六年（1917），國會解散，於倪嗣沖幕府任庶務主任。十一年（1922），國會恢復，復任政治會議代理秘書長。十三年（1924），任皖省通志局局長。
葉玉森	1880～1933	葒漁	江蘇鎮江	見表二：「春音詞社社員名錄表」。

從社員的生平資料觀之，他們主要的身分都不是詞人。袁天庚多任幕府職務，又是書畫家和文物鑒賞家。此見《吳虞日記》於民國八年（1919）九月十六日載：「倪公偉（嗣沖）來信言，蚌埠軍署秘書袁夢白（名天庚）工詩詞、繪畫，為浙省會稽老名士，年五十餘，終日讀書，與秘書中之胡夔文（名璧城，涇縣人，工詞章、書法）、葉葒漁（鎮江人，分發知事）唱和。急欲讀予詩，且願有暇遙為唱和，並將與葒漁、夔文唱和之《戊午春詞》屬公偉先寄上，可謂好事矣。」〔註 20〕至於胡璧城，則長年參與政事。他身為安徽涇縣人，在辛亥革命以後，很快就被推舉為安徽臨時省議會議長、參議院議員等，

〔註 18〕朱德慈著：《近代詞人考錄》（北京：中國社會科學出版社，2004 年）。

〔註 19〕曹辛華撰：〈民國詞人考錄〉，載曹辛華著：《民國詞史考論》（北京：人民出版社，2017 年），頁 415～585。

〔註 20〕中國革命博物館整理，榮孟源審校：《吳虞日記》（成都：四川人民出版社，1984 年），上冊，頁 485。

擔任倪嗣沖幕府時，據說「甚被禮遇。居蚌埠五年，雖易帥不令去」。〔註 21〕雖然博學多識，詩書畫通曉，亦頗知醫理，但畢生心力都投放於政壇上，嘗四度出任國會議席。而葉玉森，早期學習法律，又曾為上海創刊的《消閒報》、《字林滬報》擔任主筆。雖然一度出任安徽和縣厘金局局長，又在葉州、舒城等地任稅務官，但當時的皖北兵荒馬亂，貧瘠落後，短暫的官吏生涯，葉玉森並沒有足夠的金錢過安定的生活，於是投靠倪嗣沖，是為了贍養家庭而效勞軍閥。後來雖然又出任滁縣縣知事、潁上縣縣知事、當塗縣縣知事和蕪湖市政籌備處任秘書長，然自十八年（1929）蔣介石在南京成立國民政府，葉玉森對政治再沒有興趣，曾先後婉謝立法院長孫科之聘，以及江蘇省長顧祝同的任省政府秘書長的延邀，也拒絕過杜月笙的任文學秘書的邀請，正式遠離政壇，甚至往赴上海定居，出任上海交通銀行總管理處秘書長，同時研究甲骨文。

圖二十八：葉玉森照片

圖二十九：袁天庚照片

三、社集活動

戊午春詞社發起於民國六年春（1917），是年社集即於安徽安慶刊印出版。他們唱酬的整體時間已不可考，短至一月，長至數月；當中有否正式舉行聚會，或僅填詞傳遞作品，也不得而知。然根據《戊午春詞》所載，共有十一次唱和，題目及參與者如下：

〔註 21〕石皮撰：〈胡君夔文小傳〉，載卞孝萱、唐文權編：《辛亥人物碑傳集》（南京：鳳凰出版社，2011 年），頁 467。

表四十：戊午春詞社唱和活動表

社集	詞　題	詞　調	唱和詞人	作品數目
1	賦三海牡丹	國香慢	袁天庚、胡璧城、葉玉森	3
2	偕友攜榼，遊江亭酹酒香冢	長亭怨	袁天庚、胡璧城、葉玉森	3
3	香冢之側有鸚鵡冢在焉	長亭怨慢	袁天庚、胡璧城、葉玉森	3
4	落花	金縷曲	袁天庚、胡璧城、葉玉森	3
5	天涯倦旅，此時心事良苦也	金縷曲	袁天庚、胡璧城、葉玉森	3
6	和玉田春水韻	南浦	袁天庚、胡璧城（2 首）	3
7	春晚感懷，約夔文、紝漁同賦	鶯啼序	袁天庚、胡璧城、葉玉森	3
8	夢翁出示貝多羅一葉繢維摩佛像，乃蕭山任渭長手筆敬題，此鮮以志讚歎	婆羅門引	袁天庚、胡璧城、葉玉森	3
9	為夔文畫梅花扇頭	貂裘換酒	袁天庚、胡璧城、葉玉森	3
10	和夢翁題梅花，便面韻，用寫孤悶	貂裘換酒	袁天庚、胡璧城、葉玉森	3
11	奉和樊山社長觀梅郎演木蘭從軍新劇之作	小梅花	袁天庚、胡璧城、葉玉森、樊增祥	4

從上述表格觀之，葉玉森、胡璧城、袁天庚幾乎每次均參與唱和，除了第六集葉玉森沒有詞作，胡璧城卻填了兩闋。然而，筆者卻疑為漏抄之誤，因為《戊午春詞》是手抄本，葉玉森的詞作往往抄錄於末，筆者故此疑他們謄寫胡璧城之詞作後，漏了葉玉森之名，理由是每一詞題，三人均有填詞，葉玉森不似漏了一集。由於筆者未有實據，上述表格仍按社集原本記錄。另外，社員們最後一集是賡和樊增祥（1846～1931）的詞作，因此樊氏原作亦收錄在內。《戊午春詞》合共唱和了十一次，收錄詞作三十四首。社集鏤版後，葉玉森離開蚌埠，出任安徽滁縣縣知事，後又調任潁上縣縣知事、當塗縣縣知事；而胡璧城則在國會恢復之時，再度出任國會議席，社事自此告一段落。

四、詞作主題

（一）國事飄搖，有志難伸

自從袁世凱逝世後，中國步入了一個更混亂的時代。原本由袁世凱獨裁的民國政府，分裂為三股軍閥勢力，各系均圖謀控制北洋政府。在安徽這一地區，政局更相對複雜。因為社員們均投靠在倪嗣沖幕府，對當時安徽的情況以至國家整體的局勢都瞭如指掌。倪嗣沖先依附國務總理段祺瑞，與總統府黎元洪發生衝突，中又親自協助張勳策劃復辟。後來，段祺瑞突然誓師討伐張勳，倪嗣沖立即見風轉舵，投靠段祺瑞，擔任了南路討逆軍總司令。倪氏借助這次政治投機，不僅重新獲得了安徽督軍兼省長的職位，而且趁機吞併了張勳的定武軍，成為皖系軍閥極具實力的首領，又兼長江巡閱使職。面對政局的波譎雲詭，各統領的爾虞我詐，詞人們都憂時傷事，且表達了投靠軍閥的無奈愁苦，此見袁天庚〈國香慢·賦三海牡丹〉詞云：

> 劫海桑枯。恁東風似舊，憶否麻姑。人間幾回烽火，北勝難圖。賸得殘陽一地，隔歌筵、猶照氍毹。佳辰已非昔，錦幄空懸，清夢誰扶。　　恨紅吹又亂，問金裙去後，玉佩來無。蚤知春短，爭奈芳殿香蘇。豈是逡巡酒罷，現浮雲、富貴須臾。相逢畫圖裏，卓午闌干，愁煞狸奴。（袁天庚，頁 234～235）

開首「劫海桑枯」，已點出國家經歷了無數的劫亂，社會經濟百事蕭條。「恁東風似舊，憶否麻姑」兩句，以麻姑曾見東海三次變為桑田為喻，暗示自己由晚清以還，經歷多次兵燹，從清王朝倒台、袁世凱稱帝、府院之爭、張勳復辟，以至現在軍閥割據的局面，還有對外的衝突，包括日本向中國提出二十一條事件、第一次世界大戰等，尚有國內大大小小的衝突，造成戰火燃遍各地。各系軍閥統領上演了一場場的明爭暗鬥，卻始終無人有足夠力量佔領北洋政府，支配整個中國。「賸得殘陽一地」三句，意謂國家前景猶如殘陽夕照，軍閥之間磨擦不斷，形勢優劣此起彼落。下片雖然著筆寫牡丹花，然仍處處針對時局變化，將國家大事隱藏於婉約之中。最先由段祺瑞的皖系得勢，然而經歷直皖戰爭後，皖系勢力被嚴重削弱，更從此一蹶不振。詞人們深知軍閥領袖為了個人的政治利益，妄顧國家和百姓的前景，然而為了贍養家庭又不得不投靠軍閥，內心萬般愁苦和無奈。「豈是逡巡酒罷，現浮雲、富貴須臾」三句，點出當中的矛盾——他們既知眼前的富貴如浮雲一樣，變異無常，卻仍然擺脫不了牽絆，只好借酒銷愁，忘卻暫時的煩憂。

上面袁天庚的詞作，表面刻畫牡丹的鮮豔、意態和與群芳爭妍，卻藉此隱藏國家大事。這種寫作方法，正是清代中葉以來常州詞派所用的比興寄託。張惠言〈詞選序〉嘗云：

傳曰：意內而言外謂之詞。其緣情造端，興於微言，以相感動，極命風謠里巷男女哀樂，以道賢人君子幽約怨悱不能自言之情，低徊要眇以喻其致。蓋《詩》之比、興、變風之義，騷人之歌則近之矣。〔註22〕

藉著香草美人來比喻忠君愛國的寄托法，袁天庚〈國香慢・賦三海牡丹〉痕跡稍為明顯，如「人間幾回烽火，北勝難圖」、「現浮雲、富貴須臾」句，題旨一目了然。反而葉玉森的〈鶯啼序・春晚感懷〉一首，表面上是寫晚春的景色和詩客寄情歌酒的感懷，實際則寄寓時局動盪，表達憂心國家的前途，以及對屈身軍閥幕僚的苦悶心情。詞中更融化了楚國詩人屈原、《莊子・人間世》、東晉名士郝隆、晚唐詩人杜牧和南宋詞人張炎的際遇來自況，暗示自己難遂報國的心志，真正做到了周濟論詞所說「以寄託入無寄託出」的主張。〔註23〕葉氏詞云：

楊花又吹鬢影，散絲絲亂緒。倚闌望、晴碧長淮，夕陽波上鷗去。燕兒瘦、蝶兒更瘦，纖腰舞倦輕於絮。送春歸一地，殘霞滿身香雨。詩客風流，貰酒賭唱，問旗亭甚處。謾提起、珠翠江南，登樓共醉孫夢。把昔時、狂奴故態，換今日、參軍蠻語。便尊前，撥破銅琶，劫灰愁訴。　　翁真樂笑，白髮青衫，與酣愛歗侶。還道是、騷心誰證，薜荔山鬼，位業誰圖，芙蓉城主。黃金可點，紅兒難覓，一春閒煞雙牙拍，照菱花、未信鬚眉古。緗囊挂壁，塵間那有知音，會得幾分琴趣。　　搴蘅繼佩，擷蕙紉纕，惜美人易暮。枉記取、十年綺夢。杜牧銷魂，數尺遊絲，蘭成作賦。茫茫對此，滔滔皆是，迷陽卻曲空三歎，怕神州、踏遍無乾土。悲來不為啼鵑，淚釀梅酸，口銜檗苦。（葉玉森，頁253）

全詞開首寫詞人登樓憑闌遠眺，描繪淮河開闊的氣象，夕陽西下，鷗兒在海

〔註22〕張惠言撰：〈詞選序〉，載唐圭璋編：《詞話叢編》（北京：中華書局，2005年），第二冊，頁1617。

〔註23〕周濟撰：〈宋四家詞選目錄序論〉，載唐圭璋編：《詞話叢編》（北京：中華書局，2005年），第二冊，頁1643。

面飛過。然而他的心情，卻如吹散的髮絲，紊亂不堪。春天將盡，楊花散落滿地，燕子蝴蝶也飛去，昔日熱鬧的旗亭酒肆，都變得冷落淒清。詞人憶起往日的狂放不羈，多麼的自由自在，卻感嘆著現在寄於軍閥，於是借郝隆參軍一事，〔註24〕表達自己逼迫於生計，屈身軍閥幕僚之職。縱使借酒銷愁，長歌當哭，國家的混亂局面，戰火的餘灰仍然不絕。詞人正為自己職位卑微，無力報國，改變不了時局而憂心愁苦。詞中第三片「翁真樂笑」和「騷心誰證」數句，就借了南宋張炎早年生活優裕，卻因亡國而家道中落，晚年漂泊落拓的遭遇，以及屈原忠貞愛國之心來自喻，抒發自己渴望報國，但又落得年華漸老，功名未就的境地。詞人感嘆知音難求，心事無人能知，於是聯想到晚唐詩人杜牧的際遇。杜牧年少即有才華，又是高門之後，詩文兼擅，但空有經邦濟世之志，卻始終未有施展抱負的機會。其間更在江西、揚州當了十年幕僚，屈身下人，心中自不是滋味。這與葉玉森的個人際遇非常相似，自從日本學習法律歸國後，雖然曾出任立議會議員、安徽和縣厘金局局長和稅務官，但在兵荒馬亂之際，生活始終無法安定，而且官吏生涯又是短暫無常，於是對杜牧〈遣懷〉詩裡「十年一覺揚州夢」〔註25〕有深刻的感受。面對眼前軍閥爭權的時勢，詞人深感前路茫茫，並借用《莊子·人間世》裡「迷陽卻曲」的典故，〔註26〕暗示個人和國家皆是滿途荊棘，道路曲折難行。詞的末句更深一層，國土分裂，報國無門，事業無成，寄人籬下的種種事蹟，將詞人推向至極沉痛，並以鵑啼的叫聲、檗苦梅酸來形容悲苦交雜的心情。

（二）前途黯淡，漂泊無定

袁天庚和葉玉森長期寓居安徽，依附倪嗣沖幕府，然而在民國動蕩的時勢下，始終漂泊無定，前途黯淡。袁氏家境較佳，其家族是會稽城的富家大戶，一直寄閒情於詩詞和書畫，是民國著名的書畫家和文物鑒賞家。除了早年任朱家寶幕賓、程德全督撫軍署顧問，在辛亥革命後，一直都在倪嗣沖幕府任職。至於葉玉森，則是為了謀生養活家人，得友人柳亞子的引介下，投靠倪嗣沖幕府。他們兩人長期旅居在外，加上時局混亂，不禁觸動漂泊天涯、

〔註24〕劉義慶撰，劉孝標注、劉強會評輯校：《世說新語會評》（南京：鳳凰出版社，2007年），頁456。

〔註25〕杜牧著、吳在慶撰：《杜牧集繫年校注》（北京：中華書局，2008年），頁1214。

〔註26〕詳見郭象注，成玄英疏，曹礎基、黃蘭發點校：《莊子注疏》（北京：中華書局，2011年），頁101。

前途黯淡的愁緒。〈金縷曲〉（昨以春感寫落花，夔文、葒漁，各有和作。天涯倦旅，此時心事良苦也）兩首，就嘗以落花自喻，表達投閒置散、前路茫茫的身世之感。

> 風勢今番變。落霞時、狂飄亂舞，斷紅悽暗。十萬金鈴聲已啞，猶訴華年綺怨。恨滿地、征塵吹遍。熱淚無端凝碧血，漫模糊、便作燕支看。黏馬足，膩鶯眼。　　秋千綵索閒庭院。倚尊前、銅琶撥碎，玉箏彈輭。愁裏斜陽消未盡，一角蘅蕪夢遠。且自把、朱門重掩。更把春心收拾起，貯緗囊、不使芳馨散。將影事，記花片。（袁天庚，頁 244）

> 玉笛幽音變。又今年、芳心冷卻，倦歌綠暗。捲起湘簾聞燕歎，一地零愁碎怨。悔未把、雕闌遮遍。便是雕闌添十二，怕臙脂、憔悴無人看。香淚雨，沍啼眼。　　嬌歌曼舞誰家院。怪東風、吹魂未斷，吹腸先輭。已覺斜陽紅去也，天涯斜陽更遠。料鏡裏、新顰難掩。春色本來容易了，況無情、蜂蝶紛紛散。休再問，亂霞片。（葉玉森，頁 246）

第一首落筆「風勢今番變」四句，與第二首下片「怪東風」三句，都是表面描寫花被東風吹落，花瓣隨風起舞，美好的生命黯然消逝，實際以風的變幻莫測，喻作民國政局的波譎雲詭，自己的前景猶如斷魂落花，悽慘黯淡。「十萬金鈴聲已啞，猶訴華年綺怨」兩句，抒寫自己奉獻美好的華年予國家，換來的卻是「恨滿地、征塵吹遍」，各系軍閥互相爭權奪利，遍地戰火。「熱淚無端凝碧血」一句，表達內心的沉痛。「秋千綵索閒庭院，倚尊前，銅琶撥碎，玉箏彈輭」四句，見詞人閒散度日，藉歌酒排遣鬱悶。「愁裏斜陽消未盡，一角蘅蕪夢遠」和「已覺斜陽紅去也，天涯斜陽更遠」句，暗示國家前景如斜陽落日，難以挽救，自己的前途同樣黯淡，感懷身世。葉玉森詞「料鏡裏、新顰難掩」、「春色本來容易了」數句，道出雖然現今依附倪嗣沖幕府，然在混亂的時局之下，一切都變幻無常。

葉氏對此有更深刻的體會，他自從由日本留學歸國後，先出任鎮江縣立議會議員，後又任蘇州高等法院推事兼檢察庭長。民國五年（1916），在短短一年時間於安徽被調至和縣、葉州和舒城。漂泊不定的生活，就是這個時代的寫照。下二句「況無情，蜂蝶紛紛散」，諷刺當權者的無情。就以詞人們所依靠的倪嗣沖來說，原本就非常反覆，最先依附段祺瑞，後來又協助張勳策劃復辟，終又為了個人的實際利益倒戈相向。而在這樣軍閥相爭的情況下，任何一人都無法長佔優勢，依靠任何政要也有倒台之嫌。因此詞中以「休再問，亂霞片」作結，意味長久漂泊的生涯難以結束，前路茫茫，自己也無法得知將何去何從。兩首詞的情感幽怨，當中所用的「悽暗」、「怨」、「恨」、「淚」、「冷」、「倦」、「歎」、「零愁」、「悔」、「憔悴」等感情豐富的字詞，充分體現了時代帶來的陰暗和壓力。他們並非沒有才華和甘於平凡的文人，然而在軍閥統治的動亂環境下，似乎別無選擇，不是宦海沉浮，岌岌可危，就是落魄江湖，漂泊無定。

第三節　甌社（1921）：溫州自然和文化地景的書寫

甌社是民國成立不久後，由旅居溫州的官員、當地鄉紳和學子組成的詞社。它成立於民國十年（1921）二月，由梅冷生（1895～1976）提議王渡邀請林鵾翔（1871～1940）創立詞社，並由林鵾翔擔任社長。詞社雖然僅維持十個月左右，舉行兩次雅集，然林鵾翔都將作品予以審定，並交付陳閎慧（1895～1953）編次鏤版問世，刊刻《甌社詞鈔》兩卷。《甌社詞鈔》封面有辛酉浴佛日（1921 年）林鵾翔署，內頁有陳閎慧父親陳壽宸題字，附有林鵾翔序言一篇。〔註 27〕

一、詞社緣起

（一）慎社另闢詞社

關於甌社的成立，與溫州的詩詞文社團——慎社有密切的關係。據梅冷生所撰〈慎社與甌社〉一文，在慎社成立之前，梅氏與友人鄭猷、吳勁、林仲、沈翔和鄭任重創辦了十五期的《甌海潮》週報，停辦後就模仿柳亞子創辦南社的方法發起一個文社，得到友人薛鍾斗（1892～1920）和應，並提議將社名取曰慎社。其說：

> 1920 年，我與聯合鄭猷（姜門）、吳勁（性健）、林仲（默君）、沈翔（墨池）、鄭任重（遠夫）等友人，創辦了《甌海潮》週報，共辦

〔註 27〕陳閎慧輯：《甌社詞鈔》，載南江濤選編：《清末民國舊體詩詞結社文獻彙編》（北京：國家圖書館出版社，2013 年），第二十二冊，頁 1～78。本文引用甌社的詞作沿用此版本，下文僅注頁碼，不再出注。

> 了 15 期停刊。那時，我尋思變換一個花樣，再立旗幟。因我與柳亞子常有通信，就想模仿他主辦南社的辦法，在溫州創立一個文社。瑞安友人薛鍾斗（儲石）首先表示贊成，他寫了一封長信給我，建議取名為「慎社」。他在信中說：「甌江又名慎江，文社不宜標榜聲氣，擇友應該謹慎，以免招致物議，引人攻擊。明東林復社之禍，可為殷鑒。」〔註 28〕

梅冷生文中還記述了慎社的成立日期是民國九年（1920）五月三十日，社址設在溫州城內道前街梅氏居所，並訂下了十條社規。第一次雅集在溫州城內的三角門怡園，到會者有三十九位社友，並創辦了刊物《慎社》。第一集的出版，內容、體例完全仿照南社刊物，分文、詩、詞三類。今人李藝莉根據溫州圖書館所藏的《慎社集》，依次整理了各人加入慎社的名單，並總結出第一集的參與者主要是溫州官員和永嘉、瑞安兩縣愛好古典文學的青年學子，老年人則極少。梅冷生指出第一次社集刊印後，溫州六縣人士都關注慎社，並吸引了青田人杜師預（左園）、平陽人劉紹寬（次饒）、王理孚（志澂）、姜會明（嘯樵）、黃光（梅生）和永嘉人陳壽宸（子萬）、王朝瑞（廷謌）先後加入。這些都是各縣大紳士，他們加人慎社，促使慎社聲譽鵲起，要求入社者頓增，第二次社集人數更增至七十三人。第三次再增加十四人，總人數達八十七人之多。〔註 29〕然而，最重要的是，林鵾翔參加了第三次的社集，成為後來甌社成立的重要機緣之一。而《慎社集》所收錄的詞作更突然大幅增加，由第一、二集的二十八首、十五首，增加至第三、四集的八十一首、八十九首，其中第四集更收錄了林鵾翔和他的兩位詞學老師朱祖謀（1857～1931）、況周頤（1859～1926）的詞作。〔註 30〕後來，甌社得以成立，梅氏說由於條件限制，無法廣邀慎社社員參加，引發了慎社同人的不滿：

> 甌社成立後，限於條件，未能廣邀慎社社友參加，以致有些慎社社友認為大圈中又有小圈，因而心存意見。有的人背後竊竊議論，有的人不理不睬，逐漸起離心作用，把慎社冷落下來。有的社友離開

〔註 28〕梅冷生撰：〈慎社與甌社〉，載梅冷生著、潘國存編：《梅冷生集》（上海：上海社會科學院出版社，2006 年），頁 93。

〔註 29〕梅冷生撰：〈慎社與甌社〉，頁 94～95。

〔註 30〕由於《慎社集》第一至四集藏於溫州圖書館，因此關於慎社社員名錄和《慎社集》所收詞作狀況，筆者全部根據李藝莉撰：《甌社研究》，華東師範大學碩士論文，2016 年，頁 8～13。

了慎社，如李笠、陳經、李翹等到大學當教授去了。〔註 31〕

因此，自從第四次社集後，慎社就沒再舉行雅集，慢慢解散了。

（二）梅冷生的倡議

至於甌社成立的直接原因，是由梅冷生向王渡建議，請他邀請林鵾翔創立詞社。梅氏說：

> 林鵾翔於視政之暇，篤好文學，且工於填詞，是詞學專家朱祖謀（彊村）、況周頤（夔笙）的大弟子，著有《半櫻詞》。入社後與我等社友每月均有數次敘談，我正有意接近他。林的本意在於教我們填詞，他認為溫州在南宋對詞學很盛，如盧祖皋（蒲江）、薛夢桂（梯飆）等人均有極大成就，應在這時重振風氣。我偕同王渡向林獻策，建議再創立一個詞社，經林採納……永嘉詞人祠堂建成後，即在此設立詞社，取名為「甌社」，林鵾翔任社長。〔註 32〕

林鵾翔原籍浙江湖州，民國九年（1920）春天奉命調往日本出任駐日學監，秋季因病回國休養。次年（1921）三月，赴溫州擔任甌海道尹，同月參與慎社第三次社集。後來王渡確實邀請林鵾翔，在慎社當中另外組成一個專門填詞的詞社。林鵾翔〈甌社詞鈔序〉就是他回復王渡的書函：

> 梅伯年兄足下：疊奉手書敬承——自二月間舉甌社後，時時誦雅詞暨諸君子社作。賞析與共，歆快無量。不學如弟，何足以益高明？惟既承明問，敢以所聞諸彊村、蕙風兩先者縷述之。……弟學詞未久，益以饑驅湖海，不克專精。所以扇流風、紹先哲者，實惟社中諸君子耳。臨風引企，頌禱何如。手此奉復，敬頌起居。辛酉浴佛日，弟林鵾翔拜白。（頁 5～6）

據梅冷生的文章，林鵾翔答應組織詞社後，打算教他們填詞，重振溫州的學詞風氣，繼承南宋盧祖皋（約 1174～1224）、薛夢桂（1253～？）的成就。溫州詞學在南宋以後之不振，正如周慶雲（1864～1934）在〈東甌詞徵序〉說：

> 甌括一郡，人文輩出。獨以詞鳴者，視吾浙他郡為鮮。毛汲古嘗盛稱盧蒲江詞，謂「江涵雁影」之句，得古樂府神理。……《蒲江詞》固已詞林傳頌。此外只明之黃淮《省愆詞》……清之林占春有《雪

〔註 31〕梅冷生撰：〈慎社與甌社〉，頁 96。

〔註 32〕梅冷生撰：〈慎社與甌社〉，頁 95。

庵詩餘》一種（見乾隆府縣誌），他無聞焉。〔註 33〕

溫州詞學成就不顯，僅有盧祖皋《蒲江詞》較為聞名，薛夢桂、黃淮和林占春也是寂寂無聞。教授當地學子填詞，重振溫州的詞風，可以說是甌社組成的目的。而林鶤翔自言當時學詞未久，只將朱祖謀、況周頤所授者，向社員們講述。林鶤翔自光緒三十三年（1907）於日本法政大學畢業後，一直留日擔任駐日留學生處官員，於民國二年（1913）始從馮息廬、吳耐庵處學習填詞。回國後在民國八年（1919）夏天經同鄉姚勁秋介紹，於上海認識朱祖謀和況周頤，才時時向兩位老師學詞。〔註 34〕這可見甌社成立時，林氏學詞才七年左右，其自言學詞時日不長，確為事實。林鶤翔主盟甌社期間，亦如他所言，向大家敘述了朱、況兩先生的詞學觀點，並推廣了沈義父《樂府指迷》、張炎《詞源》和陸輔之《詞旨》作為填詞法度的參考。〔註 35〕由此可知，甌社是梅冷生向王渡提議，請王渡邀請林鶤翔創辦而成立的詞社，其目的既是教授部分慎社社員和學子填詞，也是為了振興溫州填詞風氣。

二、詞社發起時間、發起人、社長、社名及社員

（一）發起時間、發起人和社長

關於甌社的發起時間，林鶤翔撰於民國十年（1921）的〈甌社詞鈔序〉云：

> 自二月間舉甌社後，時時誦雅詞暨諸君子社作。賞析與共，歆快無量。（頁 5）

清楚說出甌社組成時間是民國十年（1921）二月。其所說的二月，應是農曆二月，並在慎社第三次社集（1921 年 3 月）之後。原因是林鶤翔在民國十年（1921）西曆三月始到溫州擔任甌海道尹；其次，據梅冷生所說，林鶤翔是加入慎社並和社友們有了數次談話後，他才向林氏建議創立詞社。〔註 36〕而林鶤翔加入慎社時間為民國十年（1921）西曆三月，可知甌社發起時間在民

〔註 33〕薛鍾斗輯，余振棠校補：《東甌詞徵》（上海：上海社會科學院出版社，2004 年），頁 1。

〔註 34〕詳參夏承燾著：《天風閣學詞日記》（杭州：浙江古籍出版社，1994 年），第二冊，頁 3。

〔註 35〕詳參林鶤翔撰：〈甌社詞鈔序〉，載陳閎慧輯：《甌社詞鈔》，第二十二冊，頁 5～6。

〔註 36〕梅冷生撰：〈慎社與甌社〉，頁 95。

國十年（1921）農曆二月中後，慎社第三次社集之後。

至於詞社發起人和社長，分別是梅冷生和林鵾翔。梅冷生〈慎社與甌社〉清楚說出：

> 林鵾翔於視政之暇，篤好文學，且工於填詞，是詞學專家朱祖謀（彊村）、況周頤（夔笙）的大弟子，著有《半櫻詞》。……我偕同王渡向林獻策，建議再創立一個詞社，經林採納……永嘉詞人祠堂建成後，即在此設立詞社，取名「甌社」，林鵾翔任社長。〔註 37〕

梅冷生先向王渡提出邀請林鵾翔在慎社當中另外組成一個詞社，並由王渡作為中介，去信林鵾翔，並請林鵾翔擔任詞社社長，但發起人明確是梅冷生。

（二）社名

甌社之名曰「甌」，與其地域名稱相關。溫州古稱甌越，至春秋時期越王勾踐滅吳後，分封子弟為公侯，東甌公被封在東甌越地，建東甌國，自此東甌就成為了浙江省溫州市的古稱，簡稱曰「甌」。甌社既在溫州成立，目的又是培育當地學子填詞，重振溫州填詞風氣，稱作甌社亦最為適當。

（三）社員

據〈甌社詞鈔姓氏錄〉所載，甌社社員（連同社長林鵾翔）合共十五人。茲據名錄記述，並參考朱德慈《近代詞人考錄》〔註 38〕、曹辛華〈民國詞人考錄〉，〔註 39〕整理如下：

表四十一：甌社社員名錄表

姓　名	生卒年	字　號	籍　貫	備　註
王渡	1871 前～？	梅伯	杭州餘杭	曾任溫州清理官產處處長，慎社社員。
林鵾翔	1871～1940	鐵尊	湖州吳興	見表四：「漚社社員名錄表」。
黃光	1872～1945	梅生	溫州平陽	光緒三十二年（1906）東渡日本，考察教育制度。民國元年（1912）當選縣教育會會長。十六年（1927）加入國民黨，被推舉為縣黨部候補常務委員，同年四月辭職。著有《飛情閣集》。

〔註 37〕梅冷生撰：〈慎社與甌社〉，頁 95。

〔註 38〕朱德慈著：《近代詞人考錄》（北京：中國社會科學出版社，2004 年）。

〔註 39〕曹辛華撰：〈民國詞人考錄〉，載《民國詞史考論》（北京：人民出版社，2017 年），頁 415～585。

王理孚	1876～1950	志澄	溫州平陽	光緒二十九年（1903）起，曾為平陽勸學所所長，推行新學制，後出任提學使署專門科科長。辛亥革命以後，曾參加章太炎所組織的共和黨，在平陽成立共和黨分部。民國五年（1916）冬，被委派到鄞縣任知縣，十個月後辭職。慎社社員。
鄭猷	1883～1942	姜門	溫州永嘉	曾任《甌海潮》主編，後被林鵾翔聘為甌海道公署秘書。慎社社員。
嚴文黼	1893～1994	琴隱	溫州永嘉	長期從事文史工作，曾任溫州圖書館館長，晚年為浙江省文史館館員。慎社社員。
陳閎慧	1895～1953	仲陶	溫州永嘉	畢業於浙江高等學堂，回溫州後創辦起士小學，兼任校長。民國二年（1913）冒廣生來溫任甌海關監督，應聘為秘書。民國二十八年（1939）起，在江西贛州、四川重慶、上海等處銀行供職。著有《劍廬詩鈔》。慎社社員。林鵾翔弟子。
梅雨清	1895～1967	冷生	溫州永嘉	民國九年（1920）在溫州創辦《甌海潮》週報。同年五月，與王毓英、夏承燾、陳閎慧等組織慎社，後從林鵾翔學詞。次年（1921）在林鵾翔支持下，修建永嘉詞人祠堂。十一年（1922）八月被選為浙江省議會第三屆議員。二十五年（1936）冬，赴陝西省財政廳任秘書；後返回任浙江省政府會計處秘書。慎社社員。林鵾翔弟子。
夏承燾	1900～1986	瞿禪	溫州永嘉	見表七：「午社社員名錄表」。
徐錫昌	生卒年不詳	秋桐	溫州永嘉	慎社社員。
翟駛	生卒年不詳	楚材	安徽涇縣	曾參與麗則吟社。
龔均	生卒年不詳	雪澄	武漢漢陽	王渡任溫州清理官產處處長時的幕僚，慎社社員。
鄭鍔	生卒年不詳	昂青	溫州永嘉	慎社社員。
王蘅芳	生卒年不詳	靜芬	溫州永嘉	陳閎慧妻子。
曾廷賢	生卒年不詳	公俠	溫州永嘉	不詳。

從上述名錄看來，他們以年齡來劃分，可分為兩組。在甌社成立之際，王渡、林鵾翔、黃光和王理孚的年紀接近五十歲；而嚴文黼、陳閎慧、梅雨清

和夏承燾才二十多歲，兩個組群相距近三十年。林鵾翔作為甌社社長，兼師承享譽當時的詞學名宿朱祖謀和況周頤，自然成為了年輕一輩的詞學導師，梅雨清、陳閎慧和夏承燾就清楚說出師從林氏，其他人也跟著拜林氏為師。至於從身分觀之，王渡、林鵾翔、黃光和王理孚都擔任溫州的官員，鄭猷、陳閎慧和龔均都出任過官員秘書或幕僚，嚴文黼和梅雨清在溫州負責文史等工作。他們當中除了翟騃、王蘅芳和曾廷賢外，全部都是慎社社員。

三、社集活動

甌社的發起時間為民國十年（1921）二月，第一次雅集始於是年春天，見林鵾翔〈百字令〉一詞有序曰：「辛酉春仲（1921 年），與王梅伯年兄游仙巖，梅伯旋錄示此調新詞，並慎社諸君子和作，屬為審定。雨窗不寐，倚此奉酬，藉誌一時唱和之盛。」（頁 9）至十一年（1922）初，林鵾翔離開溫州，周遊江浙滬各地，詞社漸漸解散，歷時十個月左右，社集作品彙刊為《甌社詞鈔》兩卷。

至於社集時間，林鵾翔《半櫻詞續》裡有〈瑞鶴仙・西谿詞人祠落成，夢坡有詞和者甚眾，因成此解〉詞有這樣的記述：

> 余在甌時曾於東山書院隙地建永嘉詞人祠，並集同人舉詞社，月課一詞。〔註 40〕

而梅冷生在〈慎社與甌社〉則說：「我們都拜林鵾翔為師，每月由林出兩次詞題讓我們做，然後由他逐篇評改。」〔註 41〕對這兩者的說法，學人李藝莉認為梅氏的記述可能有誤，提出一個月一次社課較為合理。她說：

> 根據上述（十六次社集）統計，林鵾翔參與的唱和共有 9 次，甌社的活躍時間為 10 個月左右，故一個月一次社課的說法應當是準確可信的。而梅冷生在〈甌社與慎社〉中「每月由林出兩次詞題讓我們做」的講法恐怕有誤。〔註 42〕

然而，筆者認為這兩種說法並無衝突，按照《甌社詞鈔》十六個唱和的題目來看，詞社每月舉行一次，但間中一兩次集會時雅興大發，林鵾翔即席提出兩個詞調和題目要大家填，也不是不合理。例如第十次社集，林鵾翔填了一

〔註 40〕林鵾翔著：《半櫻詞續》，載朱惠國、吳平編：《民國名家詞集選刊》（北京：國家圖書館出版社，2015 年），第九冊，頁 223。

〔註 41〕梅冷生撰：〈慎社與甌社〉，頁 96。

〔註 42〕李藝莉撰：《甌社研究》，華東師範大學碩士論文，2016 年，頁 31。

首〈虞美人〉，題為「梅伯為繪蓴菜鱸魚隱囊紗帽小幅，欲題詞其上，適彊村先生寄示新作屬和，走筆成此」（頁55），意思是本來正打算為王渡所繪的蓴菜鱸魚隱囊紗帽的畫幅填詞，剛巧收到朱祖謀寄詞作來，並囑咐他和作，於是他就沒有為王渡畫作題詞，而填了一首和朱祖謀的作品。然而，社員們卻以同一詞調，分別唱了兩個題目，一是為和朱祖謀而作的，另一則是為王渡畫作填詞，以致這次社集出現梅冷生所說林鵾翔出兩個詞題讓他們做的情況。

由於《甌社詞鈔》沒有明確寫下酬唱次數，茲根據題目所載，整理為十六次社集如下：

表四十二：甌社唱和活動表

社集	詞　題	詞　調	唱和詞人	作品數目
1	仙巖紀遊	百字令	林鵾翔、王渡（2首）、鄭猷、夏承燾、曾廷賢、梅雨清、徐錫昌、嚴文黼（2首）、黃光、翟�、龔均	13
2	浙人重葺白文公祠，附祀樊諫議	八聲甘州、滿江紅、壺中天、南樓令	林鵾翔、王渡、鄭猷、夏承燾、曾廷賢、梅雨清、嚴文黼、翟駥、龔均	9
3	茶山桃花	鷓鴣天	王渡（2首）、鄭猷、夏承燾、曾廷賢、梅雨清、徐錫昌、嚴文黼、翟駥、龔均	10
4	題姜白石遺象	賣花聲、暗香、燭影搖紅、疏影、瑣窗寒、石湖仙、風入松、綠腰	林鵾翔、王渡、鄭猷、夏承燾、曾廷賢、梅雨清、嚴文黼、龔均、陳閎慧	9
5	辛酉季春，孤嶼文丞相祠祀事，禮成，集慎社同人澄鮮閣禊飲	八聲甘州	林鵾翔、王渡（2首）、鄭猷、夏承燾、曾廷賢、梅雨清、徐錫昌、嚴文黼、黃光、翟駥、龔均、陳閎慧、王蘅芳	14
6	廣倉學會於辛酉春三月舉行鄉飲酒禮，海內耆宿聯翩戾止，甚盛事也。時愛儷園主即為羅友蘭、友山昆仲行婚禮先期，修冠笄之	五綵結同心、連理枝、摘得新、畫堂春、魚水同歡、風蝶令	林鵾翔、王渡（5首）、鄭猷、黃光、龔均	9

	典，酌古準今釐然悉當，詞以頌之			
7	左園贈宋木感賦	憶秦娥、浪淘沙	王渡、龔均	2
8	題半櫻簃填詞圖	高陽臺、賣花聲	王渡（2 首）、鄭猷、夏承燾、曾廷賢、梅雨清、徐錫昌、嚴文黼、黃光、翟駷、龔均、陳閎慧、鄭鍔、王理孚	14
9	題三游洞六一題名，山谷題名墨榻	八聲甘州、憶江南、鳳凰臺上憶吹簫、減蘭、生查子	王渡、鄭猷、梅雨清（2 首）、龔均、王理孚	6
10	和彊村先生韻	虞美人	林鵾翔、鄭猷、夏承燾、梅雨清、嚴文黼、陳閎慧（3 首）、鄭鍔、王理孚	10
	題蓴菜鱸魚隱囊紗帽畫幅	虞美人	王渡、鄭猷、曾廷賢、徐錫昌、嚴文黼（2 首）、翟駷、龔均、陳閎慧（2 首）、鄭鍔	11
11	題朱曉岩面壁圖	三姝媚	林鵾翔、王渡	2
12	陳子萬孝廉贈楊梅並媵新作，倚此酬之	浪淘沙	林鵾翔、陳閎慧	2
13	題風雨填詞圖	三姝媚、瑣窗寒	夏承燾、陳閎慧	2
14	紀陳節婦及孝女燕姑事	雪梅香、滿江紅、慶春澤、踏莎行	林鵾翔、鄭猷、曾廷賢、黃光、陳閎慧	5
15	和靈峰摩崖詞	百字令	夏承燾、曾廷賢、梅雨清	3
16	唐花	點絳唇、解語花、清平樂	王渡、黃光、陳閎慧	3

從上述表格觀之，有些唱和僅有二、三位社員參與，似乎不屬於集體活動，更像是社員之間互相來往，練習填詞。因為《甌社詞鈔》沒有註明唱和日期和集數，本文於是根據李藝莉《甌社研究》的劃分，將詞題唱和多於一個者，成為一次社集。然筆者終認為第七、十一、十二、十三、十五和十六集，並沒有正式的聚會，只是社員拈出題目私下唱和。再者，《甌社詞鈔》裡亦夾雜了一些社員們的詞作，卻沒有和作的，這些零散的作品有十四首，部分更沒有題目。

另外，如果從《甌社詞鈔》載錄的作品來評斷各人的參與次數，社長林鷗翔和發起人梅冷生、王渡參與酬唱的次數較多，前二者分別有九次，王氏唱和更有十二次之多，較少參與者為王理孚、鄭鍔和王蘅芳，前二者也僅參與三次，王蘅芳則只參與一次。

民國十一年（1922）初，林鵾翔卸任甌海道尹，離開溫州，周遊江浙滬各地，期間曾到揚州，並寓居北京三年，十六年（1927）返回江浙，後出任嘉興統稅局長。自林鵾翔離開溫州後，儘管詞社沒有正式宣告解散，然社員之間也沒有再舉行詞學活動了。其實在林氏離開之前，甌社已經陸續有成員離開溫州，成為詞社解散的預兆。十年（1921）七月，即詞社舉行將近半年左右，夏承燾最先離開溫州，原因是在陳純白的推薦下，他前往北平擔任《民意報》副刊編輯，十一月又轉向西北，在西安中學任教。而另一位重要的社員梅冷生，又於同年赴杭州參加議會，打算投身政界。梅冷生原本就熱衷政事，成立慎社和甌社，都是想藉此形成地方勢力，有利於參政，他自言：

> 那時，我年少氣盛，正熱衷於名利之途，想借此（成立慎社）結納朋友，形成地方上一股政治力量，擴大影響，冀能爬上紳士地位。〔註 43〕

又云：

> 1921 年，浙省第三屆參議員競選，我在林鵾翔的竭力支持下，利用慎社，並得到甌社個別社友的幫忙，得以當選。不久，我去杭州開會，離溫前經手把《慎社》第三集出版，從此社務由嚴文鵲接管。翌年，他接著出版《慎社》第四集之後，慎社就無形停止了。〔註 44〕

然而，筆者認為甌社大部分社員不是專於填詞，可能才是詞社迅速解散的主要原因。社員們除了林鵾翔和夏承燾，堪稱為民國詞壇的耆宿外，其餘都並非專於填詞學詞之事。梅冷生曾比較夏承燾與自己對學詞的態度，說：

> （夏承燾）他對詞的研究實始於林鵾翔啟示，此後潛心研究，鍥而不捨，始有卓越成就。而我對待詞學，淺嘗輒止，未能深入鑽研。記得有一次，我在上海振華旅館同林鵾翔見面時，他問我來上海何事，我直說做公債生意，他馬上沉下臉說：「你這人為何會做這種生意！你的詞筆還近似王碧山（宋王沂孫）呢！」當時我正發投機熱，並不覺得林老師對我的實心教誨。及至 1939 年，林病逝上海，夏承

〔註 43〕梅冷生撰：〈慎社與甌社〉，頁 93。
〔註 44〕梅冷生撰：〈慎社與甌社〉，頁 96～97。

> 燾快信告訴我，我特地約集社友和地方人士，在詞人祠堂舊址為他開了個追悼會，此時回想起他的話，不禁淌下淚來。〔註 45〕

說出梅氏當時只注重投資，並沒有把心思放在填詞上，但後來也深切體會到林鵾翔對社友們真摯的教導，希望他們能夠專心學詞。

甌社其他社友同樣不是專於學詞，例如陳閎慧，雖然積極參與甌社活動，但後來以寫詩為主，向陳衍（石遺）學習詩學，又在江西贛州、四川重慶、上海等處銀行供職。又如黃光，身為溫州擁有名望的鄉紳，曾被推選為縣教育會會長、縣黨部候補常務委員，他最關心的是民政、社會和教育事務，而不是文學。再如王理孚，則一心一意投入於地方公益事務，如開辦學校、編纂民國《平陽縣誌》、出錢修建道路，開鑿水井為居民改善飲水條件等。他們參與甌社，甚至慎社的唱和，更多是藉詞書寫對溫州文化的熱衷和濃厚的鄉土情結。甌社的社員結構，雖然未能促使它成為民國著名的詞社，但卻充分體現了地域的特色和本土情懷，更一度領起了溫州的填詞風氣。

四、詞作主題

（一）溫州地景的書寫

溫州古稱東甌，位於浙江東南面，為沿海港口城市，東瀕東海，南接福建，西與麗水市相連，北與臺州市毗鄰，是中國最早對外開放的沿海城市之一。其境內地勢呈梯形傾斜，山脈縱橫，水系發達，大小河流多至一百五十餘條，匯聚了山、江、海的優美風景。地理上的錦繡河山、繁華都市、宜居環境、工商經濟和人文歷史，歷來均為詩人詞家欣賞稱嘆。甌社作為溫州地域性詞社，大部分社員均原籍溫州，自然而然相約遊覽當地的山水美景、名勝古蹟，並將一幅幅圖畫，以詞體的形式展現人前。詞社第一集就書寫了林鵾翔和王渡，一同來到甌海區內著名的風景——仙巖，並各自填了一首〈百字令〉。後來社員們再以同調賡和，茲將二人和鄭猷詞作迻錄如下：

> 去天五尺，竚驂鸞仙迹，林扃幽窅。人世滄桑知幾易，福地自存江表。雨洗潭空，丹封井冷，青割雲根峭。層嵐動色，有人鳧舄飛到。樓外無限狂塵，蹉跎歲月，容易他鄉老。猶有故山猿鶴在，湖海抽身宜早。元亮孤松，幼輿一壑，何必蓬萊島。危闌斜日，見人扶醉多少。（林鵾翔，頁 9）

〔註 45〕梅冷生撰：〈慎社與甌社〉，頁 96。

仙巖何有，有閒雲出岫，無心來去。梅雨亭孤人影瘦，清絕不勝延佇。素練天垂，瑤簪地湧，勝蹟空今古。凋殘金粉，尚餘乾淨吾土。奇境雷殷空潭，鐫鑱峭削，妙造誰斤斧。消得眾山供一覽，欲駕長虹飛渡。水逝滔滔，峰回曲曲，歸鳥斜陽路。倚筇凝眺，駐鸞如在煙霧。（王渡，頁 10）

藏身人海，問鶯花春裏，銷愁何許。留得雲山稱福地，是我舊曾游處。載榼移尊，分泉煮茗，隨分無賓主。疏鐘搖暝，梵王何處宮宇。飛瀉百丈銀濤，亭中晴雪，亭外黃梅雨。眼底興亡流不盡，乾淨猶餘吾土。薜洞雲歸，蕪祠煙鎖，憑弔空今古。名山仙吏，一時傳遍佳句。（鄭猷，頁 11）

仙巖位於大羅山西麓，居溫州、瑞安之間，自從南北朝詩人謝靈運（385～433）躡屐來遊，仙巖的名聲就彰顯於世。社員曾廷賢開首就寫「白雲深處，有當年謝客，經過屐齒」（頁 12），梅雨清又有「因念南渡諸公，登臨高詠，未信宗風歇」之句（頁 12～13），點出謝靈運登臨仙巖賦詩的風流往事。後來，晚唐杜光庭（850～933）《洞天福地記》更稱仙巖為「天下第二十六福地」，因此林鵾翔說「福地自存江表」，鄭猷又云「留得雲山稱福地」。仙巖風景之靈秀，可證之於各人的詞。如描繪仙巖的高聳：「去天五尺，竚驂鸞仙迹，林扃幽窅」，巖頂離天五尺，可以駕馭鸞鳥雲游。又寫山色霧氣之美：「層嵐動色，有人鳧舄飛到」、「消得眾山供一覽，欲駕長虹飛渡」，把遊人都吸引到來觀賞。仙巖還有著名的梅雨亭，位於翠薇嶺上、雷潭之下。那裡雨岩陡峭，中懸飛瀑，轟然傾瀉潭中，宛如細雨濛濛；潭水碧波粼粼，令人心曠神怡。王渡詞中「素練天垂，瑤簪地湧，勝蹟空今古」、「奇境雷殷空潭。鐫鑱峭削，妙造誰斤斧」、「水逝滔滔，峰回曲曲」和鄭猷詞「飛瀉百丈銀濤。亭中晴雪，亭外黃梅雨」之句，刻劃梅雨亭飛瀑的氣勢，沿著險峻的巨崖洶湧而下，如作雷鳴。雷潭水色清澈，水平如鏡，在詞人的筆下聲色俱全。面對如此純淨空靈的仙巖，還承載著歷代騷人墨客的歌詠，深深觸動詞人們隱逸和飛仙的想像。林鵾翔就嘗於詞中發出「人世滄桑知幾易」、「蹉跎歲月，容易他鄉老」、「湖海抽身宜早」的感嘆，有感人事變幻，時光荏苒，與其在官宦生涯中默默終老，不如及早離場，更道出「元亮孤松，幼輿一壑，何必蓬萊島」的心聲，表明願意仿效陶淵明歸隱田園，學習謝鯤安居山崖溝壑之中。而其餘兩位詞友也興起了飛仙和隱歸之意，抒發「倚筇凝眺，駐鸞如在煙霧」和「閒雲出岫，無心來去」，甚至有人事變遷，世間興亡不斷的感慨。

再看另一次社員們相約唱酬，再次寄調〈百字令〉。這次又以巖壁為題材，地點是溫州蒼南縣境內的靈峰。靈峰以奇峰怪瀑、泉水清澈著稱。山不在高，有水則靈，故謂「靈峰」。內有靈雲寺，建於唐代懿宗鹹通年間。寺側有石洞穿空，洞中摩崖石壁平地推出，巧奪天工。壁上有南宋文人的鐫字，調用〈百字令〉。字徑五寸許，筆勢秀逸，惜模糊莫辨。民國初年，蒼南縣龍港人劉次饒（1867～1942）被推舉為溫州平陽縣教育會會長，三年（1914）又任樂清縣教育科長。他嘗出遊靈峰，發現石壁石刻，於是摩挲辨識，拓下原詞。當時劉氏和林鵾翔相交，最先是劉氏以郵寄方式向林氏展示宋人之作，林氏收到後賡和，雖然沒有收錄在《甌社詞鈔》裡，然而後來夏承燾、曾廷賢、梅雨清的和作則有刊載於內。林鵾翔所和的〈念奴嬌〉詞有一〈靈雲寺和詞並序〉云：

> 平陽劉厚莊囑和靈峰摩崖詞。先是，余與梅伯游仙岩，成〈念奴嬌〉一闋，和作甚夥。未幾，厚莊郵示靈峰壁間詞拓本，詞後紀年為嘉定甲戌（1214），距今七百餘年。發自塵埋之藝林，誠快事也。詞調適與仙岩紀游詞合，殆所謂文字緣歟？勉步元韻，索厚莊和。〔註46〕

詞曰：

> 琳瑯百字，有英靈呵護，森然崖壁。丘壑總關文字福，占取名山貞石。好事龍洲，甄奇翠墨，榛莽勞重辟。詞仙誰氏？冷吟銷黯層碧。惆悵七百年來，黃塵馳陌，難覓幽人屐。一角殘山沉夕照，淒斷鳳岡桐嶧。烏嶼岩邊，蒲江集外，珍重龍蛇跡。如聞高唱，駐雲何處飛笛。〔註47〕

開首點出了這陰森清冷的崖壁，有一首不同凡俗的〈百字令〉詞。如此幽黯的丘壑，經歷七百餘年的風雨侵蝕，壁上的題字竟然還可摩挲辨識，彷彿靈氣呵護，使靈峰更添名聲。任官溫州的劉次饒，熱衷於溫州地方文化的建設，來到這山明水秀，岩壁峻嶒的靈峰，發現了壁上石刻，雖然字跡模糊難辨，為雜亂叢生的草木覆蓋，仍然嘗試拓印原詞，摩挲辨識。壁上詞作附有紀年，為南宋時期宋寧宗嘉定甲戌年，即嘉定七年（1214）所作，距他們當日唱和已經七百零七年。詞人不禁慨嘆這闋詞被黃土塵封了如斯歲月，卻無人發現。

〔註46〕林鵾翔著：《半櫻詞續》，頁144～145。
〔註47〕林鵾翔著：《半櫻詞續》，頁145～146。

這次宋人遺跡得以重現，詞人們為了珍重這一題壁詞，發起社集唱和，使盛事得以流傳。

梅雨清和夏承燾身為溫州永嘉人，又是故鄉文化的愛好者，自然以詞來紀念此次盛舉，詞云：

> 巨靈高蹠，問何人豪興，來此題壁？劫火燒殘山骨冷，空際猶懸危石。雲護精靈，天開圖畫，奇氣江山闢。琳瑯百字，墨花還繡苔碧。卻羨老去劉晨，癡耽丘壑，愛理尋幽屐。滿目榛蕪文字賤，魂夢長依鄉嶧。故我愁今，新詞吊古，勝賞成陳迹。何時鸞背，共君雲外吹笛？（夏承燾，頁 75）

> 孤峰天半，是何人題句，數行巉壁？幸有蘭成堪共語，彷彿韓陵之石。甲子何年，山靈不老，重向榛叢闢。登臨難問，黯然天水沉碧。不信百字流傳，仙巖遙峙，同著東山屐。江上飛雲鄰咫尺，時去時來連嶧。猿鶴招邀，龍蛇珍護，多少滄桑跡。吟邊風色，萬松聲振長笛。（梅雨清，頁 74～75）

兩首詞的開首，均道出在高聳的靈峰巖壁上，有數行來自古先賢的題字。雖然經歷了七百餘年，中間戰爭燹火連連，這面陡峭的巖壁仍懸於天際，有如為天地雲山的靈氣所護，壁上的〈百字令〉詞完整無缺。這次劉次饒重闢榛叢，拓下原詞，觸動詞人想起南北朝年代韓陵片石的故事。當時南方文人雅士很多，對北方的文化看不上眼。梁國尚書庾信來到了韓陵山寺，一看溫子升的碑文，辭藻華麗，大氣磅礡，就讓人把原文抄了下來。劉次饒就如昔日的庾信，賞識壁上題詞，使之留傳後世。然而，詞人們看著天上浮雲的變幻來去，巖壁上滄桑的痕跡，不禁觸動歲月流逝，榛蕪易生，但文字難傳的感嘆，遙想千百年後，現在弔古之詞，已成落落塵跡，興起陣陣哀愁。

圖三十：溫州雁蕩山靈峰

圖三十一：溫州江心嶼文信國公祠

（二）古聖先賢的祭祀

甌社一共舉行了十六次唱和，有兩次相約出遊祭祀古聖先賢。第一次組織遊覽杭州的白文公祠，祭祀著名的唐代詩人白居易，並附祀唐代散文家樊宗師。第二次則在溫州江心嶼上，拜祭南宋愛國文人文天祥。林鵾翔身為甌社社長，最先填寫了一首〈八聲甘州〉，並附有詳細的序文，說明這次唱和的起因是浙江百姓重新修葺白文公祠，同時祭祀樊宗師。序中花了不少筆墨簡介樊宗師，著重凸顯其文學特色處。序云：

> 浙人重葺白文公祠，附祀樊諫議，從絅齋學士議也。諫議功在綿絳，而祀杭者曷故？按諫議生平尤雄于文，與昌黎同樹幟。元和間不蹈襲前人一言一句，世稱澀體。其後浙東西能文者，皆其派流，溯源先河，報本勿替。蒿盦馮先生云：祀綿絳以政績，祀杭以文章。謹繹斯恉，為賦慢詞，以誌俎豆湖山之盛云。（林鵾翔，頁 16）

白居易於長慶二年（822）十月赴任杭州刺史，前後將近三年。在此期間，他主持疏浚六井，解決杭州百姓飲水問題；又修堤蓄積湖水，以利灌溉，紓緩農田乾旱及旱災的危害，並撰寫〈錢塘湖石記〉，將治理湖水的政策、方式與注意事項，以石刻置於湖邊，供後人知曉，對日後杭州治理湖水有重大貢獻。北宋時，西湖孤山廣化寺，將白居易、林和靖及蘇東坡合祀，稱三賢堂。至嘉慶三年（1798），大學士阮元任浙江巡撫，專門修建了白文公祠，見出其追慕白氏之心。至於樊宗師，他曾擔任綿州和絳州兩地的刺史，故林鵾翔稱他「諫議功在綿絳」。然而，在杭州祭祀樊氏的原因卻不在政績，而在散文出眾。他不但宣導韓愈等人的古文運動，而且為文力主詼奇險奧，喜用生僻詞語，不蹈襲前人，獨成一體，開創後來浙東西文學風格，時號「澀體」，所以浙人同時也祭祀他。林氏詞曰：

> 耿精靈澀體鑿鴻荒，垂型浙西東。賸一篇綿序，一篇絳記，箋注重重。（金華吳正傳、許益之、四明楊德周皆嘗注絳。居首園池記，黃岩陶九成錄園池記於輯耕錄及游志續篇。清初仁和孫晴川合綿絳二文為之輯注。）不絕斯文如縷，功鉅報宜隆。遺愛香山老，瞻拜應同。　　異代桓譚誰屬，喜奇文賞析，今見孫沖。溯詞源津逮，香瓣祝南豐。締詩盟、東都舊誼。（長慶集有：「唯有東都樊著作，至今書信尚殷勤」句。）料早虛此席、待過從。新祠展，挹湖山秀，遐想宗風。（林鵾翔，頁 17）

雖然詞序說他們出遊是因白文公祠重新修葺，主要的祭祀對象是白居易，然而，不論是序言還是詞的內容，焦點都是落在樊宗師身上。詞的開首「耿精靈澀體鑿鴻荒，垂型浙西東」，讚揚樊宗師在唐代古文運動的成就，極力主張創新求奇，力去陳言，寫了許多艱澀難解的詩文，時號「澀體」，成為浙東西文學家的楷模。接著「賸一篇綿序，一篇絳記，箋注重重」三句，「一篇綿序」是指〈蜀綿州越王樓詩並序〉，「一篇絳記」則指〈絳守居園池記〉。原本樊氏有自著集，據韓愈〈南陽樊紹述墓誌銘〉所云樊氏一生有專著七十五卷，文、賦五百二十一篇，詩七百一十九首，並讚歎道：「多矣哉，古未嘗有也！然而必出於己，不襲蹈前人一言一句，又何其難也！」〔註 48〕可惜早已失傳，今僅存散文兩篇，詩一首。兩篇散文就是上述的「一篇綿序」和「一篇絳記」，後人輯錄了元、明、清各家有關兩文之注釋，編為《樊諫議集七家注》，故林鵾翔謂之「箋注重重」。下二句「不絕斯文如縷，功鉅報宜隆」，補充對樊宗師文章和德行的稱賞。「遺愛香山老，瞻拜應同」句，道出大家拜祭白居易，對樊宗師的恭敬祭祀也應相同。下片「異代桓譚誰屬，喜奇文賞析，今見孫沖」，以批舊立新的漢代經學家桓譚比喻樊宗師，又稱賞北宋絳州通判孫沖所撰的〈重刻絳守居園池記〉，重點凸顯樊宗師的文筆以及其在絳州的政績。下面「溯詞源津逮，香瓣祝南豐」兩句，追溯詞體的起源，認為白居易〈憶江南〉詞乃較早期的詞，表示敬仰之意。「締詩盟、東都舊誼」二句，巧妙地運用白居易〈病中得樊大書〉中兩句「唯有東都樊著作，至今書信尚殷勤」，把白、樊二人連繫起來，稱賞二人均嘗為文壇宗主，於今天此處風光秀麗、湖光山色的西湖美景中，為眾人所紀念和拜祭。

再看另一次社員們在溫州江心嶼上，拜祭南宋愛國文人文天祥。江心嶼位於溫州北面甌江中游，屬於中國四大名嶼。該嶼風景秀麗，名勝古跡眾多，東西雙塔淩空，映襯江心寺，被譽為「甌江蓬萊」。歷代著名詩人謝靈運、孟浩然、韓愈、陸遊、文天祥等都曾於此地留下足跡。這次社員們就來到江心寺東面宋文信國公祠，由林鵾翔領唱〈八聲甘州〉。詞云：

> 怒潮回、長傍浩然樓，江山尚能雄。賸靈祠無恙，中川寺畔，煙雨冥濛。信否狂瀾能挽，我欲問蛟龍。一棧泉華薦，時颯英風。　回首神州如夢，悵魯陽戈短，日馭匆匆。付滄桑閒話，觴詠者回同。

〔註 48〕韓愈撰：〈南陽樊紹述墓誌銘〉，載羅聯添編：《韓愈古文校注彙輯》（臺北：國立編譯館出版，2003 年），第三冊，頁 2786。

> 認留題、飄蕭墨淚，共老松、寒翠落杯中。靈旗遠、黯憑欄處，極目春鴻。（林鵾翔，頁31～32）

南宋德祐二年（1276），文天祥奉命去蒙古談判，被蒙古軍所扣押。後來脫險來到溫州，留居中川寺（即江心寺），寫了〈北歸宿中川寺〉詩。明憲宗成化十八年（1482），溫州百姓為紀念這位民族英雄就義二百年，於江心寺建了文信國公祠。祠內原有文天祥石質雕像和名人題詩碑刻，後被毀壞，僅存清人秦瀛〈宋文信國公造像題記〉碑。雖然詞社出遊的目的是祭祀文天祥，然而林鵾翔的詞卻幾乎沒有鋪敘文天祥的事蹟，只於下片輕描淡寫地藉「悵魯陽戈短」一事，即《淮南子・覽冥訓》裡「魯陽公與韓構難，戰酣日暮，援戈而撝之，日為之反三舍」，〔註49〕來道出文天祥空有報效國家的心，可惜力量薄弱，無法挽狂瀾於既倒，始終解救不到搖搖欲墜的南宋王朝。其餘的筆墨，都在描摹滄茫迷濛的嶼外風景，著意塑造惆悵茫然的感受，如「怒潮回、長傍浩然樓」、「中川寺畔，煙雨冥濛」、「共老松、寒翠落杯中」和「靈旗遠、黯憑欄處，極目春鴻」數句，都是以「潮」、「煙雨」、「老松」、「鴻」來極力襯托出「回首神州如夢」和「付滄桑閒話」兩個主題。對於經歷過國變的詞人而言，國家和人事的興衰，猶如夢一場，最後只成為後人閒談的話題而已。面對早已逝去的人事，詞人登高遠眺，讓一切如鴻鳥遠去般消失於天際。

林鵾翔的詞作借景抒情，至於其他社友如陳閎慧和龔均則藉文天祥慷慨就義的事蹟，感嘆民國政府積弱，表達對時局的憂慮。詞云：

> 擁孤鬟、捲雪怒濤腥，遺祠屹長存。歎孤臣當日，攀髯望斷，柴市塵昏。誰共西臺慟哭，慷慨弔忠魂。酒綠如春水，合薦芳尊。　不忍登高臨遠，慨戰塵高漲，日落中原。且招尋吟侶，時事漫同論。正殘春、鳥啼寺塔，促幾多、花雨點苔痕。勾留處、有英風起，旗影翩翩。（陳閎慧，頁35）

> 聽潮聲、時作不平鳴，人間幾興亡。有凌霄浩氣，臨風墨淚，千古流光。隱隱靈旗天上，孤憤鬱蒼涼。屹立中川寺，永此馨香。　西北神州何處，起雲愁海思，一舸浮江。展澄鮮高閣，豪氣付詩囊。集羣賢、江山依舊，似永和、曲水共流觴。爭知我、抱憂時感，懷古神傷。（龔均，頁38～39）

〔註49〕趙宗乙譯注：《淮南子譯注》（哈爾濱：黑龍江人民出版社，2002年），頁287。

兩首詞均以「遺祠屹長存」、「有凌霄浩氣，臨風墨淚，千古流光」、「屹立中川寺，永此馨香」句，來歌頌文天祥忠貞不屈的氣節，並讚嘆其捨身取義，浩氣長存。陳閎慧詞裡「歎孤臣當日，攀髯望斷，柴市塵昏」，憶述文天祥在祥興元年（1278）被元朝將領張弘範俘虜後，堅拒元帝利誘投降。隨著陸秀夫背著帝昺跳海而死，文天祥最終於柴市從容就義。回憶文氏的忠義，社員們於江心寺一同憑弔，並聚集澄鮮閣禊飲填詞，漫談時局。他們登高望遠，眼看夕陽西下的神州大地，不禁想到當時民國政治環境，軍閥割據，混亂不堪。「且招尋吟侶，時事漫同論」和「爭知我、抱憂時感，懷古神傷」數句，點出社員們都由南宋末年的時局，聯繫到民國的時政，內心興起憂慮和苦悶的愁緒，並為時下國家黯淡的前景，發出歷史興亡、人事變幻的慨嘆。

小結

總結而言，成都的春禪詞社、蚌埠的戊午春詞社和溫州的甌社，都是民國初年主流詞壇以外別樣的聲響。他們分別把四川、安徽和浙江三省在政局、地理和文化方面的特色展現出來。尤其是四川和安徽兩地，均成為軍閥爭權奪利、兵戎相見的戰場。詞人們在時局動盪的情況下，都希望為國效力，扭轉混亂積弱的局面，然而卻因無權無勢，只能將精力轉向文學藝術。例如趙熙主力編修《榮縣志》，並與縣中文人創辦文學舍，主講經史、詩賦、詞章及書法。葉玉森則退出政壇，轉移投身銀行和教育行業，並研究甲骨文、詩詞書畫，頗有成就。林鵾翔和夏承燾二人專於填詞，共同參與了上海午社的唱和活動，成為民國詞壇的耆宿。組織詞社、同聲唱酬，可以說是戰亂時代中文人們最大的心靈慰藉，為他們提供了一個可以與同道交流，發揮精神價值和抒發個人感受的平臺。

第七章　結　論

第一節　本文的研究成果

本文的研究成果，主要深入探討了十六個詞社：上海的春音詞社、漚社和午社；南京的潛社、梅社、蓼辛詞社和如社；天津的須社、玉瀾詞社和夢碧詞社；江蘇地區的白雪詞社、琴社和六一社；成都的春禊詞社、蚌埠的戊午春詞社和溫州的甌社。每一個詞社都儘量梳理出以下幾項：詞社緣起、詞社發起時間、創社人、社名、社員、社集活動和詞作主題，讓讀者們清晰地理解到各個詞社的發展狀況、唱和目的。研究的方法，有綜合和補充前人的研究成果，有增入新近出版的資料，有增加討論的深度；茲將各個地區詞社研究成果略述如下：

一、上海詞社

上海有三大詞社——春音詞社、漚社和午社。首先，三個詞社的社員們幾乎全部都是從外地流寓來滬的，除了午社的何嘉和黃孟超是上海人外，其餘的社員均原籍中國各省。筆者總結了文人們流寓滬濱的原因主要有兩個：一是尋求租界的庇護，二是優越的營生環境。因為國家鼎革後，最初流寓上海的主要是一群前清的遺臣逸民。他們在政權和平轉移的情況下，既不想殉國、也不想投降新政府，又不願歸隱山林，唯一的出路就是寄居於外國人管治的租界裡。他們大多願意投身報業和出版業，擔當編輯和撰稿員，又或在大學裡出任教授。第二，三個詞社之間有明顯的傳承關係。雖然，漚社距離春音詞社的成立十五年之久，但在二十九位社員裡，朱祖謀、潘飛聲、周慶雲、夏敬觀、王蘊章、袁思亮和陳方恪七人就來自春音詞社，加上兩個詞社都奉詞壇巨擘朱祖謀為社長。所以，漚社可以說得上是春音詞社的延續。至於午社，又是漚社的延續。午社的十八位社員裡，林鵾翔、林葆恆、冒廣生、夏敬觀、吳湖帆和龍榆生共六人，都是漚社社員，其中夏敬觀更三個詞社都參與。第三，三個詞社的社員不乏師徒和父子關係，例如袁榮法是袁思亮之子，他們一同參與漚社唱酬。師從朱祖謀學詞者，有林鵾翔、楊鐵夫、王蘊章和龍榆生四人。師從況周頤者，有林鵾翔和午社的陳運彰。後來，夏承燾又成為林鵾翔弟子，何嘉和黃孟超又為夏敬觀弟子，四位都是午社社員。因此，春音詞社、漚社和午社可以說是有密切的傳承。第四，從唱和的題材觀之，春音詞社和漚社主要抒發租界漂零、遺民的懷舊心聲，後來在漚社唱和期間，因為遭遇日軍突襲的一二八事變，上海滿目瘡痍，詞人們始從前朝滅亡的哀痛中覺醒，表達感時憂國的哀痛。到了午社成立之際，上海已成為了被日偽勢力包圍的「孤島」，此時的作品減少了追憶前朝的內容，反而激發出愛國情懷，填寫很多與戰爭時局相關的「史詞」。

二、南京詞社

南京主要有四個詞社——潛社、梅社、蓼辛詞社和如社。南京詞社之間的關連，並不如上海的緊密。首先，潛社和梅社是南京國立中央大學師生組成的團體。前者一直由吳梅主盟，後者雖沒有老師參與，但全部社員都是吳梅的學生。兩者的相關處就是深受吳梅的影響，整體詞社的運作都奉吳梅為師，社員沈祖棻是兩個詞社的成員。潛社雖然有不少相關的資料記載，但主要記述社集活動時間、人物和地點等，卻缺乏探討《潛社彙刊》的內容。筆者主要補充《潛社彙刊》詞作部分的唱和，並清晰地將整個潛社的唱和活動（包括上海光華大學時期）劃分為四個階段，補充學界研究之不足。至於梅社，曹辛華《民國詞史考論》一書尚未納入討論，雖然尹奇嶺《民國南京舊體詩人雅集與結社研究》有一節探討梅社，本文再深入社員的別集，將與梅社相關的唱和，由詞社緣起開始論述，歸納出兩個主題——朋友和師生的唱酬。而蓼辛詞社和如社則主要由南京文人結成，前者只有四位社員，其中三位都有參與後來的如社。這兩個詞社最大相似之處是作品的內容主題，他們均以金陵地景和懷古為題材，並且書寫晚明的歷史記憶。由於南京是明朝的都城，當地的地景和名勝都記錄著明代史事，因此潛社、蓼辛詞社和如社都有以晚明歷史入詞。最後，就是不論是南京還是其他地區的詞人們，都出現跨區唱和的情形，例如仇埰既參與南京的而蓼辛詞社和如社，後來又參與上海的午社。又如吳梅，是潛社的主盟、又指導梅社的學生、也是如社社員，又於蘇州六一社參與唱和，當中如社的程龍驤、唐圭璋、吳徵鑄和盧前，都是吳梅的弟子。還有很多嘗參與南京詞社的社員，諸如林鵾翔、廖恩燾和向迪琮等，均有參與其他地區的詞社，當然可能是以郵寄形式，但亦不排除是到其他地方工作、旅遊而參與。

三、江蘇地區的詞社（南京以外）

除了南京以外，江蘇的詞社有三個——白雪詞社、琴社和六一社。三個詞社有幾項相關之處：一是個別社員重疊，如蔣兆蘭參與白雪詞社和琴社，吳梅則參與琴社和六一社；二是白雪詞社和六一社社都有藉遊覽江蘇的文化地景和名勝古蹟，抒發歷史情懷；三是白雪詞社和琴社均有以詞寫史，敘述軍閥混戰，感嘆時局動盪。白雪詞社是一個具有地域特色的家族詞人群體，筆者清晰地整理了社員間的姻親和師友關係，並總結出詞社創立與時局的關連。而內容題材上，筆者根據《樂府補題後集甲編》、《乙編》歸納為兩個主題：一是江蘇文化地景的遊覽和書寫，二是托物吟詠的寓寄，展現了詞人們如何透過山水地景、名勝古蹟、古人遺物和自然景物，抒發歷史情懷、遺民心聲、鄉邦意識和憂慮時局。而琴社和六一社都不是很有特色的詞社，前者因社作《琴社詞稿》藏於蘇州圖書館，流通不廣，並未見有相關研究的文章；六一社則為季節性唱和，僅舉行消寒和消夏兩季社集，斷斷續續維繫了兩年半，唱和的主題多是對地域風光景色的書寫，未能凸顯出時代意義和時局的關聯。

四、天津詞社

天津有三個詞社——須社、玉瀾詞社和夢碧詞社。須社和後二社的成立情況不同，而且連繫不大，僅有一位社員周學淵參與須社，後來又加入夢碧詞社。須社社員幾乎全部從外地流寓而來，面對軍閥割據的政局，對新政權極為失望。關於須社的研究，林立撰有〈群體身份與記憶的建構：清遺民詞社須社的唱酬〉〔註 1〕一文，主要用西方的「互文」學說，排列比對出社員們

〔註 1〕林立撰：〈群體身份與記憶的建構：清遺民詞社須社的唱酬〉，《中國文化研究所學報》，2011 年，第 52 期，頁 205～244。

的作品所選用意象、辭句和語意的交錯呈現，藉此彰顯須社的遺民身分和故國之思。然而，根據遺民的概念，主要涉及傳統士大夫對君王的忠誠態度有關。〔註 2〕但筆者發現須社二十位社員裡，就有十位於新政府成立之初就出任民國政府的官職。在這情況來看，須社能否稱為遺民詞社，似乎值得斟酌。此外，筆者於詞作題材補充了詞人們對軍閥割據的不滿，以及流落異鄉的漂泊感懷。至於玉瀾詞社和夢碧詞社，兩者皆主要由天津本土的文人和士紳組成，共同參與的有十人。玉瀾詞社相關的研究只有余意〈民國玉瀾詞社發覆〉一文，〔註 3〕筆者補充了詞社緣起，並清晰地整理出社員生平資料、社集概況以及詞作主題，可見他們在節慶思鄉的情懷和懷古之情。夢碧詞社則是繼之後起，筆者在前賢的研究上，補充了詞社緣起和社員生平資料，並將其詞作歸納出三個主題：抗日戰爭、國共內戰和時世變遷，凸顯詞人的愛國情懷、以詞寫史和前路茫茫的感嘆。

五、其他地區的詞社

本文研究上述地區以外的詞社，合共三個地區四個詞社，分別是：四川春禪詞社、蚌埠戊午春詞社和溫州甌社。這三個詞社歸納在一章討論，其實並無任何共通之處，只是將尚未研究的詞社合併敘述。在這三個詞社裡，甌社主要記述遊覽溫州山水名勝和古聖先賢的祠堂，藉以抒發歷史興亡、人事變幻的慨嘆。它由組成至解散歷時十個月左右，主要因為社長林鵾翔離開溫州，發起人梅冷生又赴杭州參政。至於春禪詞社，是一個主要透過郵遞唱和的詞社。由趙熙唱和胡延〈八聲甘州〉十二首組詞為緣起，並郵寄予四川的詞社，社員六人相繼和作，因此社刊只有一集。然而，詞社在正式成立之前的唱和，則記述了四川軍閥內亂的黑暗，致使百姓生靈塗炭。而戊午春詞社是一個微型的詞社，社員僅有三人，唱和緣起是他們同時任職於倪嗣沖的幕府。由於擔任軍閥的幕僚，對當時的政局有最貼近的理解和消息，往往在詞作中流露出時政的黑暗，以及前路迷茫、有志難伸的感慨。其唱和時間雖不可考，然亦不過數月，社集已刊印出版。

〔註 2〕關於遺民定義的說明，詳參林志宏著：《民國乃敵國也：政治文化轉型下的清遺民》（北京：中華書局，2013 年），頁 4～8。

〔註 3〕余意撰：〈民國玉瀾詞社發覆〉，載馬興榮、朱惠國主編：《詞學》（上海：華東師範大學出版社，2017 年），第 37 輯，頁 207～218。

第二節　本文研究的不足和展望

一、本文的不足之處

本文研究的不足之處，主要有以下三項：

第一，本文最不足的地方就是有很多尚未蒐得的詞社資料。筆者原本從曹辛華《民國詞史考論》一書，總結出詞社的數目有三十三個。然而，三十三個詞社當中，雍園詞社不是一個唱和詞的團體，河南大學的所謂「夷門詞社」只是學生詞人群，沒有社團意思，還有壽香社刊版之《壽香社詞鈔》，也是個別詞人作品的匯刊；另外，北京的延秋詞社、上海的詞學季刊社、蓮韜詞社、江蘇常熟詞學研究社也不是專門填詞的詞社，加上廣州的夏聲社沒有正式成立，北京的庚寅詞社和咫社的發起時間超過了民國的界限，還有沒有出版社刊的聲社、琴鶴山館詞社、稷園詞社、瓶花簃詞社、聊園詞社、趣園詞社和掘社，因為缺乏資料研究，餘下可以討論的詞社僅有十六個。這些沒有社刊的詞社，大部分僅有一兩則零星的資料記載，社集緣起、社員數目、社集活動以至唱和的題目內容都難以考得，因為資料缺乏而難以延伸討論，實屬遺憾，以至本文未能全面反映民國詞社唱和的狀況。詞社的作品是社團最重要的靈魂所在，缺乏詞作的析述，僅僅得到零星的資料，始終無法窺見詞人的創作心態和詞社成立意義。

第二，本文在詞社研究的廣度和深度上，尚有很多不足之處。例如本文每一節都只是針對詞社的內部研究，包括詞社緣起、詞社發起時間、社員、社集活動概況和詞作內容，尚未延展至與詞社相關的課題，譬如是社員之間的交往，社員的詞學理論，內容也未引用到社員個人的詞集等。筆者在選定民國詞社研究這一題目，是參考萬柳《清代詞社研究》一書，〔註4〕再以地域角度來切入討論。雖然有避免同一章節出現過度冗長的想法，但就沒有討論到詞社或社刊以外的情況。然而，筆者認為如果能夠旁及詞學理論、詞人的交往和社員的詩詞集，與社刊相輔相成，可以使詞社的討論更加深入和廣闊。正如馬強的《漚社研究》，單單一個漚社，就可以撰成博士論文。馬氏論文除了全面探討社員和社刊內容，還概述了二十一位社員的詞集、四位社員的倚聲研究、七位社員詞話理論研究和社員的歷代詞選，內容非常詳盡，可以稱得上為上海詞人群體研究。因此，筆者對詞社研究只能說得上是概括理解，

〔註4〕萬柳著：《清代詞社研究》（鄭州：中州古籍出版社，2011年）。

整理了相關的社集人物、時間和活動，並敘述分析社作重要題材，深度和廣度仍有待進一步延伸。

第三，本文的研究範圍，只局限在專門的詞社，即曹辛華《民國詞史考論》中「狹義的詞社」，對於包括了詩、詞、文、詩鐘等文藝形式的「廣義的詞社」則一概不論，〔註 5〕這可能使一些民國重要的文學團體的詞作遭到忽略，例如蘇州的南社、虞社，天津的城南詩社和貴州的湄江吟社，據曹辛華的記述，這幾個團體都有一定數量的詞作。尤其是南社，文、詩和詞也有龐大的數量，而且詞作內容和詞境都有開拓，如以詞體來表達排滿反清的愛國思想，又以異域風光、西洋典故、科學知識、現代器物、題詠小說戲劇等入詞。因此，筆者認為本文再拓展研究，可以將「廣義的詞社」全部都歸納討論，或針對某一地區深入研究詞人群體，增加文章的廣度，豐富全文的內容。

二、民國詞社的研究展望

二十世紀至今的民國詞社研究，尤其是近十多年來，中國陸續出現不少專門探討民國詞社的單篇論文和碩士博士學位論文，綜合討論所有詞社的有九篇之多，本文緒論的研究文獻回顧部分已羅列出來，至於個別詞社的概略探討，也不乏其數，有些更是有深度和詳盡的研究。例如漚社、午社和甌社，分別出現了博士論文或碩士論文的探究，須社、白雪詞社縱使只有兩三篇論文，內容亦有一定的深廣度。唯一連單篇論文也未見的有蓼辛詞社、春禪詞社和琴社，而如社、梅社、潛社的研究也欠系統和深入，但也足見民國詞社在當今受關注的程度，同時彰顯出民國詞社的研究已取得了一定的成果。尤其曹辛華《民國詞史考論》一書，其中〈民國詞社考論〉一節，考訂了廣義的民國詞社有一百五十七個（不計算清末和新中國成立後創社者），為筆者以至後來的學人提供了文獻和概略的研究指引。筆者認為要進一步拓展民國詞社的研究，尚有很多可以考慮的地方，茲列舉數項如下：

第一，可以從地域方面著手，專門研究一個地區的詞社以至詞人群體。筆者從緒論中統計出上海有六個詞社，江蘇（包括南京）的有九個詞社，北京也有四個詞社；筆者認為可以在地區上以某一位著名的詞壇領袖為首，例如民國時期寓居上海的朱祖謀，或南京詞曲巨擘吳梅，探討與他們相關的詞

〔註 5〕關於曹辛華對詞社的定義，詳參曹辛華著：《民國詞史考論》（北京：人民出版社，2017 年），頁 73。

社，甚至延伸至圍繞在他們身邊的詞人群體。即使詞社部分無法開展至學位論文的探究，也可以發展出上海詞人群體、江蘇詞人群體或天津詞人群體等的全面探究，當中也必然涉及詞社的唱酬，因為詞社唱酬也是群體組成的一個部分。

第二，可以社作主題著手，深入探討一群詞人的時代心聲。例如林立以民國時期的清遺民詞為研究對象，筆者認為民國時局變幻莫測，混亂不堪，提議可以從史詞方面探索，發掘出詞社對政治局勢的反映：例如戊午春詞社寄託了袁世凱逝世後，軍閥割據的情況；漚社在社集期間又遇上一二八事變，上海遭受戰火影響，社作流露戰爭的慘況；如社在七七事變前又遭到日本侵擾，內容不乏山河殘破、憂時傷懷的情調；午社更是處於上海淪陷，租界成為孤島的時期，填寫了很多戰塵悲壯的哀歌，藉以喚醒國魂。如果從主題方面探索，可以發現出民國歷史的軌跡。

第三，可以從民國詞社的發展來探討，展示民國不同階段詞社的地域分布和唱和特色。筆者在緒論嘗將民國時期的詞社劃分三個階段：民國初期（1912～1920 年）、民國中期（1920～1937 年）和民國後期（1937～1949 年）。由於政治環境的變化，每個階段可能會反映出一些不同的主題，例如民國初期會有關於反對袁世凱稱帝，張勳復辟，以至軍閥割據的內容；民國中期則有中日關係緊張，日本屢次侵華的狀況，以及國共兩黨的矛盾等；民國後期則顯見日本全面侵華，中國面臨國土淪陷和民族危亡。詞社的創立通常是本於同氣相求，尤其是戊午春詞社、白雪詞社、須社、漚社等的成立緣起就有反映時事之意，還可以窺探不同時期詞人的心態。

第四，可以運用新的研究方法，來凸顯詞社組織和唱酬的意義。例如林立研究須社時，主要用西方克里斯蒂娃（Julia Kristeva）的「互文」學說，來強化須社的群體特徵和遺民之思。筆者在研究上海春音詞社和漚社時加入了文化地理學裡「地方錯置」（anachorism）的理論，來形容文人流寓租界，與摩登上海格格不入的狀態。又以西方後殖民研究的「離散」（diaspora）理論，來譬喻詞人們在租界，與洋人雜居、受著洋人管制的心情和處境，與散居的悲情、孤寂、漂泊、疏離等景況，非常相似。筆者又於以「地方中的歷史」（history－in－place）和宇文所安所引介遺物和自然景物對觸發記憶的作用，來探討白雪詞社和午社的作品。上述只是筆者初嘗以西方理論和中國古典詩詞的結合，然而，西方文學、文化理論、地理、心理、社會科學和哲學等博大精深，相信還有不少可以和古典詩詞互相發揮的方向，筆者僅舉一隅，提出日後民國詞社的研究，可以從更多不同的角度和方法來討論。

上述四項只是筆者的愚見，其實近十年來，民國詞社的研究已廣為學人重視，每年均有一、二篇論文專門探討民國的詞社，然地域上以中國大陸和香港學人為主，始終民國古典詩詞的原始文獻大部分都藏於中國內地。直至近五年來，北京國家圖書館先後出版了《清末民國舊體詩詞結社文獻彙編》（2013 年）、《清末民國舊體詩詞結社文獻續編》（2015 年）、《民國名家詞集選刊》（2015 年）和《民國詞集叢刊》（2016 年），匯輯了大量民國舊體詩詞的文獻出版，令學界有機會蒐得原始詞社資料作進一步的研究，實為民國古典文學研究作出重大的貢獻。故此，筆者希望藉本文的研究，初步整理出民國詞社概要和系統的狀況，增加日後學人對民國詞社、民國詞學以至民國古典文學研究的興趣，令民國舊體的文學研究領域有更進一步的探討和發展。

附錄：民國詞人參與多個詞社圖表

本文每個章節已經將參與個別詞社的社員名錄整理出來，為了方便學人進一步研究，茲按照本文章節編排次序，將參與多於一個詞社的民國詞人，及其所參與的詞社，以表格形式整理，並用「●」顯示如下：

		詞社															
	詞人	春音詞社	漚社	午社	潛社	梅社	蓼辛詞社	如社	白雪詞社	琴社	六一社	須社	玉瀾詞社	夢碧詞社	春禪詞社	戊午春社	甌社
參與詞人	朱祖謀 1857～1931	●	●														
	潘飛聲 1858～1934	●	●														
	周慶雲 1864～1934	●	●														
	夏敬觀 1875～1953	●	●	●								●					
	葉玉森 1880～1933	●														●	
	袁思亮 1880～1940	●	●									●					
	吳梅 1884～1939	●			●			●		●	●						
	王蘊章 1884～1942	●	●														

陳方恪 1891～1966	●	●														
林鵾翔 1871～1940		●	●				●									●
林葆恆 1872～1959		●	●								●					
楊玉銜 1872～1944		●														
冒廣生 1873～1959		●	●													
郭則澐 1882～1947		●									●					
吳湖帆 1894～1968		●	●													
黃孝紓 1900～1964		●									●					
龍榆生 1902～1966		●	●													
趙熙 1867～1948		●												●		
張茂炯 1875～1936		●								●						
路朝鑾 1880～1954		●												●		
陳曾壽 1877～1949		●									●					
邵章 1872～1953		●									●					
胡嗣瑗 1868～1949		●									●					
姚亶素 1872～1963		●									●					
廖恩燾 1865～1954			●				●									
仇埰 1872～1945			●			●	●									

夏承燾 1900～1986			●										●			●
盧前 1904～1951				●			●									
唐圭璋 1901～1990				●			●									
沈祖棻 1909～1977				●	●											
石淩漢 1872～1947						●	●									
蔡寶善 1869～1939							●			●						
高德馨 1865～1934										●	●					
顧建勳 1881～1930									●	●						
蔣兆蘭 1855～1932								●	●							
王朝陽 1882～1932								●	●							
楊壽枏 1868～1948											●	●	●			
姚靈犀 1899～1963												●	●			
向迪琮 1899～1969							●					●	●			
馮瓆 1899～1972												●	●			
周學淵 1877～1953											●		●			
王伯龍 （生卒年不詳）												●	●			
張謙 1909～？												●	●			

	周維華（生卒年不詳）												●	●			
	王禹人（生卒年不詳）												●	●			
	楊軼倫（生卒年不詳）												●	●			
	石松亭（生卒年不詳）												●	●			

徵引書目

（按字首筆劃依次排列）

一、書籍

（一）詞作叢刻、選集

1. 仇埰、石淩漢、孫濬源和王孝煃著：《蓼辛詞》，民國二十年（1931）刻本。
2. 王鵬運等著：《庚子秋詞》（臺北：學生書局，1972 年）。
3. 午社輯：《午社詞》，載南江濤選編：《清末民國舊體詩詞結社文獻彙編》（北京：國家圖書館出版社，2013 年），第一冊。
4. 朱孝臧等著：《漚社詞鈔》，載南江濤選編：《清末民國舊體詩詞結社文獻彙編》（北京：國家圖書館出版社，2013 年），第二十冊。
5. 朱祖謀著、龍沐勛輯：《彊村遺書》（揚州：廣陵古籍刻印社，1987 年）。
6. 南江濤選編：《清末民國舊體詩詞結社文獻彙編》（北京：國家圖書館出版社，2013 年）。
7. 邵瑞彭編選：《夷門樂府》，載曹辛華主編：《民國詞集叢刊》（北京：國家圖書館出版社，2016 年），第七冊。
8. 吳梅等撰：《琴社詞稿》，民國十六年（1927）油印本。
9. 吳梅編輯：《潛社彙刊》，載南江濤選編：《清末民國舊體詩詞結社文獻彙編》（北京：國家圖書館出版社，2013 年），第二十二冊。
10. 林葆恆輯，張璋整理：《詞綜補遺》（上海：上海古籍出版社，2005 年）。
11. 周濟著、譚獻評：《宋四家詞選．譚評詞辨》（臺北：廣文書局，1962 年）。

12. 拙盧等撰：《樂府補題後集》，載南江濤選編：《清末民國舊體詩詞結社文獻彙編》（北京：國家圖書館出版社，2013 年），第二十二冊。
13. 施議對編纂：《當代詞綜》（福州：海峽文藝出版社，2002 年）。
14. 袁天庚等撰：《戊午春詞》，載南江濤選編：《清末民國舊體詩詞結社文獻彙編》（北京：國家圖書館出版社，2013 年），第二冊。
15. 陳閎慧輯：《甌社詞鈔》，載南江濤選編：《清末民國舊體詩詞結社文獻彙編》（北京：國家圖書館出版社，2013 年），第二十二冊。
16. 陳乃乾編：《清名家詞》（上海：開明書局，1937 年）。
17. 郭則澐等撰：《煙沽漁唱》，載南江濤選編：《清末民國舊體詩詞結社文獻彙編》（北京：國家圖書館出版社，2013 年），第十六冊。
18. 倦鶴等撰：《如社詞鈔》，載南江濤選編：《清末民國舊體詩詞結社文獻彙編》（北京：國家圖書館出版社，2013 年），第二冊。
19. 趙熙等撰：《春禪詞社詞》，載南江濤選編：《清末民國舊體詩詞結社文獻彙編》（北京：國家圖書館出版社，2013 年），第七冊。
20. 鄧邦述等撰：《六一消夏詞》，民國十八年（1929）刻本。
21. 薛鍾斗輯，余振棠校補：《東甌詞徵》（上海：上海社會科學院出版社，2004 年）。

（二）詞作別集

1. 王強編著：《周邦彥詞新釋輯評》（北京：中國書店，2006 年）。
2. 向迪琮著：《柳谿長短句》，民國十八年（1929）刊本。
3. 任援道撰，高秋鳳、王清平、廖于閩等注析：《青萍詞注析》（臺北：上鎰數位科技印刷有限公司，2013 年）。
4. 朱孝臧著，白敦仁箋注：《彊村語業箋注》（成都：巴蜀書社，2002 年）。
5. 沈祖棻著：《沈祖棻詩詞集》（南京：江蘇古籍出版社，1994 年）。
6. 吳梅著：《霜厓詞錄》，載朱惠國、吳平編：《民國名家詞集選刊》（北京：國家圖書館出版社，2015 年），第十三冊。
7. 吳曾源著：《并眉軒長短句》，載朱惠國、吳平編：《民國名家詞集選刊》（北京：國家圖書館出版社，2015 年），第九冊。
8. 林鵾翔著：《半櫻詞》，民國十六年（1927），鉛印本。
9. 林鵾翔著：《半櫻詞續》，民國二十七年（1938），鉛印本。

10. 林鵾翔著:《半櫻詞》,載朱惠國、吳平編:《民國名家詞集選刊》(北京:國家圖書館出版社,2015 年),第九冊。
11. 林鵾翔著:《半櫻詞續》,載朱惠國、吳平編:《民國名家詞集選刊》(北京:國家圖書館出版社,2015 年),第九冊。
12. 高德馨著:《綒隱詞鈔》,載曹辛華主編:《民國詞集叢刊》(北京,國家圖書館出版社,2016 年),第十四冊。
13. 唐圭璋著:《夢桐詞》(南京:江蘇古籍出版社,1987 年)。
14. 夏承燾著:《夏承燾詞集》(長沙:湖南人民出版社,1981 年)。
15. 夏敬觀著:《吷庵詞》(上海:中華書局,1939 年)。
16. 徐珂著:《純飛館詞續》,載曹辛華主編:《民國詞集叢刊》(北京,國家圖書館出版社,2016 年),第七冊。
17. 寇夢碧著,魏新河編:《夕秀詞》(合肥:黃山書社,2009 年)。
18. 張茂炯著:《艮盧詞》,載朱惠國、吳平編:《民國名家詞集選刊》(北京:國家圖書館出版社,2015 年),第十一冊。
19. 楊俊著:《夢花館詞》,載曹辛華主編:《民國詞集叢刊》(北京,國家圖書館出版社,2016 年),第二十三冊。
20. 楊鐵夫箋釋,陳邦炎、張奇慧校點:《吳夢窗詞箋釋》(廣州:廣東人文出版社,1992 年)。
21. 詹安泰校注:《李璟李煜詞》(北京:人民文學出版社,1998 年)。
22. 鄧邦述著:《漚夢詞》,載朱惠國、吳平編:《民國名家詞集選刊》(北京:國家圖書館出版社,2015 年),第七冊。
23. 蔡晉鏞著:《雁村詞》,載曹辛華主編:《民國詞集叢刊》(北京,國家圖書館出版社,2016 年),第二十四冊。
24. 蔡寶善著:《聽潮音館閣詞》,載朱惠國、吳平編:《民國名家詞集選刊》(北京:國家圖書館出版社,2015 年),第七冊。
25. 潘承謀著:《瘦葉詞》,載朱惠國、吳平編:《民國名家詞集選刊》(北京:國家圖書館出版社,2015 年),第十二冊。

(三)詞學、詞史專著

1. 朱德慈著:《近代詞人考錄》(北京:中國社會科學出版社,2004)。
2. 李康化著:《近代上海文人詞曲研究》(上海:上海人民出版社,2009 年)。

3. 李劍亮著：《民國詞的多元解讀》（杭州：浙江大學出版社，2012 年）。
4. 林立著：《滄海遺音：民國時期清遺民詞研究》（香港：香港中文大學出版社，2012 年）。
5. 周濟著：《介存齋論詞雜著》，載唐圭璋編：《詞話叢編》（北京：中華書局，2005 年），第二冊。
6. 冒廣生著、冒懷辛整理：《冒鶴亭詞曲論文集》（上海：上海古籍出版社，1992 年）。
7. 馬興榮、吳熊和主編：《中國詞學大辭典》（杭州：浙江教育出版社，1996 年）。
8. 夏承燾著：《天風閣學詞日記》（杭州：浙江古籍出版社，1997 年）。
9. 夏承燾著：《天風閣學詞日記（二）》（杭州：浙江古籍出版社，1992 年）。
10. 夏敬觀著：《忍古樓詞話》，載唐圭璋編：《詞話叢編》（北京：中華書局，2005 年），第五冊。
11. 曹辛華著：《民國詞史考論》（北京：人民出版社，2017 年）。
12. 郭則澐撰：《清詞玉屑》，載朱崇才編纂：《詞話叢編・續編》（北京：人民文學出版社，2010 年）。
13. 張宏生著：《清代詞學的建構》（南京：江蘇古籍出版社，1998 年）。
14. 馮金伯著：《詞苑萃編》，載唐圭璋編：《詞話叢編》（北京：中華書局，2005 年），第二冊。
15. 萬柳著：《清代詞社研究》（鄭州：中州古籍出版社，2011 年）。
16. 曾大興著：《詞學的星空——20 世紀詞學名家傳》（石家莊：河北人民出版社，2009 年）。
17. 葉嘉瑩著：《唐五代名家詞選講》（北京：北京大學出版社，2007 年）。
18. 葉嘉瑩著：《清詞散論》（臺北：桂冠圖書股份有限公司，2000 年）。
19. 蔡嵩雲著：《柯亭詞論》，載唐圭璋編：《詞話叢編》（北京：中華書局，2005 年），第五冊。
20. 劉夢芙著：《冷翠軒詞話》，載《當代詩詞叢話》（合肥：黃山書社，2009 年）。
21. 蕭公權著：《小桐陰館詩詞》（臺北：聯經出版事業公司，1983 年）。
22. 龍榆生著：《龍榆生詞學論文集》（上海：上海古籍出版社，2009 年）。

23. 鍾振振主編：《詞學的輝煌：文學文獻學家唐圭璋》（南京：南京大學出版社，2001）。
24. 魏新河著，劉夢芙校：《詞林趣話》（合肥：黃山書社，2009 年）。
25. 嚴迪昌著：《清詞史》（北京：人民文學出版社，2011 年）。

（四）經史及詩文評集

經類：

1. 毛亨傳、鄭玄箋、孔穎達疏：《毛詩正義》（北京：北京大學出版社，2000 年）。
2. 范寧集解，楊士勛疏：《春秋穀梁注疏》（北京：北京大學出版社，2000 年）。
3. 馬持盈註譯：《詩經今註今譯》（臺北：商務印書館，2009 年）。
4. 萬麗華、蘭旭譯注：《孟子》（香港：中華書局，2012 年）。

史料傳記：

1. 上海市檔案館編：《租界裡的上海》（上海：上海社會科學院出版社，2003 年）。
2. 卞孝萱、唐文權編：《民國人物碑傳集》（南京：鳳凰出版社，2011 年）。
3. 卞孝萱、唐文權編：《辛亥人物碑傳集》（南京：鳳凰出版社，2011 年）。
4. 王前華、廖錦漢編：《明孝陵史話》（南京：南京出版社，2003 年）。
5. 王衛民著：《吳梅評傳》（石家莊：河北教育出版社，2002 年）。
6. 中國人民政治協商會議天津市委員會文史資料研究委員會編：《天津文史資料選輯》（第三十二輯）（天津：天津人民出版社，1985 年）。
7. 中國革命博物館整理，榮孟源審校：《吳虞日記》（成都：四川人民出版社，1984 年）。
8. 北京大學中國文學史教研室選注：《魏晉南北朝文學史參考資料》（北京：中華書局，1962 年）。
9. 司馬遷著，裴駰集解：《史記》（北京：中華書局，1982 年）。
10. 司馬遷著，張大可注：《史記今注》（南京：鳳凰出版社，2013 年）。
11. 左丘明撰，鮑思陶點校：《國語》（濟南：齊魯書社，2005 年）。
12. 江蘇省政協文史資料委員會編：《宜興人物志》（南京：江蘇文史資料編輯部，1997 年）。

13. 阮升基等編：《宜興縣志》（臺北：成文出版社，1970年）。
14. 邢秀華、鮑士杰著：《陸維釗》（杭州：西泠印社出版社，2005年）。
15. 李劍亮著：《夏承燾年譜》（北京：光明日報出版社，2012年）。
16. 李延壽撰：《南史》（北京：中華書局，1997年）。
17. 吳仁安著：《明清江南著姓望族史》（上海：上海人民出版社，2009年）。
18. 吳梅著、王衛民編校：《吳梅全集．日記卷》（石家莊：河北教育出版社，2002年）。
19. 房玄齡等撰：《晉書》（北京：中華書局，1996年）。
20. 周延礽著：《吳興周夢坡先生年譜》（北京：國家圖書館出版社，2012年）。
21. 范曄撰，李賢等注：《後漢書》（北京：中華書局，1995年）。
22. 冒懷蘇編著：《冒鶴亭先生年譜》（上海：學林出版社，1998年）。
23. 南京市地方志編纂委員會辦公室編：《南京通史．民國卷》（南京：南京出版社，2011年）。
24. 南京師範大學古文獻整理研究所編：《江蘇藝文志．無錫卷》（上海：上海古籍出版社，2005年）。
25. 陸世儀著：《復社紀略》（石家莊：河北教育出版社，1995年）。
26. 徐珂編撰：《清稗類鈔》（北京：中華書局，1984年）。
27. 陳伯海、袁進主編：《上海近代文學史》（上海：上海人民出版社，1993年）。
28. 陳善謨等修，徐保慶等纂：《光宣宜荊續志》（臺北：成文出版社，1970年）。
29. 陳誼著：《夏敬觀年譜》（合肥：黃山書社，2007年）。
30. 脫脫等撰：《宋史》（北京：中華書局，1995年）。
31. 張廷玉撰：《明史》（北京：中華書局，1995年）。
32. 張暉著：《龍榆生先生年譜》（上海：學林出版社，2001）。
33. 黃侃著：《黃侃日記》（南京：江蘇教育出版社，2001年）。
34. 惲毓鼎著，史曉風整理：《惲毓鼎澄齋日記》（杭州：浙江古籍出版社，2004年）。
35. 福州市鼓樓區政協文史資料委員會編：《鼓樓文史》（福州：中國人民政治協商會議福州市鼓樓區委員會，1988年），第四輯。

36. 趙爾巽等撰：《清史稿》（北京：中華書局，1986 年）。
37. 鄭孝胥著、勞祖德整理：《鄭孝胥日記》（北京：中華書局，1993 年）。
38. 齊治平著：《陸游傳論》（北京：中華書局，1960 年）。
39. 蔣兆蘭、蔣兆燮編：《醉園府君年譜》（北京：北京圖書館出版社，1999 年）。
40. 潘益民、潘蕤著：《陳方恪年譜》（南昌：江西人民出版社，2007 年）。
41. 韓品崢、韓文寧編著：《秦淮河史話》（南京：南京出版社，2004 年）。
42. 瞿鴻機著：《止盦年譜》（北京：北京圖書館出版社，2006 年）。
43. 魏徵、令狐德棻等撰：《隋書》（北京：中華書局，1996 年）。
44. 蘇州市地方志編纂委員會編：《蘇州市志》（南京：江蘇人民出版社，1995 年）。

諸子、筆記小說：

1. 余棨昌著：《古都變遷紀略》（臺北：文海出版社，1974 年）。
2. 余懷著：《板橋雜記》（南京：南京出版社，2006 年）。
3. 徐珂編輯，無谷、劉卓英點校：《清稗類鈔選》（著述，鑒賞）（北京：書目文獻出版社，1984 年）。
4. 陳康祺撰、晉石點校：《郎潛紀聞初筆二筆三筆》（北京：中華書局，1984 年）。
5. 郭則澐著：《十朝詩乘》（臺北：學生書局，1976 年）。
6. 郭象注，成玄英疏，曹礎基、黄蘭發點校：《莊子注疏》（北京：中華書局，2011 年）。
7. 張伯駒著：《春遊瑣談》（鄭州：中州古籍出版社，1984 年）。
8. 黄濬著、霍慧玲點校：《花隨人聖庵摭憶》（太原：山西古籍出版社、山西教育出版社，1999 年）。
9. 趙宗乙譯注：《淮南子譯注》（哈爾濱：黑龍江人民出版社，2002 年）。
10. 劉義慶撰，劉孝標注、劉強會評輯校：《世說新語會評》（南京：鳳凰出版社，2007 年）。
11. 震鈞著：《天咫偶聞》（北京：北京古籍出版社，1982 年）。
12. 盧前著：《盧前筆記雜鈔》（北京：中華書局，2006 年）。
13. 戴璐著：《藤陰雜記》（石家莊：河北教育出版社，1996 年）。

詩文集、詩文評類：

1. 王安石著：《王安石全集》（上海：上海古籍出版社，1999 年）。
2. 王仲鏞主編：《趙熙集》（成都：巴蜀書社，1996 年）。
3. 王國維著，周錫山編校：《王國維集》（北京：中國社會科學出版社，2008 年）。
4. 王崇簡撰：《青箱堂詩集》，載《四庫全書存目叢書》（臺南：莊嚴出版社，1997 年）。
5. 王維撰、趙殿成箋注：《王摩詰全集箋注》（臺北：世界書局，1962 年）。
6. 宇文所安著：《他山的石頭記：宇文所安自選集》（南京：江蘇人民出版社，2003 年）。
7. 杜甫著、仇兆鰲注：《杜詩詳注》（北京：中華書局，1979 年）。
8. 杜牧著、吳在慶撰：《杜牧集繫年校注》（北京：中華書局，2008 年）。
9. 李商隱撰，劉學鍇、余恕誠注：《李商隱詩歌集解》（北京：中華書局，1996 年）。
10. 李賀著，曾益等注：《李賀詩注》（臺北：世界書局，1963 年）。
11. 吳梅著，王衛民編校：《吳梅全集．作品卷》（石家莊：河北教育出版社，2002 年）。
12. 吳梅著、王衛民編校：《吳梅全集．理論卷》（石家莊：河北教育出版社，2002 年）。
13. 吳曉著：《意象符號與情感空間——詩學新解》（北京：中國社會科學出版社，1990 年）。
14. 林思進著，劉君惠、王文才選編：《清寂堂集》（成都：巴蜀書社，1989 年）。
15. 屈原撰，洪興祖補注：《楚辭補注》（北京：中華書局，1983 年）。
16. 侯方域著、王樹林校箋：《侯方域全集校箋》（北京：人民文學出版社，2013 年）。
17. 胡思敬著：《退廬全集》（臺北：文海出版社，1969 年）。
18. 柳亞子著、柳無忌編：《南社紀略》（上海，上海人民出版社，1983 年）。
19. 《南社叢刻》（揚州：廣陵古籍刻印社，1996 年）。
20. 韋應物著，陶敏、王友勝校注：《韋應物集校注》（上海：上海古籍出版社，1998 年）

21. 高平叔編：《蔡元培全集》（北京：中華書局，1984年）。
22. 陶淵明撰，袁行霈箋注：《陶淵明集箋注》（北京：中華書局，2003年）。
23. 袁榮法主編：《湘潭袁氏家集》（臺北，文海出版社，1975年）。
24. 陳三立著、錢文忠點校：《散原精舍文集》（沈陽：遼寧教育出版社，1998年）。
25. 陳曾壽著：《蒼虬閣詩》（臺北：文海出版社，1974年）。
26. 陳維崧著，陳振鵬標點，李學穎校補：《陳維崧集》（上海：上海古籍出版社，2010年）。
27. 陳聲聰著：《兼于閣雜著》（上海：上海古籍出版社，2002年）。
28. 陳貽焮選注：《魏晉南北朝文》（石家莊：河北教育出版社，2000年）。
29. 郭則澐著：《龍顧山房詩集》（三），載王偉勇主編：《民國詩集叢刊》（臺北：文听閣圖書有限公司，2009年）。
30. 梅冷生著、潘國存編：《梅冷生集》（上海：上海社會科學院出版社，2006年）。
31. 陸游著，陳國安校注：《陸游全集校注》（杭州：浙江教育出版社，2011年）。
32. 尉素秋著：《秋聲集》（臺北：帕米爾書店，1984年）。
33. 張伯偉撰：《全唐五代詩格彙考》（南京：江蘇古籍出版社，2002年）。
34. 張暉著：《無聲無光集》（杭州：浙江大學出版社，2013年）。
35. 黄孝紓著：《匑厂文稿》（臺北：文海出版社，1966年）。
36. 詹鍈主編：《李白全集校注彙釋集評》（天津：百花文藝出版社，2010年）。
37. 葛立方撰：《韻語陽秋》，載何文煥輯：《歷代詩話》（北京：中華書局，1987年）。
38. 楊壽枏著：《雲在山房類稿》（臺北：文史哲出版社，1994年）。
39. 葉恭綽撰：《遐菴彙稿：附年譜》（臺北：文海出版社，1968年）。
40. 葉紹袁原編、冀勒輯校：《午夢堂集》（北京：中華書局，1998年）。
41. 樂黛雲、陳珏編選：《北美中國古典文學研究名家十年文選》（南京：江蘇人民出版社，1996年）。
42. 鄭竹青、周雙利編：《中國歷代詩歌通典》（北京：解放軍出版社，1999年）。

43. 龍榆生著：《龍榆生全集》（上海：上海古籍出版社，2015 年）。
44. 羅聯添編：《韓愈古文校注彙輯》（臺北：國立編譯館出版，2003 年）。
45. 譚其驤著：《譚其驤全集》（北京：人民出版社，2015 年）。
46. 蘇軾著，王文誥輯注：《蘇軾詩集》（北京：中華書局，1996 年）。
47. 蘇舜欽著、沈文倬校點：《蘇舜欽集》（上海：上海古籍出版社，2011 年）。
48. 龔鼎孳著、孫克強、裴藎編輯校點：《龔鼎孳全集》（北京：人民文學出版社，2014 年）。

（五）其他書籍

1. Tim Cresswell 著、徐苔玲、王志弘譯：《地方：記憶、想像與認同》（臺北：群學出版有限公司，2006 年）。
2. 王衛民編：《吳梅和他的世界》（石家莊：河北教育出版社，2002 年）。
3. 尹奇嶺著：《民國南京舊體詩人雅集與結社研究》（北京：中國社會科學出版社，2011 年）。
4. 北京圖書館《文獻》叢刊編輯部編：《中國當代社會科學家》（北京：書目文獻出版社，1983 年）。
5. 宇文所安著、鄭學勤譯：《追憶：中國古典文學中的往事再現》（臺北：聯經出版事業股份有限公司，2006 年）。
6. 朱蒂斯．赫曼（Herman Judith Lewis）著，楊大和譯：《創傷與復原》（臺北：時報文化出版社，1995 年）。
7. 何宗美著：《明末清初文人結社研究》（天津：南開大學出版社，2004 年）。
8. 李歐梵著，毛尖譯：《上海摩登：一種新都市文化在中國 1930～1945》（香港：牛津大學出版社，2006 年）。
9. 吳盛清、高嘉謙主編：《抒情傳統與維新時代：辛亥前後的文人、文學、文化》（上海：上海文藝出版社，2012 年）。
10. 林志宏著：《民國乃敵國也：政治文化轉型下的清遺民》（北京：中華書局，2013 年）。
11. 尚克強著：《九國租界與近代天津》（天津：天津教育出版社，2008 年）。
12. 胡懷琛著：《上海的學藝團體》（上海：通志館出版，1935 年）。
13. 秦燕春著：《清末民初的晚明想象》（北京：北京大學出版社，2008 年）。
14. 徐友春主編：《民國人物大辭典》（石家莊：河北人民出版社，2007 年）。

15. 章用秀著：《天津地域與津沽文學》（天津：天津社會科學院出版社，2000年）。
16. 張勇著：《論二十世紀二、三十年代南京文學生態》（臺北：花木蘭文化出版社，2014年）。
17. 董玥著：《民國北京城：歷史與懷舊》（北京：生活．讀書．新知三聯書店，2014年）。
18. 楊揚、陳引馳、傅杰選編：《二十世紀名人自述．學人自述》（杭州：杭州大學出版社，1998年）。
19. 葉兆言著：《老南京．舊影秦淮》（南京：江蘇美術出版社，1998年）。
20. 趙梓伊著：《秦淮十里揚媚香——李香君》（北京：金城出版社，2004年）。
21. 鄭逸梅編著：《南社叢談：歷史與人物》（北京：中華書局，2006年）。
22. 羅惠縉著：《民初「文化遺民」研究》（武漢：武漢大學出版社，2011年）。
23. 蘇雲峰著：《三（兩）江師範學堂：南京大學的前身1903～1911》（南京：南京大學出版社，2002年）。

二、學位論文

1. 杜運威撰：《抗戰詞壇研究》，吉林大學博士論文，2017年。
2. 李藝莉撰：《甌社研究》，華東師範大學碩士論文，2016年。
3. 胡永啟撰：《夏承燾詞學研究》，河南大學博士論文，2011年。
4. 胡萍撰：《徐喈鳳及其詞研究》，西南大學碩士論文，2009年。
5. 馬強撰：《漚社研究》，華東師範大學博士論文，2014年。
6. 張文昌《民國金陵詞壇研究》，南京師範大學碩士論文，2018年。
7. 張響撰撰：《晚清民國詞人蔡嵩雲研究》，南京師範大學碩士論文，2014年。
8. 焦豔撰：《午社研究》，華東師範大學碩士論文，2013年。
9. 彭異靜撰：《程頌萬詩歌研究》，湖南大學碩士論文，2008年。
10. 楊蓉蓉撰：《學府內外——二十世紀二三十年代上海現代大學與中國新文學關係研究》，復旦大學博士論文，2006年。
11. 齊芳撰：《民國詞人廖恩燾詞研究》，南京大學碩士論文，2012年。
12. 潘夢秋撰：《民國上海高校的舊體詞教學研究》，華東師範大學碩士論文，2015年。

三、期刊論文

1. 方慧勤撰：〈聊園詞社考論〉，《國學新視野》，2017 年。
2. 毛欣然撰：〈成都詞社考——兼談趙熙在成都詞社中的地位與影響〉，《蜀學》，第十五輯。
3. 王晉光撰：〈葉小鸞「因嫁而亡」事件探索〉，《中國文化研究所學報》，2009 年，第 49 期。
4. 王標撰：〈空間的想像和經驗——民初上海租界中的遜清遺民〉，《杭州師範學院學報》（社會科學版），2006 年，第 1 期。
5. 王蘊章著，楊傳慶整理〈梅魂菊影室詞話〉，載詞學編輯委員會編輯：《詞學》（上海：華東師範大學出版社，2013 年），第 28 輯。
6. 尹奇嶺撰：〈吳梅、黃侃失和考——讀《吳梅全集・日記卷》《黃侃日記》考〉，《人物》，2010 年，第 5 期。
7. 石淩漢撰，羅克辛輯：《弢素詞話》，載詞學編輯委員會編輯：《詞學》（上海：華東師範大學出版社，2015 年），第三十四輯。
8. 光華大學編：《小雅》，第 1 期、第 3 期和第 5 期。
9. 西神撰：〈春音餘響〉，《同聲月刊》，創刊號，1940 年。
10. 邢蕊杰撰：〈清代陽羨文化家族聯姻與詞文學集群生成〉，《蘇州大學學報》，2012 年，第 3 期。
11. 朱征驊撰：〈宜興清代詞學簡說〉，《蘇州大學學報》，1995 年，第 1 期。
12. 朱惠國撰：〈民國詞研究的回顧與展望〉，《清華大學學報》，2010 年，第 6 期。
13. 朱惠國撰：〈午社四聲之爭與民國詞體觀的再認識〉，《中山大學學報》，2014 年，第 2 期，第 54 卷。
14. 李桂芹撰：〈如社與民國金陵詞學〉，《社會科學研究》，2013 年，第 6 期。
15. 李劍亮撰：〈民國教授與民國詞社〉，《浙江工業大學學報》（社會科學版），2012 年，第 11 卷，第 4 期。
16. 李鶴麗撰：〈民國社集《戊午春詞》述略〉，《南京師範大學文學院學報》，2017 年，第 3 期。
17. 沈衛威撰：〈文學的古典主義的復活——以中央大學為中心的文人禊集雅聚〉，《文藝爭鳴》，2008 年，第 5 卷。

18. 沈衛威撰：〈民國中央大學師生的文學生活〉，《名作欣賞》，2015 年，第 1 期。
19. 沈衛威撰：〈新舊交織的文學空間——以中央大學（1928～1939）為中心實證考察〉，《中國現代文學論叢》，2007 年，第 2 期。
20. 汪夢川撰：〈〈春音詞社考略〉補正〉，載詞學編輯委員會編輯：《詞學》（上海：華東師範大學出版社，2011 年），第 26 輯。
21. 吳白匋撰：〈金陵詞壇盛會——記南京如社詞社始末〉，載南京市秦淮區地方史志編纂委員會、政協南京市秦淮區文史資料研究委員會編印：《秦淮夜談》，第六輯。
22. 吳嘉慧撰：〈歷史感懷與遺民心聲：民國時期宜興白雪詞社之唱酬〉，《有鳳初鳴年刊》，2013 年，第 10 期。
23. 余意撰：〈民國玉瀾詞社發覆〉，載馬興榮、朱惠國主編：《詞學》（上海：華東師範大學出版社，2017 年），第 37 輯。
24. 余意撰：〈民國蘇州六一詞社考論〉，載《中國詞學國際學術研討會論文集》，下冊，2015 年開封詞學研討會。
25. 余意撰：〈聊園詞社考論〉，中國詞學會第八屆年會暨國際學術研討會論文。
26. 郎菁撰：〈陝西近代藏書家李岳瑞〉，《收藏》，2010 年，第 216 期。
27. 林立撰：〈群體身份與記憶的建構：清遺民詞社須社的唱酬〉，《中國文化研究所學報》，2011 年，第 52 期。
28. 林立撰：〈鄉邦傳統與遺民情結：民初白雪詞社及其唱和〉，《中國文化研究所學報》，2015 年，第 60 期。
29. 周濟撰：〈宋四家詞選目錄序論〉，載唐圭璋編：《詞話叢編》（北京：中華書局，2005 年），第二冊。
30. 胡明撰：〈一百年來的詞學研究：詮釋與思考〉，《文學遺產》，1998 年，第 2 期。
31. 施議對撰：〈百年詞通論〉，《文學評論》，1989 年，第 5 期。
32. 查紫陽撰：〈民初白雪詞社考論〉，《文學評論叢刊》（南京：南京大學出版社，2008 年），第 10 卷，第 1 期。
33. 查紫陽撰：〈民國詞人集團考略〉，《文藝評論》，2012 年，第 10 期。

34. 查紫陽撰：〈民國詞社的傳承以及發展〉，《名作欣賞》，2010 年。
35. 查紫陽撰：〈民國詞社知見考略〉，《長春工業大學學報》，2014 年，第 26 卷，第 6 期。
36. 馬大勇撰：〈近百年詞社考論〉，《文藝爭鳴》，2012 年，第 5 期。
37. 馬大勇、陳秋麗撰：〈雍園詞群論〉，《吉林師範大學學報》，第 5 期，2016 年。
38. 夏敬觀撰：〈和陽春詞序〉，《學海》，1944 年。
39. 陶道恕撰：〈趙熙〉，《成都大學學報》，1998 年，第 2 期。
40. 徐有富撰：〈吳梅與潛社〉，《古典文學知識》，2011 年，第 5 期。
41. 徐志民撰：〈1918–1926 年日本政府改善中國留日學生政策初探〉，《史學月刊》，2010 年，第 3 期。
42. 袁一丹撰：〈別有所指的故國之悲——延秋詞社〈換巢鸞鳳〉考釋〉，《中國詩歌研究》，2013 年。
43. 袁志成撰：〈午社與民國後期文人心態〉，《湖南人文科技學院學報》，2015 年，第 3 期。
44. 袁志成撰：〈白雪詞社與民初詞人心態〉，《蘇州大學學報》，2015 年。
45. 袁志成撰：〈民國詞人結社綜論〉，《玉林師範學院學報》，2011 年，第 32 卷，第 6 期。
46. 袁志成撰：〈晚清民國詞社的地理分布、成因及影響〉，《湖南城市學院學報》，2011 年，第 32 卷，第 2 期。
47. 曹辛華撰：〈民國詞社考論〉，《2008 年詞學國際學術會議論文集》，呼和浩特，2008 年。
48. 曹辛華撰：〈民國詞群體流派考論〉，《中國文學研究》，2012 年，第 3 期。
49. 曹辛華撰：〈晚清民國舊體詩詞結社文獻的類型、特點及其價值〉，《復旦學報》，2015 年，第 1 期。
50. 曹辛華撰：〈論民國詞的新變及其文化意義〉，《江海學刊》，2008 年，第 4 期。
51. 陳水雲撰：〈守律辨聲 重塑詞統——民國詞社的創作理念與詞學研究〉，《廈大中文學報》，2016 年，第 1 期。

52. 陳水雲撰:〈傳統與現代的雜糅:論王蘊章的詞學研究及其在現代詞學史上的意義〉,中國古典文藝思潮研讀會論文,2014 年。
53. 陳水雲撰:〈東南大學與現代詞學〉,《文學評論叢刊》,2014 年,第 2 期,第 15 卷。
54. 陳丹丹撰:〈十里洋場與獨上高樓——民初上海遺民的「都市遺民想像」〉,《北京大學研究生學志》,2006 年,第 2 期。
55. 陳友苓撰:〈回憶沽上詩壇〉,載中國人民政治協商會議天津市委員會文史資料委員會編:《天津文史資料選輯》(天津:天津人民出版社,1985 年),第 32 輯。
56. 陳翔華、陸堅、肖欣橋撰:〈胡士瑩傳略〉,《晉陽學刊》,1982 年,第 3 期。
57. 陳傳席撰:〈評現代名家與大家.續——鄭午昌、姚茫父〉,《國畫家》,2002 年,第 2 期。
58. 許夢婕撰:〈論民國時期雍園詞人群體創作及其意義〉,《江淮論壇》,2018 年,第 2 期。
59. 尉素秋撰:〈詞林舊侶〉,《中國國學》,1984 年,第 11 期。
60. 章用秀撰:〈天津夢碧詞社及作品〉,載於《天津地域與津沽文學》(天津:天津社會科學院出版社,2000 年)。
61. 單汝鵬撰:〈潛社.如社.詠媚香樓詞〉,《文教資料》,1995 年,第 2 期。《群雅》,1940 年。
62. 楊正繩撰:〈嶺南詞人楊鐵夫及其家世〉,《中山文史》,第 43 輯,2006 年。
63. 楊柏嶺撰:〈春音詞社考略〉,載詞學編輯委員會編輯:《詞學》(上海:華東師範大學出版社,2007 年),第 18 輯。
64. 楊傳慶撰:〈民國天津文人結社考論〉,《文學與文化》,2017 年,第 1 期。
65. 楊傳慶撰:〈地下唱酬——文革時期的夢碧詞社〉,《中國韻文學刊》,第 31 卷,第 2 期。
66. 楊傳慶撰:〈寇泰逢與夢碧詞社〉,載馬興榮、朱惠國主編:《詞學》(上海:華東師範大學出版社,2016 年),第 36 輯。
67. 楊傳慶撰:〈清遺民詞社——須社〉,《北京社會科學》,2015 年,第 2 期。
68. 葉中強撰:〈游走於城市空間:晚清民初上海文人的公共交往〉,《史林》,2006 年,第 4 期。

69. 趙叔雍撰：〈人往風微錄（五）· 朱祖謀〉，《古今半月刊》，1943 年，第 27～28 期。

70. 趙浣鞠撰：〈慘碧愁紅夢裏身——記與夢碧詞兄交遊四十年〉，載《天津文史叢刊》（天津：天津市文史研究館，1990 年），第十二期。

71. 熊月之撰：〈辛亥鼎革與租界遺老〉，《學術月刊》，2001 年，第 9 期。

72. 劉榮平撰：〈何振岱壽香社詞作評論〉，《閩江學院學報》，第 28 卷，第 6 期，2007 年。

73. 劉懷榮撰：〈黃孝紓生平、創作與學術成就述略〉，《文史哲》，2008 年，第 4 期。

74. 鄭煒明撰：〈況周頤與古琴〉，《「古琴、音樂美學與人文精神——跨領域、跨文化」國際學術研討會》，2009 年。

75. 謝草撰：〈四十年代的天津夢碧詞社〉，載《天津文史叢刊》（天津：天津市文史研究館，1987 年），第七期。

76. 謝燕撰：〈晚清民國文人集社與詞學傳統——論京津詞壇的形態、功能及影響〉，《中國韻文學刊》，2013 年，第 27 卷，第 3 期。

77. 薛玉坤撰：〈仇埰《鞠讌詞》情感內涵及審美特徵探賾〉，《閱江學刊》，2012 年，第 3 期。

78. 薛玉坤撰：〈傳統與固守：民國詞人仇埰詞業活動及其文化立場〉，《南陽師範學院學報》，2015 年，第 10 期，第 14 卷。

79. 豐雲撰：〈飛散寫作：異域與故鄉的對立置換〉，《江西社會科學》，2007 年，第 2 期。

80. 魏宏遠撰：〈抗戰時期孤島的社會動態〉，《學術研究》，1998 年，第 5 期。

81. 龍沐勛主編：《詞學季刊》（上海：上海書店，1985 年）

82. 龍沐勛撰：〈苜蓿生涯過廿年〉，《古今半月刊》，1942 年。

83. 龍榆生編：《同聲月刊》，1940～1945 年。

四、報刊雜誌

1. 方見肘撰：〈學者、詩人喬大壯〉，《文史雜誌》，2005 年，第 3 期。

2. 王禹人撰：〈玉瀾詞社的前途〉，《新天津畫報》，中華民國二十九年（1940 年）11 月 11 日。

3. 《立言畫報》，中華民國廿九年（1940 年）第 110 期。
4. 《立言畫報》，中華民國廿九年（1940 年）第 111 期。
5. 《立言畫報》，中華民國廿九年（1940 年）第 114 期。
6. 〈玉瀾詞社第四次雅集向先生分贈詞集〉，《新天津畫報》，中華民國廿九年（1940 年）12 月 4 日。
7. 〈冷楓玉瀾兩社雅集在致美齋次第舉行〉，《新天津畫報》，中華民國廿九年（1941 年）2 月 3 日。
8. 〈冷楓詩社廿二期雅集〉，《新天津畫報》，中華民國廿九年（1940 年）11 月 28 日。
9. 李世瑜撰：《儔社始末》，《今晚報》，2007 年 2 月 27 日副刊。
10. 《新天津畫報》，中華民國廿九年（1940 年）9 月 26 日。
11. 《新天津畫報》，中華民國廿九年（1940 年）10 月 6 日。
12. 《新天津畫報》，中華民國廿九年（1940 年）10 月 20 日。
13. 《新天津畫報》，中華民國廿九年（1940 年）12 月 8 日。
14. 蓮諦撰：〈玉瀾詞社雅集志略〉，《新天津畫報》，中華民國廿九年（1940 年）9 月 14 日。
15. 龐樹柏撰：《裒香簃詩詞叢話》，《民國日報》，1916 年 10 月 18 日。

五、外文資料

1. Edwin T. Morris, The Gardens of China: History, Art and Meanings (New York: Scriber's, 1983).
2. Safran William, "Diaspora in Modern Societies: Myths of Homeland and Return", "Diaspora: A Journal of Transnational Studies" Vol 1, No.1, Spring 1991.
3. Tim Cresswell, "In Place / Out of Place: Geography, Ideology and Transgression", Minneapolos, MN, USA: University of Minnesota Press, 1996.

六、網絡資料

1. 〈金陵儒醫石雲軒和他的後人〉，http://www.lzsx.org.cn/index_Article_Content.asp?fID_ArticleContent=75。
2. 張人鳳撰：〈一二八事變中的商務印書館和東方圖書館〉，《聯合時報》。

http://shszx.eastday.com/node2/node4810/node4851/node4864/u1ai62510.html。

3. 章石承撰：〈榆師在暨南大學及其後情況之零星回憶〉，《文教資料》，1995年，第 5 期。http://longyusheng.org/jinian/zsc~jinandaxuehuiyi.html。

後　記

自從在香港新亞研究所畢業後，我投考了台灣的東吳大學中國文學系修讀博士學位，並師從詞學名師蘇淑芬教授。回想在東吳學習期間，我集中研究清末至民國時期的詞學，撰寫了兩篇與詞社相關的論文後，就決定以《1912～1949年民國詞社研究》為畢業論文的題目。由於詞學研究的重心，長久以來都在宋代至晚清四大家，辛亥革命至中華人民共和國成立的時期則相對較少，所以我開始閱讀相關的資料，剛巧北京國家圖書館出版了由南江濤選編的《清末民國舊體詩詞結社文獻彙編》（2013年），成為拙文撰寫的核心原始材料。

完成校內兩年的必修課程後，我返回香港，一面在中學工作，一面繼續撰寫畢業論文，然後在假期飛往台灣與蘇老師討論論文。雖然每次我都匆匆忙忙的，但老師總是非常認真地看我預先傳送的論文，並給予精確的修改意見，尤其是章節的安排和標題的統一，甚至仔細到一個標點，老師都嚴格地要求我改正。因為老師的認真和嚴謹，以及對我的工作和生活處處關心，讓我最終能夠順利完成論文。從拙文開始撰寫至完稿，足足用了五年的時間，我最感謝的就是蘇老師。老師的教學和科研工作原本就非常忙碌，還要抽空閱讀和批改拙文，以及關懷其他學生和研究生的學習狀況，真的讓我深感敬佩。

另外，我在此向論文口試委員黃文吉教授、王偉勇教授、林佳蓉教授、黃雅莉教授表達謝意。非常感謝四位教授在論文初審和答辯期間，提出很多修改意見和有用的參考資料，並建議拙文於每個章節增設標題，凸顯各個詞社的特色，謹此致謝。還有中文系的卓伯翰秘書，默默為我們每一個學生服務，也推介了在蘇州大學交流的陳沁琳同學給我，幫助我找到《琴社詞稿》的珍貴資料，令拙文的內容更加完備。在論文答辯完成後，我回港再作修改，期間得到中文系林宜陵教授的推介，赴湖北省黃岡師範學院面試教席，並迅速獲得聘用，深深感謝林老師、蘇老師、卓秘書以及中文系所有老師和同學們。

我在黃岡師範學院已經過了一年的教學生活，非常感謝學院領導們對我和台灣教師們的幫助和支持。雖然我是畢業後剛剛起步，但仍然會繼續努力投入教學和科研工作。最後，就是感激我的父母和所有教導過我的老師，一直支持和資助我的研究、工作和理想，非常關心和照顧我，令我能夠順利畢業，投身教學。謹此再次感謝蘇老師向花木蘭文化出版社推薦拙文，亦非常感謝花木蘭文化事業有限公司許郁翎編輯和整個編輯團隊，用心編排和校對拙文。

吳嘉慧

二零二零年九月六日